U0034761

殺鴨記

崔曼莉

人間出版社
中國作家協會

目錄

殺鴨記

我的大門外，有一個小池塘。小池塘位於村子最邊緣的角落。每天中午我醒來，推開窗，坐在床上或桌邊，透過破敗的院牆，看著小池塘的景色，我便心情愉快。田園風光並不重要，重要的是它帶來的寧靜。我從中午看到下午，再從下午看到晚上，天漸漸黑了，一切又要從頭開始。

現在，我的寧靜已被打破一個月零三天。一群不請自來的鴨子，進入了我的池塘。開始我以為是鵝，後來鄰居告訴我這是鴨子，但又不告訴我這是誰家的鴨子。這隊像白鵝一樣的鴨子，從清晨到日暮，都在我的池塘裡嬉戲、覓食。牠們在水裡撲騰，站在岸邊用長扁嘴梳理羽毛。牠們白白肥肥大小不一，點綴著池塘裡的景色。

我再一次穿過池塘，朝鄰居家走去。我住的房子就是這家人賣給我的，三間瓦房，連門外約定俗成的池塘和樹，加起來一萬塊。當初賣房子的時候鄰居說，你一個人，一間燒飯、一間作堂屋、一間睡覺，多好！你也可以把地上鋪鋪，牆上貼貼什麼的，你們城裡人會弄。但是我什麼也沒有弄，只把房間的安排做了點變動，一間廚房、一間臥室、一間書房。在我搬到這兒的四年中，只有我母親來過一次，那還是剛搬來的時候，從此以後我再也不讓她來了。我也沒有接待過一個朋友。當初是我沒打一聲招呼從人群中自動消失的，後來，我想，他們大概慢慢地忘記了我。

在這裡我與眾不同，異類的好處就是寧靜。鄰居們很少打擾我，有了事情我就去找他們。我穿著樸素、談吐文明，也許是因為我長年閉門不出，他們總覺得我有些可怕。我走進鄰居的小院，男主人坐在一塊空地上，看見我，他站起來，姿勢有些不自然，他問我吃了沒有，我回答吃了，他又問過得怎樣？我說不錯，然後他就不說話了，抽著菸，等我開口。我問那到底誰家的鴨子，他遲疑了一下，眼睛看著別處，說不知道是誰家的，鴨子就會到處亂跑。我說是嗎，在說這話的時候我微微笑著，我說：「我不想牠們在我的池塘裡，你看看是誰家的鴨子，請他把鴨子領走。」他看著我，又遲疑了一下，就答了一聲好。我也就表達了我的謝意，告辭出來。

但這群鴨子還是每天都來。又過了半個月。我勸說自己要原諒牠們和牠們的主人——牠們畢竟是可愛的鴨子。每天清晨，池塘邊的樹、草和野花在晨光中清晰起來，鴨子們排好了隊伍，搖搖擺擺地走過來。牠們晃動著肥大的屁股，左扭右扭，看上去既滑稽又可愛。牠們中有一隻大白鴨，是領隊，小鴨子們也總能得到某種關照，從人性的角度說，牠們活得挺高級。這恰恰引發了我的生理情緒，還有什麼比生命更討厭呢？譬如人。當我坐著，窗前只有靜止的池塘，樹和一些花草，它們互不相關、漠不相連，當然通過生物書我們知道植物之間也相互依存，但在日常生活中，我們的眼睛是不會提醒這些的。終於有一天，我實在難以忍受，我迫使我自己站起來，走到院中，把堆在牆邊的舊籬笆舉起來，擋住了鴨子們的必經之路。

我太笨了。第二天，鴨子們繞過了籬笆，跳進了池塘。

我問自己：是和一群鴨子和平共處，適應新生活，還是痛快解決？

我第三次來到鄰居家，這下連女主人也出門迎接我了。這是四年中我去他們家頻率最高的兩個月，我的來意和我的說明一樣簡單，我說，請你們通知鴨子的主人，把牠們領走。

其實還有一些話，我只是沒有說，對於說話，我也習慣如此，我希望人們能自覺，如果人們不自覺，有些話說了也沒有用，如果他們自覺，有些話就可以不必說了。我的鄰居顯然沒有體會到我下一句話。我也沒有再去找他，我寫信給母親，問她如何殺死一隻鴨子。

母親回信了，她是個佛教徒，也吃些肉，但基本上不殺生。她沒有回答我的問題，說快入秋了，吃點鴨肉好的，要自己照顧好自己，最後，她說，鴨子還是讓賣的人殺吧。

我又寫信，說我的鴨子不是集市上買的，是鄰居送的，所以要知道怎麼殺。

她回信說，讓你的鄰居幫你殺一下吧，殺鴨子很麻煩，你得有刀，要抓住牠，找到血管和氣管，殺死了以後還要拔無數的鴨毛，她說真的很麻煩，你不如把鴨子還給鄰居吧。

我不喜歡見到疼痛，不管是人的還是動物的。現在，我要殺鴨子，要殺得輕鬆自如，看不到疼痛。

槍斃肯定不現實，我沒有槍；投毒容易汙染環境；活活餓死是根本不可能的，牠們都自食其力……活埋倒是一個好辦法，首先挖坑容易實現，只要想辦法把牠們趕進去，再把土填滿……至於牠們的掙扎，我是看不見的。在想像中，剩下一個環節需要解決，就是怎麼抓住一隻鴨子？去請教鄰居？那無疑於打草驚蛇；問母親？算了，她長篇大論說半天，也說不上什麼。我想起以前的一個朋友，他曾在農村插隊，而且就在湖邊。我打開抽屜，電話本居然還在，上面蒙了一層細灰。

我正好要去縣城取一筆稿費，便把電話本放進口袋，出了門。鴨子們對我熟視無睹，快活地在池塘裡玩耍覓食。從村子走到縣城約一個半小時。我先在郵局取了錢，然後，到郵局邊的小賣部打電話。電話響了幾聲，有人接了，我一下就聽出了那個聲音。

他也一下聽出了我的聲音，他說是你啊，你好你好。

我說你好，有件事想請教你。

他問我什麼事，我說鴨子應該怎麼抓。

「什麼？」

「抓鴨子。」

「你這個問題怎麼這麼怪？」他說：「抓鴨子又不是一門職業。」

我有些明白了，他又補充道：「隨便你怎麼抓都行。」

我說：「哦，明白了，謝謝你。」

他說：「你一腳踢翻了也行。」

「行，謝謝你，再見。」

「再見。」

我掏錢給小賣部的老闆娘，她一面找錢一面打量我，似乎有話要對我說，我問她有事兒嗎？她笑了笑，說：「要抓翅膀，不然會亂搧的。」

我愣了一下，問：「先抓翅膀嗎？」

「隨便！反正要抓翅膀。」她狐疑地看著我：「你沒見過抓鴨子嗎？」

我點點頭，想了想，又問她：「如果是一群鴨子呢？」

「找根繩子，把腿捆起來。」

什麼，還得要繩子？我告別了老闆娘，朝百貨商店走，心裡開始煩亂。公路上不時有機動車開過，除了農用車和貨車，竟然還有一兩輛高級轎車。我看著它們，覺得它們在此地的出現比我的出現還要古怪。突然，我想到了，如果用籬笆圍成一個圓圈，只留一個缺口，然後在缺口處挖好深坑，把鴨子趕進去不就成了嗎？我冷靜下來後又仔細地想了想，不錯，這的確是一個好辦法。

我立即回家。這件事的煩人程度已經逼著我速戰速決了。此時是下午三點，我把院裡堆放的籬笆全部拖出來，放在池塘邊上，然後沿著池塘圍圈。幸虧池塘不大，只費了些功夫，就圍好了一個完整的圓圈。我拿著鐵鍬，走到缺口處，開始挖坑。

鴨子對我沒有防備之心，牠們認為我是一個友善的鄰居。有一兩隻靠近我，看著我忙碌。

我一鍬一鍬鏟著岸邊的泥土，一些蚯蚓和小生物被我翻了上來，鴨子們興奮極了，三三兩兩的，圍在不停堆高的土堆邊，用寬寬的扁嘴在土裡翻啄，不時昂起細長的脖子，把食物嚥進肚裡。

塘邊的泥土並不堅硬，為了挖得更深更大一些，防止牠們逃脫，我跳進坑裡，把土一鍬一鍬往外鏟。坑內的泥土很潮濕，挖了一會兒，好像有水從底下滲出來，漸漸地，水就浸濕了我的鞋襪。我埋頭挖著，偶爾一個抬頭，看見四周全是高高的泥土，土黃色的，黏成不規則的牆壁。忽然之間我某種衝動，我想瘋狂地挖下去，不停地挖，挖到我再也不能爬上去！我感到脊背一陣發冷，陡然地住了手——好個又大又好的深坑啊！

天空變小了，樹上的葉子那麼遙遠……我緊緊地握著鐵鍬的把手……這是個非常即時的停頓，我朝上爬的時候差點摔下來，如果有人稍稍出手，那麼被活埋的肯定是我，而不是這些鴨子。

我氣喘吁吁地站在坑邊，望著巨大的深坑。天色已晚，越快動手越好，正好有幾隻就在身邊覓食，我順手一揮，就把兩隻鴨子揮了進去。牠們嘎嘎大叫，揮舞翅膀，細小的白絨毛從坑中飛升而起，如雪花般散落。我又去揮另外幾隻，卻被牠們逃脫了，但牠們沒有警覺，只是跑開幾步，便繼續覓食了。我拿起準備的長竹竿，繞到池塘的另一邊。鴨子們有的在水中，有的在岸上。牠們似乎聽不見坑內同伴的叫喊，只是吃食和梳理羽毛。我舉起竹竿，它幾乎有池塘半個直徑那麼長。鴨子們立即驚慌起來，朝著四面八方亂跑。我不慌不忙、循序漸進地把牠們朝著坑裡趕。池塘不大，那個角落就更小了，有幾隻在掙扎與跑動中落了下去，有幾隻躲過了竹竿，沿岸大叫著奔跑，還有幾隻扎進了河裡，在水中亂竄。一通忙亂後，鴨子們完全驚駭了，由著我的竹竿左指右揮。我趕得不太急，好像那個坑是牠們的家一樣，輕柔而努力，帶著某種關懷。鴨子們狐疑起來。幾隻意志薄弱的聽了竹竿的話，被「請」到了坑裡，還有幾隻順著走，只是走得不堅定……坑內嘎聲大作，配合著坑外的鬥爭……最後的結局總是如此，我們會看到一個英雄，一個聰明人，一個先知先覺——那隻領隊大白鴨，始終躲避著我的竹竿，既不太遠也不太近，巧妙地保持著距離。我追逐著牠，即使為了公平，也應該把牠趕下去。牠在水裡和岸上與我捉迷藏，地方雖然不大，但也足夠一隻鴨子顯示智慧了。牠順著竹竿前進後退，就是不朝坑的方向跑，而且，牠很有耐心，比我更能堅持。我突然把竹竿朝地下一扔，席地坐了下來，從口袋裡摸出一支香菸，點上火。天已經半黑了，大白鴨浮在池塘中間的水面上，一動不動。也許牠也累了吧。快要什麼都看不清了。

牠應該是我的哥們！我把菸頭扔進塘裡，決定不再管牠。坑中已經是白乎乎的一大團，相互擠壓在一起，還有白白的一團一團在朝上蹦，亂七八糟的羽毛霧濛濛地在半空中盤旋。我朝手上唾了一口唾沫，把鍬拾起來，開始朝坑裡填土。我填得飛快，用鍬迅速地推著，胳膊累了就用腳踢，腳累了就再用鍬推，填著填著，我突然發現那隻大白鴨正在旁邊吃蚯蚓，我什麼也沒想，走過去就是一腳，牠立即被踹翻了，嘎地一聲倒在地上。我俯下身，抓住牠的翅膀，這是我第一次抓住一隻鴨子，白白的羽毛既溫暖又柔和，讓所有的力氣在一瞬間崩潰了。我微微一鬆，差點就把牠丟到了地上。鴨子，抓牠果然是一件容易的事。

大白鴨一動不動，也許被踢傷了。我把牠扔進那個半埋好了的坑裡。牠沒有發出任何聲音，躺在白色與灰色的混合物上。我繼續埋著，漸漸地，一種體力勞動即將完成的愉悅代替了一切，我覺得輕鬆即將來臨，我享受著它，並且，我喜歡它。

所有的聲音都被泥土遮掩了，或許，已經在泥土中安靜了。我全身都在痠痛，到處是泥水和汗水，在極度的疲勞中我渴望休息。我跨過填實的深坑，朝家裡走去。在走的途中，不過十幾步遠吧，我忽然想把這一切都記錄下來，為了加深印象，我轉過頭，池塘被夜幕籠罩著，鄉村的景色平淡無奇，遠處與近處同樣寧靜。我的眼淚突然湧了出來，它們湧得又快又有力，我沒有辦法阻擋，它們就這樣來了。

卡卡的信仰

那時我讀初二，因為小學時跳了一級，所以我才十二歲。在暑假開學前，父母的大學同學，要把她的兒子寄養在我們家一段時間，在這段時間內她將和丈夫辦理離婚。她丈夫是個法國人，和她生活在美國，因為害怕失去獨生子，她決定把兒子送回中國。在八月二十九號的傍晚，我的父親從機場接到了他——他一個人從美國飛來。然後他們一起回到了家，他跟在我父親的身後，個子不是很高，大概一米六幾，當他和我媽媽和我點頭問好的時候，你們難以想像，他那漂亮的出奇的五官，和一雙灰綠色的眼睛。後來他告訴我父母他的爺爺並不是法國人，而是個俄羅斯的貴族，因為政治原因流亡法國，娶了個法國女人，生下他的父親，他的父親又娶了中國清華大學的才女，生下了他。

我父親在客廳裡熱情地替我們介紹，他說：「卡卡，這就是我和你常常提起的信仰哥哥，他比你大兩歲。」他再說：「信仰，這是我的女兒卡卡，以前也和你提起過的。」他一邊說一邊朝著空氣熱情地揮手，說：「信仰，這以後也就是你的家了！」

他只朝著我點頭微笑了一下，就把眼睛挪開，放在家具上。他背後背著一個巨大的旅行包，幾乎拖到了膝蓋。我母親責備我父親為什麼不幫信仰背行李，我父親無奈地說他拒絕了。然後我父親微妙地笑著說：「他為什麼要我背呢？他已經是個男子漢了。」

他被帶到了我小房間旁邊的書房，那裡搭了一個床鋪，是專門給他的。我的房間門和他的房間門略略錯開，如果門不關的話，我們互相可以看見對方房內的一角，為此我曾經很不高興，因為有個陌生人將入侵我的領地，並且是個男生，但此時見他步履蹣跚地背著大包走進書房，我的臉突然發起燒來，我覺得有一種甜蜜的東西流過我的心臟，使它快活得膨脹起來，並且怦怦跳舞。

他走進房間，打開巨大的背包，先從上面拿出書和文具，放在桌上。書疊得整整齊齊。然後就是衣服，一件一件，理好，再架在新買的布衣櫃裡。那套淡藍色的睡衣摺成四折，放在床頭。他一絲不苟地做著這些，最後他把行李包的空氣放空，疊平，塞進床底下。他拍拍雙手，去洗手間洗乾淨，然後又回到書房，拿起一本書，坐在椅子上，低下頭，看起來。

我父親假裝有事走進我的房間，偷偷地觀察他，他示意我叫他吃飯，打口型給我讓我叫他哥哥，我父親的臉上堆滿了討好的神色，把嘴唇向兩邊咧開，他怕我不高興，事實上我也一直在為家裡來個男生和他們鬧情緒，但此時我竭力裝作若無其事，儘管我得到了一個進入他房間的機會。我下意識地拽拽衣服下擺，我並不喜歡這件衣裳，穿它有點惡意地抗拒心裡，但此時已容不得我換上那條藏藍的水手裙了。我的雙手扶住門框的一邊，身體略向內傾，只把頭伸了進去，光線穿過百葉窗正好落在他的頭上，灰棕色的頭髮閃著光，像戴了一個無比漂亮的帽子，我鼓足了勇氣，我知道我父親正在身後的那個房間內注視著我，我懶洋洋地，喊他，我喊：「信仰哥哥，吃晚飯了。」

他的身體停頓了一下，沒有看我，慢慢地放下手中的書，跳下椅子，猶豫了一下，還是把椅子推進桌肚裡，然後才轉過身，朝著已經站在房間門口的我父親和我笑了笑，跟著我們走進了餐廳。

席間他很少說話，我母親不停地為他夾菜，問他好吃嗎？好吃嗎？他就抬起頭，認真的，衝著我母親的臉，熱烈地笑一下。

他真是一個沉默寡言的孩子。我聽見我母親這樣對我父親說，心裡既痛苦又甜蜜。他不大搭理我，在開始的一段日子，我們的說話僅限於當著大人面的客套，私下裡沒有任何交流，在過道裡迎面走過也佯裝不見，各自把身體側向一邊。我父親為他辦了轉學，他上了我所在中學的高中部，是一年級，不久我就聽見初中部的女生也在議論他，毫無疑問，我得到了眾人的羨慕，她們了解到他住在我家，她們向我打聽關於他的一切，轉彎抹角，假裝無所謂，她們越是這樣，我越是難過，就好像一個站在冠軍的領獎台上，眼見著圓形體育場內歡聲如雷，在頒獎人沒有上台之前，只有他一個人知道他根本不是冠軍，他要被轟下去的。

我們唯一可以對話的時間就是在吃晚飯時，在我父母關愛的眼光之下，我努力聽清他每一句話，以及話裡所可能包含的喜惡，一絲一毫，都要拿著在心裡反覆思慮，然後再迎合他的愛好。這使我不停地感受到自己的手忙腳亂，比如他有一次說最討厭水手的裝束，大概源於一次航海中不愉快的經歷，晚上我就把那件水手裙收拾到衣櫥的最上邊，和淘汰的衣服放在一起，可是過了幾天，我的母親在飯桌上提到我的裙子，他又說卡卡穿水手裙挺漂亮的，我無從判斷，他說每一句話都是彬彬有禮，態度儘量溫和，我母親說他像個紳士，一個未成年的紳士，這樣說時她充滿讚賞、愛憐的微笑，刺疼著我，我知道自己永遠無法猜明他真正的好惡，我不過是自己折騰自己罷了。

在沮喪裡我疲憊不堪，甚至厭惡自己，我把這情緒轉化到他的身上，我恨他，並且決定不跟他私下說話，連招呼也不打。除卻那少許的晚飯時間，我們行同陌路，在校園裡也是這樣。

那件事情，我是第一個發現的人，但當時我被痛苦打倒了，至於震驚，那也是在日後人們的反應中受到感染而逐漸誕生的。

信仰到我家快半年後的那個下午，因為我放學後要打掃衛生，所以回去時天已經半黑了。我走進大院，轉過彎，在轉彎處向裡有個死角，建了一個小花園，面對路口處圍了一個半圓形的走廊，走廊上爬滿了一種花，到了這期間就要開滿了，我就想著這花，也想獨自靜一會兒，他應該在家裡，可是父母還沒有回來，我就在轉彎處調整方向，往花園裡走，我穿著體育課上的牛筋底球鞋，所以沒有一點聲音，天真得挺黑的，儘管還有點朦朦朧朧，我先是看見一個女人被人抱住坐在走廊下的石椅上，我別過頭，這在這裡很常見的，他們沒有看見我，或者說他們太投入了，根本沒有在意身邊有人走過去，我悄無聲息地，走過他們身旁，看見了他正抱著懷裡的女人，拚命地，吻。

我不自覺地就發出了一點聲響，或者是我叫了，或者根本沒叫，只是本能的呀了一聲，但是那個女人十分警覺，她立刻就聽到了，並放開了他，看著我。

我也看著她，也認出了她，我想跑，立即跑得遠遠的，但是我沒有，我只是在想怎麼可能是她呢？她的動作比我快，立即跳起來，往後倒退，但是他只回頭看了我一眼，就一把抓住了她，抓得很有力，或者是她順從了他，被他抓著，走到我身邊，他還是溫和的，為我們互相介紹：「這是我叔叔的女兒，劉卡卡。」

「卡卡，這是我的語文老師，曾蝶。」

那個高中部語文組組長，受人尊敬的曾老師走近了我，像對待一個成人樣伸出了右手，停在我的面前，我本能地伸出手，即使為了面子。她的手很大，而且纖長，乾繃繃的，裹住我，我自卑的，像心被惡狗咬了一口，原來他喜歡這樣的手，我的手，是肉的、小的、潮濕的。

曾蝶看著他，等待他的決定。他們幾乎差不多高，都一米六幾，在這樣的光線裡看不清表情，都穿著牛仔褲，女的看著男的，就是一對情侶。

他對她說：「你先回去，我和卡卡談談。」

她好像還有點不安，挪了一下腳步，又停下來。他輕輕地在她背部拍了拍，說：「放心吧，晚上我給你打電話。」於是她安心了，朝我點點頭，就快步走出了走廊，她的步子邁得不大，顯得有點碎屑，我想起來有人說過她小時候上過戲校，是唱花旦的。

我們一起看著她走遠了，在遠處，她回過頭，朝這個方向看了一眼，很迅速，她就轉頭而去了。然後，他走近我，說：「能陪我走走嗎？」

我沒有說話，他就朝前走了，我跟著他，身後背著書包，順著走廊向裡走，花果然是開了，我聞見陣陣的香氣，才走幾步就看見了盡頭，我有點尷尬，不知道到了那裡該做些什麼，他轉過頭，看了看我，說：「書包很重嗎？」

我愣了愣，說：「不重。」

他說：「歇一會吧，背了半天了。」

於是他在走廊最靠裡的一個石椅上坐下來，拍拍身邊的空地，對我說，我想拒絕的，但是這個理由使我順利地在他身邊坐下來，石椅很涼，屁股下面覺得冰冰的，他問我包裡有書嗎，我說有，他說拿兩本出來，我打開書包拿了兩本，他示意我站起來，把它們全墊在我坐的地方，再拍一拍，說這樣就不會冰人了。

麻癢癢的，在溫暖的幸福裡蘊藏著痛苦，他為了另一個女人對我含情脈脈，但羞侮中的快感讓我不能離去，我坐在書上，看著公園死角處的牆壁。在短暫的沉默後我突然明白了他的意圖，我說：「信仰，你放心，我會替你保密的。」

他說：「不，不，我不是要你保密，我只是不希望對你有影響，所以我要和你談談。」

我轉過頭，就可以看見他的側面，鼻梁高高的，額前墜下的一縷頭髮遮住了前額，我心裡一陣絞痛，不由地彎下腰，他就是那麼美，他為什麼要有那麼美。

他說你知道我是個混血兒。我生來就和你熟悉的人們不一樣。

我說不，你們是一樣的，混血沒什麼不好。

他笑了笑，說我是說我的身體和你們不一樣。他看了看我，好像這是個費解的難題，不知應該怎麼對我說清楚。然後他用手捂了一下臉頰，像是下了個決心，又理了理上衣，才說：「我大概幾歲的時候就喜歡女人。」

我哦了一聲。

「尤其喜歡成熟的女人，我是說那些女人的身體讓我喜歡。」他落落大方，侃侃而談：「我還記得我有一個乾媽，很漂亮，身材很豐滿，我特別喜歡她，她讓我幹什麼我就幹什麼，讓她喜歡我，讓她抱我，我就靠在她的懷裡，她的乳房柔軟壯碩，我覺得能這樣靠著就很幸福。我還喜歡摸她的胳膊、臉蛋，她的皮膚特別滑，而且有一種奇怪的油膩，摸上去很舒服，現在我常常想，那是不是也算一種愛情？我喜歡女人，太喜歡了。」

我小心翼翼的問：「你不喜歡小女孩？」

「看，」他說：「卡卡，這就是我找你談的原因。」

「我喜歡你，當然，你很漂亮，你還不能了解到你的美，」他看著不遠處的圍牆，好像那就是我，他說：「你的臉是典型的瓜子，皮膚又白，眼睛有點向裡收，眼珠又黑又亮，充滿了嚴肅，也許十年或者更短，你就知道把嚴肅轉成另外的東西，你會迷死很多男人的。」他悠然神往：「你看你的媽媽，你跟她多麼的相像，她現在就是多麼的迷人。」

我心裡往下一沉，痛苦瞬間又打了我一下，我為他最後一句話問：「你不會喜歡我媽媽吧？」

他愣了一下，說：「你想聽真話？」

「當然。」我說。

他說：「這也是我同意到你家來的一部分原因。」

我一動不動，果然是這樣的，那每餐晚飯，我母親的載笑載言，他的小紳士表現……，我覺得心一跳一跳的悸疼，把腰往裡蜷，貼在膝蓋上，他注意到了，問我冷不冷，我搖頭搖頭，兩個人稍沉默了一會兒，我問：「那，曾老師呢？」

「我喜歡她，」他說：「她把幻想變成了現實，」他像是不知怎麼表達，說：「我真是太幸福了。」

我努力回憶在學校裡聽到了關於曾蝶的隻言片語，這位高中一年級語文小組的組長，已經有三十六歲了，不錯，她是屬馬的，整整三十六歲，還沒有嫁人。她的臉跟我媽媽一點也不相像，有點圓，眼睛細而彎長，體形也不錯，乍看上去還像個二十七八歲的大姑娘，可是羅信仰，他今年剛剛十四歲，儘管，他是個混血兒，他說他和我們都不一樣。

我問：「她愛你？」
他回答：「我們發瘋一樣地相愛。」
我又問：「你們打算結婚嗎？」
他迅速地說：「當然，」接著想了想：「不過要再等七八年呢。」
我覺得一陣氣血翻騰，我差點說再過七八年，劉卡卡也長到二十歲了。但是這個時間的長度又讓我覺得寬慰，那時的曾蝶已經過了四十歲了，四十歲的女人，我忽然間就洩氣了，我的媽媽去年剛剛過的四十歲生日，可是她保養得很好，我不清楚，她大概依然迷人。
我們那一天一直坐在公園裡，直到天黑，還沒有散，我們不停地說話，互相說，各說各的，他講那些記憶中美好的女人，他想辦法和她們接近，討她們喜歡，但是她們都把他當成一個小可愛，最棒的是我媽媽，說他是小紳士。當然只有曾蝶，她當他是個男人，是個可屬於她的男人。我說了許多童年回憶，不知不覺，我等於把我媽媽的過去告訴了他。
後來他的手機響，這是我父親送的，為此我父親還特意到學校和老師打了招呼，我父親時刻怕他出什麼事情，因為他太漂亮了，特別是個十四歲的少年男人，他的確太漂亮了。
他說我馬上回來，大概我父親問他有沒有看見我，他說沒有，緊接著他平靜地撒謊說初中部今天有活動，他離開學校的時候看見整個初中部燈火通明，正在大掃除。
我們大約八點鐘回到家，一前一後，間隔七八分鐘，我父親和母親的表情很平靜，並沒有問這問那，兩人在廚房裡各自熱菜，我母親站在灶具旁，我父親守在微波爐側面，電視機開著，傳出廣告的聲音，各式各樣，帶著鼓勵的熱情。我們各回各的房間，做作業，等吃飯，我掏出書本坐在寫字台旁，自己房間熟悉的氣氛安慰了我，把剛剛回來路上的痛苦抹平了許多，在多年後這已經成為經驗，如果難受的話，那就回家吧。

我不能看書，也不能在本子上寫一個字，我忍不住躲在房間門背後，窺視他的房間，門沒有關死，彷彿有意為之，他坐在床頭，拿著手機，正在通話。

如果有內傷的說法，我想我可以吐一口血出來。

他下午和曾蝶分手的時候說過，我會給你打電話的。他果真是個男人了，已經對女人很講信用。我看著，聽見我父親站在客廳裡叫我們吃飯，以往他喜歡走到兩個房間的過道中叫，可是今天他只是站在客廳，聲音空蕩蕩的，像飯店跑堂的回音。

我們四人坐在桌上，我媽媽害怕氣氛沉默，她一直是個活潑的女人，她給我和信仰夾菜，說一些報紙上看來的逸聞趣事，他依然微微笑著，偶爾附和，但是他的態度還是有些僵硬，第一次的，他為了照顧我的情緒，把話題轉到我這裡，用提問的方式逗我說話。

我討厭他為了這件事討好，但是我又隱約覺得，或者是我的希望，他不是在討好，那裡面還有些其他的內含，我又為之欣喜，並說話起來。我感到我父母鬆了一口氣。

事情就這樣定了下來，我和他守著這個祕密，曾蝶在此之後就再也沒有見過，即使同在一個學校，因為高中部和初中部不在一個樓，中間隔著操場，所以不見面也不奇怪，她除了三十六歲未結婚，在學校裡也不是什麼風雲人物，有慶祝活動時也很少露臉表演節目的。

還是有女生為他瘋狂，甚至在路上堵追他，打聽我們家的電話號碼，我一律告訴，並且有種惡意的快感，她們為之的痛苦又怎麼能企及我的萬分之一，她們的所作所為，又怎麼能企及我每天平靜的生活。

他的母親從紐約回來一次，給了他一萬美元，他為我買了一條項鍊，我不願意收，他交給了我的媽媽，說是算給我成年的禮物。我媽媽晚上把項鍊送到我的房間，問我為什麼拒絕信仰哥哥的好意，我說沒有，我真的不想收，我媽媽端詳了我一會兒，說你真得挺漂亮的。就是太嚴肅了，為什麼要這麼嚴肅呢，她有些費解，把項鍊放在我的枕邊，我不想和她多話，儘管我和她那麼相似，但是她的一舉一動都是我臨摹不來的，我說我還有很多功課要做，她沒說什麼出去了，我放下筆，在桌子上架著的一面小台鏡子裡審視自己，白的瓜子臉，臉頰和下巴上的肉都很豐實，嘴唇總愛緊緊地抿著，所以整個臉下部的肌肉都好像很用力，眼睛平視前方，眼珠有點往裡陷，發深深的琥珀色。這時我媽媽敲門進來，在我的桌子上放了一盤切好的蘋果，在盤子邊上還放著幾根插果肉用的牙籤，然後她就走了，不發一言。

我把那個裝著項鍊的盒子塞在我的枕頭底下，我沒打開過，一直放著，頭枕著入睡。

這樣又過了幾個月，直到他母親第二次從紐約回來，直接闖入我們家，她竭力要保持鎮靜，但她畢竟是個中國女人，對此類事情的發生缺乏承受力，她追問我的父母，坐在沙發裡，身體前傾，兩手捏住沙發扶手裡的海綿，在我到客廳倒開水喝的時候她緊張地示意我媽媽叫我進房間，我媽媽對她擺了擺手，叫住了我，問我知不知道這件事。

我已經有了預感，但還是裝作無所謂的樣子聳聳肩，問她什麼什麼事。

我從來不聳肩的，我的樣子一定很怪，我看見我媽媽的臉色變了，嚴厲地對我說不要裝腔作勢，她說：「你知不知道信仰和他的老師談戀愛，那個老師，」她想了想，換了個詞：「那個女人！她已經辭職了，而且信仰也失蹤了！」

「失蹤?!」我叫著：「不可能，昨天我還見過他。」

信仰的母親歉意地看著我，說信仰給她發E-mail說他和他的老師曾蝶談戀愛，曾蝶懷孕了，已經從單位辭職，他們要生下這個孩子，而且他要休學三個月，陪著曾蝶和他的孩子。

她說他算好了時間的，從他發信給我到我趕來，正好今天上午離開，我已經到處找過了，他不在學校，哪兒都不在，他和那個女人一起，她說著說著就哭了起來，說天哪，他才十四歲，我為什麼要給他一萬美元呢！她不停地說，在哭泣的過程中，我為什麼要給他一萬美元呢?!

我木然地站在客廳中央，看著她手足無措地陷在沙發裡，我母親把抽紙遞給她，她接過一張，擦去淚水，我母親就再遞一張，她再接過來，擦拭乾淨，最後她把抽紙盒抱在懷裡，這情景，我在電視上見過多次，天下的女人並無區別，她哭泣著，訴說著，亂了陣腳。

而他，我想，就這樣拋棄了我、我的媽媽，陪著曾蝶，他要生下他愛情的結晶，我覺得一陣眩暈，他是蓄謀已久的，如果曾蝶到了不得不辭職的地步，那也有幾個月了，所以他才會買那條項鍊給我，成長的禮物?!他定是想好了不再見我的。

我發覺我的身體向後右側傾斜，它不受我的控制，並且我覺得黑暗突然就強大起來，拖住我遠離地面，我暈暈地跟著它，不知要飛多遠而去。

我醒來的時候發現我的媽媽坐在我的床邊，手裡托著一本小說，她的神態很安詳，好像什麼事情也沒有，她的身邊不是躺著昏厥過去的女兒，而是一隻睡午覺的大貓。她發覺我醒了，瞄了我一眼，說醒了，醒了就好。我問信仰媽媽還在嗎，她說還在，我讓她在信仰房裡睡一會兒，她邊說邊伸出手在我的頭髮上摩挲，我的頭皮在她手掌柔軟的力量的控制之下，傳抵我的心臟，好像那塊區域都被震顫起來，我的胳膊和腿一陣發麻，我怎麼的就抽泣了起來，把臉埋在枕頭裡，媽媽還是不說話，撫摩著我，我也就是從那時開始理解信仰為什麼對她這樣的女人感興趣，我的媽媽，她與眾不同，鎮靜有力。而我，則丟人地在最後邊哭著邊說：「哦，媽媽，我們再也見不著他了！」

媽媽摟住我說：「不會的，他生了孩子，一定會帶給我們看的。」然後，她苦笑著說：「我也老得要做奶奶了。」

我失聲痛哭，把我這幾個月來的屈辱、卑微全部在我媽媽的懷裡哭了出來。

信仰的母親為此報警，我的父母勸阻過她，但是她已經是個美國人，而且她認為信仰很快也要回美國，對於在這裡可能發生的傳言，他們可以置之不理，她控告曾蝶誘拐少年，而且是自己的學生，她和她的丈夫聯繫，他們在電話裡爭吵，聲音極大，用英文咆哮，那個男人，她氣喘吁吁地告訴我媽媽，他覺得信仰的事情沒有什麼大不了的，他說年輕人總會犯錯誤，這個豬玀！她惡毒地詛咒他，早晚要死於愛滋病！但是豬玀還是如她要求寄回了信仰在美國醫院的出生證明的複印件，毫無疑問的，曾蝶和信仰發生關係的時候信仰根本未滿十四歲，她在飯桌狠狠地咀嚼飯粒，臉上的肌肉猙獰地牽動，她說她要告死這個女人！

我母親柔和地跟她開玩笑，說：「你這個樣子真不像個美國人。」

她惡毒地盯住我的母親，說：「全天下的女人都這樣，換成卡卡你就不會這樣？」

我媽媽立即向她道歉，對於自己的玩笑，她意識到她傷害了她的朋友，她說對不起，兩個女人潸然淚下，我父親則抱歉說都是我們家裡的錯，沒能管好信仰，信仰的母親一邊哭泣一邊說和你們沒有關係，我就知道，他是他父親的種，一點沒錯！

信仰的母親通過大使館向本地的政府施加壓力，這個案子變得複雜而且驚心動魄，難以言說的曖昧不清，牽涉到許多人和那些人內心隱蔽的情感或者道德。一家小報的記者通過警察局裡哥們報導了此事，但是第二天報社的主編就被請進了市政府做檢查，所以儘管人們有各種猜測，但由於那家報紙平時就缺乏權威性，大家也只是說說而已。在學校，也有老師和學生把曾蝶的辭職和信仰的退學聯繫到一起，但是這太敏感了，誰也不敢妄下斷言，起碼沒有人敢當面和我談及此事。

日子一天一天過去，像是什麼也沒有發生。在約一個月後，信仰的母親得到通知，曾蝶的名字在鄰近城市的一家婦幼醫院查到了，她辦了假結婚證，在那裡建了大卡，並且已經住院等待生產，警察局面臨一個奇怪的難題，如果是超生嬰兒，在此時就可以強行打針，使胎兒死於腹中，可是對於一個私生子，誰又能決定殺死他或她呢？

信仰的母親也束手無策，她不敢去見曾蝶，只要求警方帶回信仰，她請求我的父母去見曾蝶，說服她打掉孩子，如果她堅持不肯，就請我父母轉交給她五萬美元，以了結此事。她說不要見到那個女人，說話時底氣不足，好像是也虧欠了曾蝶什麼，多年以後，我方能理解信仰母親，作為一個女人，她對要從一個面臨生產的女人身邊奪走她的愛人深感同情，她不得不做，卻又深知這其中的殘酷、冷漠和生不如死的痛苦。

她和我媽媽都可以感同身受，作為和曾蝶年齡相仿的女人。

我聽說信仰哥哥在警察找到他的一刻萬分震驚，他暴怒而且發狂一樣地要逃走，但是他勢單力薄，寡不敵眾，他一定是嘶聲竭力地痛罵，不在乎他外表的美，上帝也不能幫助他！他被帶走了，因為他的狂躁，當地政府害怕再出什麼意外，他被直接送進了大使館，除去他的媽媽，本地人誰也不能見到他，連我的父母和我也不能，第二天他的母親就和大使館的有關人員護送他回美國，行色匆匆，只在前天晚上到我們家拿了行李，大使館的車就在門外等她，連車燈都沒有滅，站在客廳裡就能看見窗外閃著的光，她和我的母親擁抱告別，也擁抱我，她沒有問我有什麼話要帶給我的信仰哥哥，她已經方寸大亂，她哭著對我母親說可能信仰再也不會原諒她了。

我不知道說什麼，我啞口無言，看著窗外的車燈光消失了。

曾蝶也沒有回來，聽說她生了一個兒子，警察局在信仰母親帶著信仰回美國後就撤銷的案子，可以理解，這其實是件家庭私事，信仰給我寫信，求我幫他找到曾蝶和他的孩子，在找的過程中我才知道曾蝶基本上是個孤兒，她沒有親戚或要好的朋友，她和她的孩子消失無蹤。

現在我已經二十歲了，信仰哥哥所說的迷人之處我已經開始理解，並且照樣去做，我不知道我是不是符合他的要求，但是我對著鏡子的時候常常會抿緊嘴唇，往內用力收住下巴，那個十二歲的少女，還能依稀看見她嚴肅的模樣。

二〇〇二年五月

山中日記

九月，我終於攢夠了錢。出版社把一拖再拖的稿費給了我。一位奧地利報社的朋友答應來接機，與此同時，我也答應幫他找一些好素材。

旅途漫長，在巴黎轉機的時候，我很失望，巴黎不是想像中的樣子，起碼機場不是。我順著人流走出大廳，通過專用通道，進入候機室。周圍都是膚色各異的人，說著聽不懂的話——沒有一張臉孔是相似的。

到了奧地利，朋友沒有來接我。他很忙，只是聯繫了當地的一家旅行社。初次踏上異國，我很盼望見到一個相識的人，但接機的導遊會說幾句簡單的中文，加上我的英語，勉強還能交流。他開車把我送到山腳下的一家旅館。旅館很漂亮，牆壁是白色的，有尖尖的屋頂。

每間房都有窗戶迎街，我住在三樓，可以看見街道和遠處山上的皚皚白雪。街道乾淨極了，還有更乾淨的空氣。導遊開出了一份價格單，詳細到每一種服務：陪同爬山、逛逛小鎮……我沒有那麼多的錢……還有……我只想一個人待著。

……離群索居……

沒有興奮、沒有特別的感受，我坐在床上，打量著房間的陳設——這就是異鄉，比故鄉更令人平靜。沙發上的布紋，還有咖啡壺的形狀，都和平時的不一樣，但落到實處之後，它們就是沙發和一把茶壺。

這裡的鳥很多，而且不怕人。牠們老是從窗外飛進來，歪著頭打量我，有的甚至飛到我的肩膀上，好像在要吃的。

傍晚時分，夜幕和燈火降臨小鎮。這裡的居民和所有的居民一樣，正常地生活著。我順著街道漫步，由於天色，我顯得很不突出，就好像是其中的一分子。皮膚和髮色都不再明顯，就連衣服，衣服也是差不多的。

我喜歡路燈的顏色，很暗，但是很濃。

有一條小河，在鎮子中間，離旅館大約三站路。晚上去的時候，我沒有看清楚，第三天中午，我再次來到河邊，就被這裡的魚驚呆了。

好多的魚。

各種顏色，大小不一，數以千計地在河裡游動。河水似乎不深，清澈見底。幾個遊人站在岸邊和小橋上扔吃食。那些魚就整群整群地聚在一起。

我後悔沒有帶麵包來，但這兒的魚很傻，我把手放在水裡攪了攪，牠們就以為來了好吃的，紛紛朝手湧來，甚至用圓嘴巴啄我。

真是可愛啊，我笑了，天也是那麼藍。

我開始想上山。

回到旅館，沒想到導遊在等我。他坐在旅店的大堂，看見我後立即跳了起來，三步併兩步衝到我面前。我被他嚇了一跳。他先用眼光打量我的身體，確定我沒有受傷後，長舒了一口氣。然後他鄭重警告我：如果沒有人陪伴不要上山，尤其是沒有專業登山導遊的帶領，絕對不能上山！不要以為景色優美就沒有危險。他嘰哩呱啦地說著，揮舞著手勢。說實話，我不高興他的態度，因為我判斷不出，他是擔心，還是別的什麼。他很有優越感。

我請他放心，我不想上山，半點也不想。

氣氛有些不愉快。他告辭走了，我走到櫃台前，想買一些麵包。服務生是個很年輕的大男孩，頂著亮閃閃的灰頭髮。他問我來自哪兒，我說中國，他顯出一無所知的表情，隔了一會兒，他從嘴裡擠出兩個詞：「北京？上海！」我禮貌地笑了笑。他說，你想上山應該問漢頓先生，他是真正上過山的人。

可我不想上山。我這樣告訴他，忽然覺得他的話有點奇怪，我問他什麼叫真正地上過山？他從櫃台下抽出一本小冊子，翻到其中一頁，那上面是個中年男人：非常堅強，堅強到像岩石一樣的面孔。他說，這就是漢頓先生。

我接過書，裡面大都是登山路線。我問漢頓先生在哪兒，他說就住在一樓，最東邊的房間。

「他歡迎別人拜訪嗎？」

「不歡迎，」他狡猾地笑了：「可你從那麼遠的地方來，也許會不一樣。」

「我買這本書。」

在我交錢的時候，他說：「如果你要拜訪他，最好帶一些這樣的麵包，」他從櫃台裡取出一種圓圓的、土灰色的麵包：「他很愛這個。」

「好吧，」我笑了：「也裝一盒。」

決定拜訪漢頓先生是在我看了書之後。他是個老人了，很老很老，差不多八十歲。我對一位老人很有興趣。他已經不是一個男人，或者會有男女之情的男人。某些時候，我覺得老人就是兒童。

穿過一道沒有光線的走廊（走廊兩邊全是房間），所有的燈都亮著，此時是上午十點。

沒有人開門，甚至沒有人答應。我不知道他是睡著了，還是不喜歡有人來打擾他。

我把麵包盒子放在了他的門外，沒有留下任何字條，然後走回了房間。

我不想看電視，也不想看報紙。旅行箱裡沒有一本書，唯一能看的，就是漢頓先生的登山路線。

一共有二十三條，都是從一個地方出發，向一個目標前進，歷經不同的山中風光。其中兩條線，可以通往最高峰。我躺在沙發上，翻著一窾不通的地圖，睡一陣醒一陣，時光就這麼過去了。

他的房間。

晚上，服務生把晚飯送到了房間，還有一張便條，居然是漢頓先生寫的，他約我明天下午去

不知道他是怎麼知道我的？也不知道他為什麼會約我？也許和那個灰頭髮的服務生有關吧。這個奇怪的約會讓我心情良好。我有一個毛病，如果中午睡過了，到了晚上會更睏。而且越是陌生的地方，我的睡眠越好。天剛黑，我就上了床，雖然明天是個小小的約會，而且是和一個老人，但這感覺很是舒服，就像要去見一個老朋友。

漢頓先生的房間朝向東南，光線很好，順著黑暗的過道走去，他剛打開門的時候，我被他房間裡的陽光刺到了，差一點睜不開眼。他的臉和照片差不多，蒼白堅硬。他不出聲地朝我點了一下頭，我也點了一下頭。他慢慢地轉過身體，走到一張又舊又巨大的椅子旁邊，慢慢地坐下來。他的動作很僵硬，一眼就能看出，他的健康已經垮了。但他還是讓人能感到一種倔強和堅強。從他的每一個舉手投足之間。

現在，他坐在椅子裡了。滿臉僵硬和滿臉孤獨。這孤獨是他自找的，我一下就明白了。整座旅館，大概只有我們倆天天待在房間裡。

「你從哪兒來？」他示意我坐下。

「中國。」我挑了一張面對他的椅子，坐下來。

他半天沒有說話，突然喘出一大口氣，像從肺裡直接衝出來的。隨著這口氣，他說了一句英語：「古老的國家。」

我沒有回答，因為我覺得他並不需要我回答。他轉過身體，面對著窗，窗外是山，連綿的山。我也轉過身體，看著那些山。灰色的、綠色的、頂上的是白色的。

不知時間過了多久，大約十幾分鐘吧。他突然問：「喜歡山？」

我嚇了一跳：「還行。」

「想登山？」

「不，」我轉過頭，笑了一笑，說出了實話：「我只想一個人待著。」

他又喘出一口肺裡的空氣，看了我一眼：「沒有結婚？」

「沒有。」

「沒有孩子？」

「沒有。」

「嗯，」他答非所問：「我有一個兒子。」

「真好。」

他的窗外景色，大約是這個旅店最好的吧。在緊密相連的群山中，有一座高高的山峰，筆直地戳向天空。山峰之上霧氣繚繞，白雪皚皚，中間是一條墨綠色的森林帶，山下是碧綠的、一望無際的草原。

這是在我的房間看不到的景色，我出神地望著，幾乎忘記了時間。

我們再也沒有說過話。

有人按門鈴，是那個灰頭髮的服務生，他送來了咖啡與茶點。他假裝不認識我，迴避著我的眼光，沉默又小心地把餐具擺放得一絲不苟。我想他大約是個推薦人，把我推薦給了漢頓先生，但是又不想顯得和我很親密，以免老人多心。漢頓先生抬了一下手，意為請我用餐。我們慢慢地用完了，天色已晚，作為邀請的回報，我本來計畫請他共進晚餐，可他根本不適於普通的社交。他這樣待著才最舒服。我禮貌地告辭了。

第二天，我去河邊轉了轉，回來的時候，另一個服務生告訴我，漢頓先生送了我一本書，是我買過的那種。書上沒有簽名，扉頁上乾乾淨淨。

那位奧地利導遊，再也沒有找過我。我買了一些明信片，寄給了父母和幾個朋友。雖然我很厭惡這種習以為常的社交，但我一般還會照做。因為他們會很高興，他們的高興對我來說，是一件很重要的事情。因為我也會有一點喜悅之情。

大概過了一個星期吧，有一天，我在麵包櫃台遇見了漢頓先生。我朝他點了點頭。他拄著拐杖，竭力保持著身體平衡，嘴巴微微張開，似乎想把肺裡的空氣用均勻的速度喘出去！我有一點難過，就在此時，他突然朝我笑了笑。眼睛裡滑過一絲狡黠，似乎我們有一種不可告人的祕密。我也微微一笑。他的確是個英俊的男人！儘管他老了，但他的英俊是像石頭一樣的東西，能征服大山……

在上樓的一剎那，我決定去看望漢頓先生，什麼也不呢？就是去坐一坐！再也找不到能這樣坐在一起的朋友了：什麼都不用說，什麼都不用做。我們都是躲起來的人。他果然沒有問，我為什麼來，來了又準備幹什麼，只是點了點頭，把我放進了房間。我坐在沙發上，對著窗外的景色。我們仍然不說話。我們都很舒服。

「聽說你常常和漢頓先生待在一起？」奧地利的朋友給我打電話，劈頭問道。

「是。」

「你們談些什麼？」

「沒談什麼，我們不怎麼說話。」

「這不可能！」他尖叫起來：「親愛的朋友，你知道嗎？我一直想寫漢頓先生，可是他拒絕採訪，你能幫我嗎？」

「我能幫你什麼？」

「問問他的身世，還有山，山上發生的事。」

「這……」

「求你了，你一定要幫我。」

「……」

這個討厭的請求使我連著幾天沒有去漢頓先生的房間。我知道他不願意被人打擾，可我又沒能拒絕朋友的要求，這使我很沮喪！突如其來的俗世生活像逐之不去的蒼蠅跟蹤至此。我別無他法。我想走了。

可漢頓先生讓服務生送來了一張字條，上面沒有字，是空的。

我決定去看他，而且絕口不提什麼出版書的破事，如果那位朋友一定要怪我什麼，就讓他見鬼去吧！

在漢頓先生的房間，我遇見了一位極為美麗的少年，漢頓先生說，是他的兒子。

這位美少年看起來最多十六七歲。他的天性顯然和他不像。他朝我微笑，眼睛裡純純的溫柔足以讓所有女人神魂顛倒。他給我煮咖啡，並打聽我對糖和奶的愛好。他試圖和我交流關於中國的知識，措辭委婉、禮貌，又略顯親熱。漢頓先生獨坐一旁，面向大山，一言不發。他似乎很了解他的父親，陪我略坐片刻之後，他吻了他的父親，告辭而去。

漢頓先生目送他走到門，看著他關上門。老人僵硬表情有了一絲鬆動。他主動向我解釋：「我六十七歲結的婚。」

我點了點頭。

又是長時間的安靜。窗外的景色今天沒有溶入這個房間。防線被打破了，或者早就不存在。我們都對對方充滿了好奇，卻不知如何開口。

「您太太，還在嗎？」

「在。」

「她一定很漂亮。」

「是的。」

他沉默了一會，像用了很大的決心，慢慢地說：「十年前，我們離了婚。」

「您在這兒住了十年？」

「是的。」

「……」

「你的願望是什麼？」他突然問。

「我嗎？」我嚇了一跳。不是他提問，而是他這個問題直指我心。

他點點頭，努力保持著均勻的呼吸。他今天沒有大喘氣，沒有從肺裡發出過聲音。「嗯……」

我撇了撇嘴，有一個想法，何止想了幾百遍：「如果我能生在一座廟裡……」

「廟？」

「就像教堂，是佛教徒生活的地方。」

「……」

「寺廟也不大，就是山中的一座小廟吧……我不知道我的父母是誰，從哪兒來的，要去哪兒，總之，我就生在了那兒，沒有父母、沒有親人……我不知道外面的世界，也沒有機會知道……我就慢慢地長大了，慢慢地老了……有一天睡著的時候，我就死了。」

「……」

「可是現在……」我們沉默了很久後，我說：「我快走了。」

他動了一下，輕聲問：「什麼時候？」

「幾天吧，我的簽證快到期了。」

他點了一下頭。

「您為什麼不和外界交往呢？」我問出這話就後悔了，我是蠢貨嗎？

他溫柔地笑了一下。我突然覺得那個美少年多麼像他啊！至於我的問題，他當然沒有回答。

第二天下午，我又去拜訪他，但是他沒有開門。我想，是不是昨天我的最後一個問題得罪了他。唉，其實又有什麼好問的呢。

第三天，我沒有去漢頓先生那兒。當天晚上，我的奧地利的朋友打來電話，他尖著嗓子語無倫次地大叫，我只聽清了一句：「漢頓先生死了！」

「這不可能！」我覺得他瘋了，真是個瘋子！

「天啊，上帝啊，這是真的！你什麼都不知道嗎？」

「我不知道！什麼時候?!」

「中午！中午發現的，聽我說……」

我不等他說話，掛斷了電話，衝下了樓梯。一樓果然被封鎖了，還有幾個警察。

我想進去，他們攔住了我。我看見那個灰頭髮的服務生站在麵包櫃台的後面，我衝過去，問他怎麼了？他似乎還沒有從震驚中清醒過來，他說，他上午用鑰匙打開漢頓先生的房間，發現他在睡覺，中午送午餐的時候，他還在躺在床上，下午送茶點的時候，他還躺在床上。

他的聲音顫抖起來：「我給他送了五年的餐點，他從來沒有這樣過。」

他看著我，我們都回憶起那天下午，他送茶點，漢頓先生坐在旁邊，嚴肅地打量著他的表情。他用手捂住臉：「我想喚醒他，結果，他死了！」

我不知如何安慰他。我伸出手。我的手不夠長，越過櫃台，也搆不到他的肩膀。我把手收回來：「嗨，我很難過，但是，想一想山。」

他的手從臉上鬆下來，臉頰滿是淚水：「是啊，他是當地唯一爬上那座山峰的人。」他的眼淚成串往下掉：「他是我的偶像，我的英雄！」

我不知該說什麼，或許此時，他一個人待著比較好。也許從少年時代起，他就很喜歡漢頓先生了。我默默地穿過一樓，警察還在，卻沒有一個家屬，連那個美少年也不在。當地的報紙和電台都報導了漢頓先生的死，而且不約而同的，他們都用了漢頓先生書中的照片，作為新聞配圖介紹：那是一個四十歲出頭男人，倔強的像岩石一樣的臉。臉上的肌肉又緊又硬，似乎什麼都打不倒他！

而我見到的，只是一個垂暮中的老人。

我逐字逐句地查看報上的文章：漢頓先生青年時代是個著名的登山家，發現了很多登山路線，征服了許多大山。但不知為什麼，他一直過著離群索居的生活，直到六十七歲才結婚。報上也登了他前妻的照片：一個非常漂亮非常年輕的女孩，完全不像一個成熟的女人，帶著童貞與愛：圓潤的臉、清澈的眼睛——完全是一個孩子。

為了逃避奧地利朋友的追問與採訪，我提前離開了旅館。兩本登山手冊，我挑了一本帶走，剩下的一本請灰頭髮的服務生轉交給我的朋友。他答應轉交，並且緊緊地擁抱我，以示對離別、對一段共有回憶的紀念。不知為什麼，奧地利的朋友沒有對我的不辭生氣，還給我寄來了他寫的關於漢頓先生的書。

書裡有許多漢頓先生的照片。有一張特別年輕，可能只有二十歲。那時候他的臉一點也不堅硬，而且是柔和的，充滿了甜美的信心與希望。比那位美少年更加英俊，更加朝氣與蓬勃。這和我認識的漢頓先生，似乎斷了某種聯繫。至於我向漢頓提出的最後一個問題，書中沒有答案。我想以後也不會有答案了。

房間

我的房間，大約十二個平方，從靠近陽台門的一對老式沙發旁走出去，陽台上到處是綠色的植物。啊，我說「到處」這個概念肯定是不準確的，因為我的視線被控制在房間進門處的大床上。我枕著比常人高出一倍的枕頭，身體由北向南，在床上擺出一條直線。由於身體不能移動，它從八歲開始就不能再移動。當時我的母親和我在一輛公共汽車上，我還記得那天下午，我們準備出門，奇怪的是我不能記起我到底要和我母親到哪裡去，但是我卻清晰的記起我看著街對面的車站處緩緩駛進一輛我們要乘坐的公共汽車，我拉著我母親的手，在車輛還挺多的街上，橫穿了過去。我常想如果那時候我們被一輛飛馳的汽車撞倒，那麼我的痛苦可能就會小些，因為錯誤是由自己的急切而導致的，在承受命運的同時也把一部分的責任轉嫁到自己的頭上，那麼痛苦由此不再純粹，它更多的是悔恨：如果我不橫穿馬路的話……。事實上，我們平安地到達了車站，跟著兩三個上車的人邁上了公共汽車，我和我母親的車錢由我放進汽車門口的投幣箱裡，我喜歡用力地把錢幣投進去，它們發出有些悶但還算清脆的聲音，從投幣箱的入口滑到箱底。我和母親走到車的中間位置，扶著車座椅的把手站好，這是最後的記憶，我大約應該在那個位置站了有幾站路，沿途所見的風景全部想不起來，我現在所能記起的，就是我母親在最後的時刻給我的擁抱，她幾乎一下勒住了我，似乎這樣就可以避免飛來的橫禍，可能就這一抱真的把我留在了人間，我再也沒有見過她，她和我橫穿馬路的時候就是我們母女最後相見的時候，但是那個時候，我是跑在前面的。

我躺在床上，視線在房間裡隨脖子的扭動呈直線掃射。我對陽台一目了然，真的可以用「到處」這個詞形容陽台上的植物們：在晒衣杆上吊著一排青綠色的吊籃，看上去賞心悅目；大概在成人腰部位置的陽台護欄上，放著各種各樣的植物，它們的顏色非常難以敘述，因為長時間的觀察，我發現用「深綠、墨綠、淡綠、淺綠」等有限的詞彙來形容這些千變萬化的植物顏色是多麼的困難，不僅僅是由於它們的品種和習性帶來的色差，即使相同季節裡的兩個清晨，由於天氣的好壞，晴或陰，甚至兩個晴天，由於太陽光的忽多忽少，它們都呈現出與昨天不一樣的形態。如果你認為我對於這些實在是沒有必要的講究時，我就要提醒你，親愛的朋友們，在我一整天的時光中，看著它們占用了我大量的時間，它們是我的伴侶，是我度過漫長時光中不可缺少的朋友。而這樣的一整天，不是一朝一夕，而是大約十三年吧。

陽台上的植物有的長大了，被挪到了地上，有株文竹居然長到了兩米高，全身的葉片茂盛而且稠密，透露出森林才有的氣息。後來我父親為了生計，把它賣給了一家單位。其實我非常難過這株文竹它要離開我，但是我什麼也沒和父親說。我明白他很不容易。那株文竹剛來我家的時候就放在我的床頭櫃上，才十幾釐米高，後來漸漸大了，換了大盆，那個盆子占用了太多的面積，以至於我的很多藥物都必須放進抽屜裡，這拿起來實在不方便，我父親便把它放在窗台上，這樣它緩慢地在我家變換位置，大約兩三年變一次，長了有近十年之後，基本上，我認為它已經永遠地離開了我。但是不管有什麼走了、死了，就立即有新的補充進來，而且大多是四季常青的，我父親對這些東西的熱愛影響了一些朋友和親戚，他們在過節的時候就會送上一盆鮮花，擁擠在我家的陽台。這樣，一個父親對癱瘓女兒無微不至的關愛以及旁人對他們的憐憫就通過這些美好的植物傳達出來，裝點著我的視線。

我的這間房間真的很讓人感覺舒服。我沒有怎麼去過別人的房間，但是每一個進來的人都會首先對房間發出由衷的讚嘆。即使沒有那綠色蔥蘢的陽台一景，整個房間的布置也是盡可能的精彩：床罩、窗簾、沙發套布的花色總是一致的。在春天，它們都有一套綠色碎花的衣裳，使面積不是很大的房間突現出整體性。在沙發靠牆的位置，還擺著一台落地燈。它是由假山石做成的，當電機開始工作時，一股水流就從近兩米高的山石頂上順著石縫往下流，然後擊打在石底一個小水池一樣的圓形陶桶中，這樣水流聲就產生了豐富的變化，往下流的時候是細細的嘩嘩聲，落進池底的時候是悶悶的嘭嘭聲。當然，不管它們如何變化，它們使這個房間有了流水的聲音，有了活潑的、不同凡響的動靜。至於那個燈，它隱蔽在山石的中間，一般是不打開的。您可想像進入這樣的房間，整潔的陳設、潺潺的水聲、綠意盎然的陽台，那麼即使有一個長年臥床的病人，也不能抵消這房間使您產生的喜愛之情吧。

這個病人，身體被美麗的布匹覆蓋著，頭靠著柔軟的枕頭，雖然她不能移動脖頸以下的部位，但是只要有人走進她的房間，她就會綻開微笑。她的頭髮在清晨就被父親梳得整整齊齊。為了更方便地照顧她，醫生曾多次建議父親給她理一個光頭，再戴上帽子遮羞，但是父親則給她留了一條長長的辮子，隨著季節或者當天的心情給她梳理。在她床頭櫃的抽屜裡，擺放著各種顏色、各種形狀的頭繩和髮夾。在這方面的打扮，她可能比許多女孩子都要豐富。「你是一個漂亮的女孩」，父親從她出事以來就常常這樣講。他竭力讓她和平常的女孩子一樣，這個「一樣」不是指身體上的，而是一種精神上的飽滿和自信。即使一根美麗的辮子，只要可以做到，他不會讓她落後於其他人。

在床頭靠裡的地方放著一個非常精緻的架子。這是我父親想了許多個日夜才設計出的。它可以固定住一本書，使它站起來，當我看完一頁後就用嘴唇輕輕舔過一頁，套在架子底固定書頁的地方，然後再看。自學有很多好處，可能我的知識不夠全面，但是它是符合我的心意的，是按著我的性情擴散開來的。我的學習十分緩慢，對於長年癱瘓的病人，很多細小的事情就會迫使我中斷下來。便溺在床上越來越使我感到羞愧，但這不能受我控制，而且有時因為我父親必須工作不能在中午趕回來。這些汙物就會浸濁我的皮膚，得上我感覺不到的病。我的肉體是無知覺的，可笑的是，我的鼻子卻可以聞見它們發出的不良氣味。每當此時，我的鼻子就會使我停滯下來，讓我回到那些痛苦的現實中。我焦慮不安，期望父親趕快回來，同時又覺得父親是那麼地可憐。我，完全是個廢人。我所有的學習都不能進行下去，我陷在那些無望的日子裡，計算著我的年齡，我已經二十出頭了，父親也快五十了，生活到底在什麼時候才能停止？

就是這樣，我仍然讀完了大部分我的同齡應該讀完的書。童話與詩歌是我最喜歡閱讀的兩種藝術，英語也很不錯。我床頭的小錄音機，我可以用下巴勉強控制它，讓它放音或是停止。我的牙齒可以幫助我咬出不想聽的磁帶，再放進想聽的歌曲或者英語朗讀。在兩年前，有一樣東西使我完全地投入，這大概已經超乎了我和我父親的想像，就是電子計算機。這要完全感謝我的一個小學同學，余小可。這個名字和她本人是相符合的，她就是個可愛的女孩子，在小學和我同班兩年。本來我們的友誼也是一般，但自從我出事以後，她天性裡的友愛完全地體現出來。這十三年，她大概是我最好的朋友，基本上每隔幾天她就要來看我，和我嘮叨一些學校裡的事和她對生活新奇的想法。她是個有點奇思怪想的女孩，這使她看待我的時候從來都是當個正常人，如果她的同學或者老師在精神上面不符合她的理想，她就會在我面前說「那個殘疾」，這樣尖刻的話從她的嘴裡說出來一點也不使我討厭，相反，我會覺得自己有了某種優越感，甚至有些驕傲。她的性格完全是外露的，這往往會使人覺得輕佻，但是她又有種寬厚的天性，這就使人在她的活潑面前完全滿意了。她不僅承擔了我精神上的需要，甚至在很多方面，她都成了我們家不可缺少的「幫手」。我父親給她配了一把鑰匙，當她逐漸長大以後，我父親不能按時回來，她就到我們家，給我按時餵飯、擦身、換衣服……，甚至掃地、澆花、洗前面剩下的碗。這樣的友誼是難以表達的，要知道，她是家裡唯一的女孩子。長期以來，她所有的家務活都是在我們家裡學會的，她的父母可能都不知道她有多麼能幹。到了高三，她的爺爺奶奶也不讓她在家裡沖一瓶開水。可那時候，她已經照顧我很久了。

我認為我的房間裡如果坐著余小可，那麼這個房間就是完美無缺的。她比陽台上的綠色植物更加生氣勃勃，比假山石上的流水更賞心悅目。夏天她常穿裙子，結實白皙的小腿在我的視線裡走來走去。我常常想促使她來到我身邊的動力到底是什麼，一種人的友愛到底能有多大的魔力，可以讓她持續這麼久？

在學習電腦這個問題上，她說幹就幹，像平時一樣性急。她找我父親談話，兩個人坐在外間吃飯的桌子旁，我不知道他們是面對面呢，還是肩並肩。他們的聲音從外間傳來。余小可就好像在下一個必須服從的命令，喋喋不休地例舉網絡可能給我的生活帶來多麼大的樂趣。父親則哼哼哈哈地答應著。這時太陽已經落山了，陽台上所有的植物都模糊成一些黑色的影子，在夜晚，它們失去了它們的優勢，即使保留了一些姿態，因為陽台上沒有燈光，那也無濟於事了。我的床頭亮著台燈，照亮了我臥在床上的被子，我傾聽著他們的聲音，沉浸在一種甜蜜之中。漸漸的，因為這甜蜜的感受實在讓我不願意它停止下來，我產生了一個奇怪的想法，如果余小可嫁給父親，那麼這甜蜜的感受就完全真實了，不再是某種幻想。聽，余小可的聲音：「家裡還有錢嗎？」完全像個又能幹又體貼的主婦，而我父親回答她：「有，不過還要再想想辦法。」我不知不覺地流下淚來，轉過頭，看著余小可貼在我床邊牆上的她的照片。照片上的女孩子非常年輕，也很可愛，她全無心機地開朗地笑著，和客廳裡那個在謀劃生活的女人根本不是一回事。這個照片上的女孩子，打消了我喊一聲媽媽的渴望。

等到他們談完，余小可進來向我告別，我父親跟在後面。現實比照片上可加令人難受，余小可還是照片上的那個女孩，而我的父親，蒼老還在其次，他跟在余小可的後面，顯然失去了前者的年輕而帶來的生命力及追求的勇氣。他們像兩個世界的人，即使要安排在一起，那也只能是父女二人。

我在這樣複雜的心態下開始學習電腦了。熒光屏被一個架子固定在床的中間，高離我的被子，主機放在床邊。最難解決的鼠標，父親和余小可反覆實驗，在鼠標上裝了一個類似於夾子的東西，在它的後面焊著一根柄，我咬著那柄，就可以前後左右地推動鼠標，然後我把它鬆下來，咬起它上面連接的兩個把子，一個可以帶動左鍵，一個可以帶動右鍵。當然，實際的操作要比敘述困難許多，夾子需要改進，我也需要練習，但是長期的各種困難早已使我對這種心理上的折磨視而不見，我只是暗暗感激父母遺傳了一副堅硬的牙齒給我。他們在我小時候常常向別人稱讚我從不需要看醫生的、雪白的牙齒，我不知道父親是否回憶到這些時就會感到人生的無常與悲涼，這副被人們稱道的牙齒，在我漫漫人生中，它們成為我唯一可以使用的「雙手」。當然，從某種程度上，它也證明了上帝是公平的老話。

至於鍵盤，我們用另外一根金屬棒來加以控制。它一頭稍稍彎曲，像一根向內勾起的手指。只要我把它筆直的一頭咬住，把彎曲的另一頭對準需要敲擊的鍵用力一敲，就可以了。這樣做一些簡單的操作是可以的，但是寫字的話就太麻煩了，好在有電腦識別的寫字板，這倒不難，因為我早就會用牙齒咬著筆寫字了。現在，我的房間還是很整潔，但是整個床上因為這些雜七雜八的東西顯得零亂，不過我一點也沒有覺得它們不好，我看著它們，綠色的熒光屏在床頭閃爍，我的冰冷的卻行之有效的操作工具放在頭面前的一塊架子板上，我就覺得世界是如此美妙，我將為之欣喜若狂了。

每天清晨，我父親臨上班這之前，餵我一點半乾的早餐，幫我刷牙擦臉梳頭，把床頭重新整理一遍，最後，他打開電腦，把這個奇怪的發明喚醒，它呈現出另一個世界，我不能說它真實，因為它所有的東西都是經過了加工，可我又不能說它不真實，從我們行走的街道到我們居住的房屋，從我們吃的、穿的、用的、享樂的，甚至到我們互相交談時所依賴的語言，我們的生活有什麼是不經過加工的呢？

我的技術進步飛快，余小可稱讚我是網絡天才，我想天才不過是因為我只能把全部時間用此處。我臥在我的房間，但是我的身體已經借助網絡離它而去。在網上很多地方，我都是極其活躍的，詩歌、短文，動畫，凡我能做的，定做得精彩，雖然每個作品都需要花費大量的時間，但是我除此之外別無他事，時間一久，我的作品就顯得很豐厚了。

其實之前你們就應該有所察覺，一個喜歡詩歌與童話的女孩，她怎麼會對愛情無動於衷呢？更何況，她長年地蝸居在一間充滿春天氣息的房間，她的心靈被這間房間的氣息浸潤著，她的身邊除去父親，基本上沒有什麼男性的痕跡，那些在過年過節前來探望的人中，是有一些年輕的男人，但是他們只是在她的房間偶然露面，並且常常表現得不知所措，他們既不能表示明顯的同情，也不會表示莫名的好感，他們對於她來說，從來就與愛情無關。她自己也不知道，在生活的細節方面，她父親的處理是否正確，那每一天梳理得整潔的辮子，那一抽屜變化多端的髮夾，對於愛情的實現，是否都是一種可能的暗示。還有余小可，把健康人說成「那個殘疾」，以及在她身邊長達十餘年的友誼，都是否會使她對自己的魅力產生某種遐想。還有那些歷史上確實發生了的奇蹟：英國女詩人勃朗寧夫人用愛情治癒了癱瘓。這些一點一滴，都會使她不能阻止對於「愛情」的渴望。當她面帶微笑，聆聽著余小可每天的生活瑣事，她就在想，她這樣溫順的性格，是否也會使一個男人願意坐在她的床頭，向她傾述生活裡的煩惱。

她所有詩歌和短文，還有那些動畫，都帶著這種壓在心底的渴望，她把這些渴望轉化成了另一種東西，她歌頌愛情，歌頌這使人不能自已的微妙的情感。由於她從未得到過這些，也就是她從未從中受到傷害，所以她的歌頌幾乎有著孩子們才有的純淨與天真。然而，一個孩子又不能擁有她如此巨大的熱情，所以她的詩歌與短文，可以用「奇特的優秀」來形容。

我在網上註冊了個人網頁，名字的靈感源於這個房間，我自己設計的頁面裡就有一個綠色朦朧的陽台和一個水流汩汩的瀑布。「小屋子」網頁的主人也叫「小屋子」，我想廣交天下朋友，歡迎那些在現實生活中勞累的人們到小屋子裡休憩。

余小可卻不太喜歡上網，我想這是源於她在現實中和人交往的自如與自信，一個在這方面沒有障礙的人，是不會喜歡網絡，網絡說到底，不過是種不徹底的、虛幻的交往。

但是她覺得我的生活有了新寄託，對此十分高興。這也滿足了她當初竭力讓我學習電腦的初衷。我告訴她新寫的詩、短文，她往往是我的第一讀者，她也不太懂這些，但是她總是說好，非常好，還說將來有機會幫我出書。她的生活也有了變化，她在一家大單位畢業實習，估計會被留用。她還有幾個追求者，她總是說起他們，語氣裡對他們的辛苦視之泰然，甚至覺得他們所受的折磨遠遠還不夠。她挑剔他們，在他們的問題上，她突然表現出的殘酷，使我隱約地不安，她似乎有種嗜血的願望，讓他們為她生、為她死，死時，也得不到她的愛，所以不能瞑目。這和想像中的愛情有多麼大的不同啊，我有時也勸她，可是她對我的勸說不以為然，她總是說，你太單純了，在這方面。有一句話，她大概沒有說出口：你怎能知道什麼是愛情呢?!隱隱約約的，我覺得她在罵人是「殘疾」的時候並未把對方當成「殘疾」，因為我，她對殘疾的意思理解透徹，她知道真正的殘疾是什麼樣子的。

為了和網友「風中之楓」見面，我們幾乎吵了起來，她在房間裡走來走去，因為有些話說不出口而煩躁不安，我知道她的意思，我一個癱子，怎麼能希望一個男人見了我之後還可能保留那方面的感覺。但是我非常固執，我覺得哪怕有百分之一的希望都可以一試，余小可說她不能幫助我，因為她不願意我受到傷害，她說她不會帶那個男孩來見我，我幾乎都要哭了出來，我知道沒有她的幫助我連為「風中之楓」開門都做不到，而這種事情，怎麼好意思求助父親，何況，我連百分之一的把握都沒有。我拚命忍住淚水，看著她朝氣勃發的身體在房間裡快速行走，我不知道我是應該責備她還是應該怨恨她，這個親愛的朋友，她如此無情地傷害了我，連基本的理解都不願意恩賜我一點。最後，她說，我要先給「風中之楓」寫一封信，說清楚我的情況，如果他還願意來見我，她就幫我這個忙。她打了一盆水，拿著一塊抹布，在房間的各個角落擦拭灰塵，她突然地就不像她了，她說：「如果勃朗寧的事情不算奇蹟，歷史也不會寫下來……，生活本來就殘酷……，誰還真的嚮往愛情……。」我忍不住反駁她：「你也不追求愛情了？」她愣了一下，那反應的遲緩分明是說她和我不一樣，她有這個追求的資格，因為生活對她不殘酷，她四肢健康、皮膚細膩、五官端正、青春年少！但是她沒有如實地回答我，她說：「我也可以不追求的。」

當我費力地用嘴在寫字板上畫出那封信的內容，一個字一個字的，告訴「風中之楓」我是一個全身癱瘓的女孩，唯一能動的就是我的頭，我現在給他寫的信是嘴咬著寫字筆寫出來的。我忽然覺得我的這些話看上去毫無赤誠之處，而且，它似乎更像一個笑話，或者一種由女孩子臆想而出的對男孩的考驗。我在寫信之前的那種擔憂和希望之情全部被我自己的信給毀滅了，我突然明白他不會相信我，更難以理解一個嚴重癱瘓的人如何上網和與他通信。果然，他大概不假思索地就回了信，在信中他鏗鏘有力地說想立即見到我「如春風一般的臉龐」，為了表達他的決心，他在臉龐的後面複製了大約幾百個「！」。

我看著這樣的回信，獨自一人，父親還沒有下班，余小可也有幾天沒來，我覺得他又可愛又好笑，同時我也明白了余小可的擔心，我永遠不能和正常人相提並論，甚至，在我說出我的真實情況後，對於普通人來說，只要他們沒能親眼所見，那都是超越想像的東西。我原來和他持續兩個多月的通信，那種朦朧地盼望回信和寫信的熱情全部被那幾百個「！」擊倒了，我咴咴笑著，卻難以流下眼淚。

我如期約他前來，請余小可幫我把他從樓下的那條街接到我家。我無法說清我家到底是怎麼走的，整整十三年，我沒有離開過我的房間，因為他要來，我才想起我對於樓下的街道是多麼地冷漠，在我還是可以跑或跳的時候，我曾在這條街上進進出出不下幾千次，可是我一旦失去了活動的能力，我似乎就對它失去了興趣。我對於自己的這個發現讓我驚訝不已，我詳細地詢問了余小可樓下的街道是什麼樣子，與十幾年前她走路到我家來看我時有什麼了不起的變化。余小可漫不經心地回答著我，似乎欲言又止。像我們這樣的朋友，有些話是不用說就可以明瞭的。我讓她不用擔心，我和「風中之楓」的見面早已經與愛情無關了，我只是想讓他知道，他的想像力遠不如生活來得殘酷。余小可顯然對我的話不能信服，她又一次地給我梳了辮子，對著我臉詳加考慮，她從包裡拿出一個藍色的小包，裡面裝著眉筆口紅之類的東西，她要給我化妝，我不同意，她說這樣會更漂亮一點，我還是拒絕了，我說你待會兒好好地看一下這條街吧，我只想知道這個。

「風中之楓」是一個體態略胖的年輕人，比我小一歲，正在計算機系讀一年級，他很靦腆，臉漲得通紅，他大概還沒來得及問余小可是不是「小屋子」，就被余小可的自我介紹破滅了希望，余小可看著他，有些冷淡，她說她第一眼看見這個什麼「風中之楓」就知道他什麼也不會明白，即使他看見我的樣子也還是什麼也不會明白，余小可用了與她的年齡很不相襯的話，她說那就是一個傻兒子。

當然，余小可這樣說他是完全站在我的立場的，事後我也很後悔，因為我只想到了我自己，怎麼能把他的單純當成他的缺點呢？當他坐在我的房間，看著我，我床頭的藥物，我整個身體掩藏在床單下面，還有余小可端茶送水時冰冷的表情，他就被所有的這些搞糟了，他還沒有經驗及能力處理這樣的事情，他說不清楚安慰我的話，也說不清楚讓他自己得以安慰的話，他幾乎快要哭了出來，鼻腔裡發出嗡嗡的共鳴。

我很為他難過，我覺得我嘲弄了他，儘管我不是有意的，但是我在心裡面是看不起他的，我憎恨他對我信裡的內容那種不假思索的態度。

我明白了我應該在「小屋子」公布我的病因。我本以為在網絡上我就能虛擬成一個正常人，但實際上，我真正渴望的還是真實世界裡的交流，只要有一點和我的真實情感密切相連，我就不能無視於它，只活在網絡虛擬之中。我很感激「風中之楓」，他在「小屋子」裡發表了一篇文采平平，但是真實可信的短文，為我的說法作了旁證。

我的生活總在歧途，而且它還不是一條直線，它像個繞不出去的迷宮，走了一條錯路，又拐上了另外一條錯路。面對這不知受誰控制的轉變，我的智慧，加上我父親和余小可的，都是那麼地缺乏經驗與預測力。突然地，我就成了一個名人，一個竟然可以用嘴來識字、讀書、在網上製作東西的人，他們把我當成了張海迪式的人物，認為我的毅力堅不可摧，戰無不勝。我的房間從此朝著社會打開了大門，平靜的生活結束了，而我，是在它結束很久之後，才突然明白它已經消失無蹤。

記者們常常進入我的房間，他們的閃光燈會光臨房間的每個角落，陽台、落地燈、床頭上雜亂的各種操作棒，當然，最重要的，是那個在被單裡露出頭臉的我。我出現在報紙上、雜誌上、電視機上。我瞬間就成了名人，我的房間裡擠滿了慕名而來的市民們，他們有的只是來看一看我，有的給我帶來了禮物，還有的向我傾述煩惱，詢問堅強的理由。他們坐在床對面的沙發上，在床頭櫃旁邊搬來板凳，他們的聲音和表情在這個房間裡留下記憶。由於我表達了我對父親的愛及對余小可的感激之情，他們倆也成為記者們採訪的對象，記者對父親進行了專訪，拍了一組他在單位工作和在家照顧我的照片，刊登在當地報紙的頭版上。而余小可，她出乎意料地拒絕了所有的採訪，她似乎很輕視那些記者，甚至對我，也表現出了同樣的態度。

這個從八歲起就和我建立了超乎尋常的友誼的女孩，在這個時候，我才感到我們並不是互相了解的，甚至，我們彼此都有一種吃驚的陌生。當你說這是我從小一起長大的哥們兒的時候，可能恰恰是說「這是和我認識時間最長的人，但是我根本不知道他是誰。」比如余小可，我知道她不喜歡吃牛肉、第一個初戀男生是同桌位、她喜歡文學和電影、比較討厭她班裡一個女生……，但是超出了這些由彼此的傾述而了解的事實，同時面對一些問題，我現在發現，我真不知道她會怎麼樣來處理。

就在我們的關係逐漸疏遠的時候，有一個比我大七歲的文化公司女經理填補了余小可的空白，她第一次到我家帶了一大堆的禮物，還要捐錢，被我父親竭力婉絕了。這是個和余小可截然不同的女人。燙得亂蓬蓬的短髮，身體很胖，但是穿得很時髦，所有衣服的色彩都是極鮮豔的，如果有圖案，也都是誇張和變形的。余小可見過她一面，就幾乎是生理性地對她很厭惡。但是她什麼也沒有說，只是來得更少了。

這個女經理的聲音像她的體積一樣洪亮，當她笑的時候，就爆發出一陣巨大的哈哈聲，明顯地在房間裡可以聽見共鳴。她的語氣和說話的表情都很豐富，還伴隨著大幅度的手勢。她說她不怎麼會做家務，除了笨拙地給我梳過頭以外，她就對這些事情失去了耐心。但是她仍然強調我是她最欣賞的女孩。她反覆地說她如何地喜愛我，我雖然有時不免對她產生疑惑，但是在這樣熱情洋溢的友誼面前，我還是全盤接受了。

事實上，她對我的友誼是莫名其妙的，她有個男朋友，但是似乎她對他的把握不大，她總是來說他們之間又發生了什麼和剛開始發生了什麼，就像突如其來的一次失火，她闖進我的生活，並且，又很快地離開了。但是她卻真正地把我和余小可從親密無間的戰友轉變成為一種平等的朋友關係，我似乎可以不再依賴什麼人了。當人們在網上，在報紙上把我當成英雄的時候，我就像經過膨化機的玉米，感到某種有力的東西伴隨著我成長起來。

在這段期間，除了已經疏遠的童年友誼，我身邊常常有嘈雜的人聲，但是孤獨卻與日俱增，因為沒有一個依賴親密的談話對象，我表現得越好，就覺得輕鬆快樂越離我而去，我想我大概迫切需要愛情，那些來看我的人們中，有許多男人，我總是記住他們中年輕的一些，在心裡對他們一一比較，並且產生某種故事性的聯想。我的「小屋子」得到了很多捐贈，我忽然之間就有了錢，在剛開始，我曾想過要把錢退回去，但是漸漸地，我就知道我離不開這些錢了，它使我對生活真正有了希望，我可以自己養活自己，甚至孝敬父親、犒勞朋友，我得到的那些虛名，是建立在這些人民幣之上的，沒有它們，那股力量就是空的，是打不死人的。我和一家出版社聯繫簽了合約，我急功近利，渴望可以進一步的出名、賺錢，獲得男人的愛。

這股說不出的氣體在我的胸中激盪，它使我煩躁不安，卻也使我勤奮工作。那些來訪的人們如果敏銳，就可以注意到我眼神中的變化，我學會了對他們微笑，與我原來的真誠的因為友誼的微笑千差萬別，我在朝他們微笑前，我就在想他們能給我帶來什麼樣的好處，如果有，我的微笑一定是容光煥發的，如果沒有，那就是一種應付的，但是自我感覺良好的擺身分。還有男人們，在那些年輕男人的面前，我的微笑，開始朝他們發出信息，我時而害羞，時而驚奇，時而咯咯地歡笑，總之，那種微笑充滿了暗示，如果我是四肢健康的女孩，他們一定覺得我不知羞恥，因為我的病，他們就不會往那個方面多想，他們以為我是純潔的處子，十三年未出過這樣清新房間，我的心靈，定不會受到汙染，他們忘記了我本來的欲望，是存在於我健康的大腦中。

也有極聰明的男人嗅出了我的味道，有一個學設計的學生，非常漂亮，漂亮得在很長時間我都對余小可隱瞞了他的存在，為了害怕在他來訪時余小可不請自到，我藉口那個文化女經理要在我的房間暫住，問余小可要回了我的家門鑰匙。這把鑰匙還從未離開過她，她在聽到我的要求的時候曾用一種難以置信的眼光詢問著我，但是我的頭腦裡全是那個學設計的漂亮的五官，我一想到他那樣的男人接觸到余小可——既聰明可愛又溫柔大方，我就不能有任何的保障，儘管在我的生活之外他有無數的可能遇上美好的女人，但是因為我無法預見，也就無從防範，但是，現在有這樣一個女人就在我的身邊，我怎麼能把他拱手相讓。我收回了余小可的鑰匙，也就是說，我必須在愛情上有所建樹，以彌補我在友誼上的損失。我藉口無人照顧，那是個挺善良的男孩兒，一個在本地讀書，也許是孤獨或者內向，他沒有什麼朋友，在網上看到我的消息後來拜訪我，漸漸地我們熟悉了，他對我並沒有什麼其他的想法。在剛開始，我的藉口生效了，他常來看我，他還挺會做飯，但是漸漸地，他就發現了我的微笑，那種女人在追求某種情感時才有的微笑，他幾乎

我父親說要加班，從我學習電腦到公布病情到這種不受控制的轉變，大約有近兩到三年的時間，我和父親的關係還是很親密，他承擔著基本的照顧我的工作，燒飯、梳頭、擦拭身體，但是我覺得我們之間和以前不一樣了。儘管這不能等同於我和余小可的那種疏遠，可這兩者之間是有某種類似的，我知道這也許都是因為我的生活發生了變化，但是我也沾沾自喜，我自以為自己變得強大起來，可以不依賴於他們。在最近，我越來越不願意父親再為我擦拭身體，這些年來因為貧窮與疾病使父女二人不為這種事情而尷尬的默契消失了，代之以說不出的難受和彆扭，我把「小屋子」網頁所得的贊助款拿了一部分出來，請父親雇用了一個退休的老護士，她每天晚上來替我擦洗、翻動身體，把弄髒了的墊布清洗乾淨，晾在陽台上，第二天早晨，我父親就把這些難看的布匹們拿進他的房間，掛在從東向西拴著的一根廢電線上。

現在，我想我當時是我讓我父親傷心了。可這種傷心就像余小可的怨恨一樣，他們都把一部分關注我的力量外移出去，放在了他們自己的生活中。

那一天我的生日，五個青春少男圍在我的床邊，他們放肆地談論著各種話題，我所有的神經都被這些人的活力刺激了起來，我的臉漲得通紅，總是不時地插嘴，尖聲歡笑，甚至評價那些我從未見過面的他們班裡的女生，我的評價從他們中來，比他們遠要惡毒得多。

因為有些熱，我們把房間門關上了，開著空調，這也是我用自己的錢買的，本來也要給父親裝一台，他死活沒有答應。這樣，外面的人敲門敲了很久都沒有人開，我房間內的電話響了，這台電話放在離床頭很遠的沙發旁邊，是為了讓我上網才裝的，誰都知道我不能接電話，我以為是找我父親的，便說不管它，但是這鈴聲鍥而不捨地響著，那個學設計的漂亮男生便走過去接了電話，他先喂了一聲，然後非常奇怪地站在那兒，問我：「是找你的？」

我愣了一下，反問：「是誰？」

他也對著話筒問了對方，然後對我說：「她說她叫余小可。」

我隱隱覺得有些不快從心裡升上來，但是在這不快裡暗含著一種欣喜，她到底還記得我的生日的，不等我再問，那個漂亮男生就對著話筒說：「她沒辦法接電話，請問您有什麼事情嗎？」

他聽了一下，又對我說：「那個余小可說她在門外，能不能請她進來？」

我遲疑了一下，我本想拒絕她的，可恨那個話筒不在我的手上，這樣通過第三人來拒絕她，我覺得有些說不出口，倒不是對她不好意思，我怕這傳話的人對我產生一點點不美好的聯想，我假裝快活地笑了一下，說：「請她進來吧。」

有人立即去開門了，我聽見門口傳來她和那個男生寒暄的聲音，我興奮的神經像被刺扎了一下，立即萎縮了。我都不用看，就可以想像那個男生面對余小可時會產生的那種態度，說實話，在童年的時候我從未看見她是個美人，她越長大，她天性裡的東西就越把她的外表裝點得清新可愛，近兩年，由於所有的發育都完成了，她在初戀失敗以後，身體裡的忍耐與寬容賦予了她更強烈的女人味。我妒忌她，這是完全正確的，即使我的身體健康，可以像她那樣生活，我知道我仍然無法像她一樣引人注目。

她跟著那個男生走進來，顯然她對這屋內景象非常驚訝，這和她習以為常的冷清孤獨與病弱有天壤之別。她的表情使我的神經再次舒展開來，像刺刀一樣豎立在半空中。

她看了看這幾個青年人，從包裡取出一個包裝得很漂亮的包裹，放在我的床頭，說：「送給你的，生日快樂。」

學設計的漂亮男生走到床頭邊坐下，他在後來的表現都非常令我感激，他像我的男朋友一樣，對余小可表示感謝，招呼余小可落坐、吃東西、喝飲料，在這一場天性中的惡所引發的戰爭中，他和他的同學們似乎一目了然，他們全部站在了我這一邊，余小可的美色對他們不起作用，他們的冷淡表示出她是不受歡迎的人。

余小可冷冰冰地看著我，我轉過頭，佯裝累了，閉目養神。

她沒有坐下，也沒有吃東西，甚至包還好好地背在肩膀上，她再次環視了一下這個房間，便告辭了。

我在她走後便極力地尋找開始時的歡樂，我仍然表現得很興奮，以此來轉移我內心被余小可帶走的，說不出的失落，他們五個，陪伴在我身邊，不停地說著笑話，我們一起哈哈大笑，笑得又響又強烈，好像掌握了某種權力。在吃完了蛋糕和菜餚，他們五個人排成一排站在我的床前，說要給我一個特別的禮物，我當時就緊張了，這五具年輕的身體緊緊貼著我的床邊，他們的膝蓋和床單互相擠出皺折，因為距離突然地拉近，而且又是激情蕩漾的一個下午，我不知道他們會幹什麼，我滿面通紅，想，他們大概是要給我一個吻吧。

他們叫我閉上眼睛，我忸怩不安，叫他們站到旁邊去，他們交換了一下眼神，那個漂亮男生突然彎下腰蒙上了我的眼睛，我嘴裡發出一聲抑止了的尖叫，生怕那吻來時沒有恰當地放在我的唇上。我聽他說：「好了。」什麼也沒感覺到，他鬆開了手，光線再一次把房間顯示出來，那另外四個人的手上，拎著一條亮晶晶的東西。

我感到紅色血液再次凶猛地衝上我的臉頰，我掩飾著失望，假裝興奮地問：「啊，什麼？」漂亮男生從他們手裡拿過那條項鍊，圍在我的脖子上，有些冰冷的鏈子繞過我稍有感覺的皮膚，他讓我把頭往前傾，我做到了，他的胸膛離我的臉很近，近到我覺得這身體是如此美好，近到我覺得健康的人為之亂倫都不過分。他的身體在我的臉頰旁邊停頓了一會兒，他扣好了項鍊上的搭扣，直起身，那剩下的四個就鼓起掌來。

現在，我得為另外的事情不安了，我問他們花了多少錢，買這麼昂貴的東西給我。漂亮男生笑了笑，說是幾個人湊錢買的，他讓我不要擔心，只管享受就是。

當夜幕逐漸把白晝的光線趕出我的房間，他們在盡歡之後向我告別，我目送他們離開我的床頭，耳朵聽見他們帶上我家的大門。在「砰！」的一聲之後，我看見了床頭旁的那個鮮豔的包裹，我不知道它是什麼，但是它突然地就把我拋進了孤獨，在以往的生日，都是由父親和余小可或者其他一兩個人來為我祝賀，今年的與眾不同，卻使我忽然感到生死未定的惶恐，沒有親密的話語帶來的幸福，這樣的歡樂，我不知道它是否能與痛苦等義。我想到了余小可冷冰冰的眼光，她在嘲笑我嗎?!在嘲笑我永遠也沒辦法像她那樣生活，這本來也是我承認的，十三年的歲月早就將我磨成了鈍石，那麼，我還到底想要什麼？到底什麼東西可以真正地屬於我？那只有父親和余小可的日子，一去不再復返，我已經停不下來了，甚至，我還想要飛躍！我又想再寫一會兒了，但是寫作的實際困難比我的想像要大得多。我只寫了幾行字，就覺得這樣是沒意義的，我又上了會網，「小屋子」的捐款比前天更多了，還有一家廣告公司想找我談談，另外，還有個幼兒園的想請我當他們的校外輔導。我不知道在網絡那頭的人們到底怎麼樣看我，他們是否能看見，我現在的憂慮和感傷。

我睏了，在矇矇矓矓中進入夢鄉，我又一次聽見了在決定學電腦之時那個晚上特有的聲音，我最親密的朋友，和我的父親在為我的生活尋找樂趣，她充滿母性的聲音使我想叫她一聲「媽媽」，我在夢裡想，我還是那麼愛她，但是為什麼我還是想離開她。我不由地驚醒過來，難道，我真的想離開余小可嘛，我想著我和她之間的變化，確實每一次的疏遠，都是按我的心願達成的。那個聲音還在繼續：「那些人真是她的朋友？」

「我也不是很清楚，這段時間，來了很多人。」

「你也沒找她談談。」

「我看她現在很高興。」

「可出了這樣的事兒……」

我不知道他們在說什麼，但是佘小可和我父親，只有在談論我的時候，才會有種特有的夫妻似的對話。我屏住呼吸，聽他們的對話。

漸漸地，我覺得心從胸口往下沉，要沉到床下的木地板地上，房間的燈光變得昏暗起來，那一根白閃閃的的東西，它在眼前晃蕩，似在嘲弄我對於一切的熱忱，我努力地把下巴放低，但是這樣是白費的，我無法用我堅硬的牙齒把它從我的脖子上咬下來，放在嘴裡斷成幾半，它還是貼著我脖子上的好肉，把我無能的身體同我有能的頭腦一分為二。

那五個為我過生日的男孩，在漂亮男孩的帶領下，以我的名義在各個大學和企業進行募捐，他們知道我熟悉網絡，就把騙局設到了房間以外的世界。佘小可在單位門口看見了他們的宣傳畫，果然是專業出身，宣傳畫畫得非常感人，配著我和他們的合影。

我並不在乎他們掠奪了我的金錢、我的信譽以及人們對我的憐憫，我只是難以忍受他們在對我笑容可掬的時候，在為我唱生日歌的時候，在俯下身為我戴上項鍊的時候，只是為了錢，我在他們心中，連起碼的魅力或者一點點可愛之處都不能談到嗎？他們，怎麼樣來在背後說著我：那個癱子，哄她高興一下罷了。

佘小可和我父親仍在談著話，在這個時候，我才意識到我最親的人，從開始到現在，仍只有這兩個人而已，至於他們兩個人的愛，我現在也開始懷疑起來，他們為什麼來愛我，因為我是他的女兒，她從小到大的朋友，可是這樣無功利的愛，在房間的大門一但打開，我就會對他們厭倦，那麼為什麼他們還來這裡，關心著我。當然，現在他們可以當面指責我，我的無能、我的輕信，我對整個社會的無知……，我不能動的身體為我帶來的一切！我看著燈光裡的房間，它充滿了整潔、田園、雅致等等招人喜愛的東西，我把它們奉成美德，把它們當成我的身體，當成我可以炫耀、可以用來獲得愛的武器，實際上呢？它們對於心靈嚮往之外的生活，是卑微的！無力的！多餘的！

我轉過頭看著被單上印的紫色花朵，這些花朵開得很漂亮，所著的色調因為經過人工調製而顯得十分優雅，它剛剛在我床上盛開的時候，我還用它給我的感受寫過一首詩，現在，我知道它也不過是沒用的東西之一，那麼我那些所謂的詩歌、短文、愛的熱情，也同樣的卑微、無力、多餘！也許，它們還可以博眾人一笑，讓他們來嘲笑一個癱女人的德行。

余小可和父親到房間裡來看我，我閉上眼睛假寐，他們沒敢打擾我，替我關上了燈，我就陷入了沉沉黑夜之中。

當我在黑夜中睜開眼睛，我房間裡的一切都看不分明，連起碼的形狀都是模糊不清的。今夜無月光，但是對面的街燈卻還亮著，我在這樣極其微弱的光裡注視著我的房間，整整十三年以來，除卻病痛時的折磨，我幾乎不曾在這樣的夜裡注視過它。我感到此時的它才真正地與我融成一體，我本是該陷入伸手不見五指的死亡，但是生卻留下了我，它無比吝嗇，連一點點月光都不肯施捨，只在街邊處亮著一支五十瓦左右的人造燈。我只在白天注視它，它的一點一滴，陽台上的那些生物，落地燈上落下的水珠，我被光線製造的假象迷惑住了，那些所謂的「美」，其實和我毫無關係，我的生命，應該是在這樣的房間，充滿了灰暗、模糊不清的理由、還有陽台上黑黢黢光怪陸離的植物影子。

我是否要感謝那五個男孩，他們對我的所作所為，讓我徹底看清了自己的房間，它是這樣的，不是那樣的。在白天一個樣，在黑夜完全另一個樣。所以，當我身處白晝，我就能想像到黑夜的痛苦，當我身處黑夜，我就能想像到白天的歡樂何其虛無飄渺，不值一提。

我注視著陽台以外的那個空間，光線在很長的一段時間是持續不變的，它讓我逐漸地麻木，不再對變化產生幻想，然而，經過長時間的停滯，它終於還是要出現東方發白的亮光，並且，房間外的街道上有了一些聲響，我也是我很久以來沒有注意到的，這些聲響並不明確是由什麼產生的，它們和這房間一樣不可被人明瞭，伴隨著它們，陽台上的植物們又開始顯現出綠色特有的意味，我看著它們一點點地漂亮起來，使人心曠神怡，那窗簾上的花色也開始在早晨的微風裡巧笑嫣然，還有給我帶來好處的電腦，也在微明的房間露出它方正莊嚴的身體，我看著它們，又將拖著我進入白天的房間，進入另一個世界。

然而，我現在知道，黑夜終究是要來臨的，它們比白天更長久。

我把行李準備好了，放在房間一角，然後等著，等感覺突然來了，就拿起背包，直奔機場。背包不大，裝著一條牛仔褲、幾件上衣，都是很舒服地那種。我還特地買了一件睡衣，白色、很長，質地柔軟。睡衣是重要的物品，雖然它不能在大街上穿著，卻讓生活多了一個細節；雖然這個細節只能滿足自己，但還有什麼比自己更重要？我想著新睡衣，心情愉快，這似乎也成為某種動力。某天，我走在街上，他突然打來電話，說準備出門喝茶，我們一邊聊天，一邊走在各自的城市。說著說著，我看見了一個售票點，就走進去，示意售票小姐買一張票。他問我幹什麼，我說買機票。他說你要出差嗎？我說是的。他哈哈地笑起來，問去哪兒？我說不一定，先看看票價。

我的包裡還有一本書。帶上它和閱讀它是兩件事。帶了不一定要讀，讀也不一定在旅途。這本書寫得很好，作者是個英國人，寫得既簡潔又有個人想法。就這樣我出了門，熬過了起飛時的不適，正準備閉目養神時，旁邊的一個女人向我搭話了。

她不漂亮，臉上布滿雀斑，鼻頭、嘴、下巴都是尖尖的。我們順利地聊了起來，這方面女人都有天賦。也許我是個陌生人，而且只能是個陌生人，她顯得很亢奮，說個不停。她是個女軍人，不停地聲討部隊的黑暗面。她說有個領導，和一個女兵關係不正常，女兵快三十了，這位領導既不離婚娶她，也不同意她和別的男人戀愛。有一次女兵喝醉了，領導安排她去服侍，她給女兵脫衣服擦身子，還要打掃嘔吐物。說到這個時候，她已經非常憤慨了，並反覆用一句話表達：算個什麼玩意兒！什麼玩意兒！說實話，我已經後悔出門了，還不如待在家裡，泡一杯上好的綠茶，安安靜靜地給兩千五百公里以外的男人打一個問候電話，但是，已經沒有選擇了，我已經上路了。

下了飛機，我們各自取了行李，連再見也沒說就分道揚鑣。可見說話的多少和是不是朋友並沒有什麼聯繫。我覺得很滑稽，不由想起我和那個男人，現在，我不能說他離我兩千五百公里遠了，我就在他的城市，他的家鄉。我們打過很多電話，上過很多網，可似乎也不像朋友。我走出機場，一座連綿不絕的大山映入眼簾。

他說過，這裡到處是山，除了山還是山，當然，還有月湖。

我坐在機場大巴上，往市區走。這樣的城市果然難得一見，它不在山裡，因為山離城還有一段距離，但又被山層層包圍著，隨處一抬頭，便可看見遠處的大山。這哪裡還像城市呢？儘管到處是街道、汽車、樓房。

這樣的地方，一個這樣的男人，我的心情開始好起來，新鮮感消除了旅途的枯燥與乏味。

他說，這裡最美麗的地方是月湖。如果你來，一定要住月湖賓館。

下了巴士，我直接坐上一輛出租。司機圓頭圓腦的，看上去很聰明。我說去月湖賓館，他立即來了精神，一邊開車，一邊操著半生不熟的普通話說，那是當地最好的賓館。

「月湖賓館下面就是月湖，月湖四面都是山。」他從倒車鏡裡觀察我：「小姐一個人來的？」

「是。」

「就一個人？」

我想了想：「不，會朋友。」

「哦，」他有些失望，不停地問：「你朋友怎麼不來接你？」

「你們在月湖賓館見嗎？」

「你是哪兒人？」

「你從哪裡來的？」

我看著倒車鏡裡他的眼睛，慢慢把目光轉到了車外。

我沒有回答。他也沒有再問。

車沉悶地朝前開著。和所有的城市差不多，這裡有些地方種了樹，有些地方光禿禿的。沿街到處茶館，都是開放式的，一眼就能看見裡面。我看了看錶，下午三點半，茶館裡坐滿了人。這個時候？我想，這兒的人過得很悠閒。

漸漸地，人煙少了，車上了一條柏油馬路，很明顯，在朝山裡開了。

我拿出手機，摁了當地的區號和１１０。

司機沒有再廢話，只是專心地開車，大約過了二十分鐘，一座黑瓦白牆的小樓出現在半山腰。如果說它是當地最好的賓館，它就太樸素了，比市裡的很多建築都要樸素。

出租車停在了樓前。一個穿迎賓服的小夥子走過來，替我打開車門。

我付了車費，司機似乎欲言又止，我覺得自己有點懷疑過了，就笑了笑，說謝謝。他立即掏出一張名片，說如果想到處轉轉，就打電話給他，他的車便宜，即使朋友陪同，有一輛車也是方便的。我這才明白他為什麼總是追問，便笑著說，如果用車就一定找他。他長舒一口氣，討好地揮了揮手，開車走了。

迎賓員要替我拿包，我說不用了，不重。我問他月湖在哪兒，他指著旁邊的一條小路，說下了這個坡就是。我問在房間能看見嗎？他說能。訂房間的時候，服務員說面對湖的房間比普通間貴五十塊，我說沒關係，就要面對湖的。

房間號挺好，919，不是911。我打開門，放下包，直接走到窗前：好大的一個湖！比我想像的大得多。它順著山的走勢朝前，一直朝前，永遠也望不見邊。

我突然有了某種熱情，我要找他、立即找他！陪我上山，或者，去看月湖。

我拿出手機，他的聲音聽上去很愉快：「喂。」

「喂，你好啊。」

「你好，」他似乎感覺到我的情緒：「在幹什麼？」

「在看景，多漂亮的山，多漂亮的湖。」

「山？湖？你在哪兒？」

「在一個地方。」

「什麼地方？」

「湖邊，叫什麼的，唉，名字忘了。」

他深吸了一口氣：「你在……？」

我突然感覺到一種東西，它不是我期望的，心被這麼一擋，語氣就變了，我頓了一下，懶懶地說：「它過去了。」

「什麼？」

「剛在放一個電視節目，好漂亮的湖，現在，它過去了。」

「是嗎？」他疑疑惑惑：「我還以為你在這兒呢。」

「在哪兒？」

「沒什麼，」他笑了笑：「漂亮的湖，除了月湖，還有什麼湖比它更漂亮。」

「那不一定，剛才那個湖就比月湖美。」

他哈哈地笑起來，問我晚上吃什麼，我說你們那兒有什麼好吃的，他說麵，一種山城特有的麵，我說麵嘛，全中國都差不多，他說怎麼可能呢，我們這兒的麵是全中國最好吃的麵。我說有專門的麵館嗎，他說有，我說叫什麼，他說叫山城麵館。他想了想，不放心地問，你不會真在這兒吧，問得這麼仔細。

我說別妄想了，如果真在這兒，我一定要好好敲你的，吃麵條？虧你想得出來。

我們又隨便聊了幾句，就掛了電話。

山城麵館？我看了看窗外，決定先到湖邊轉轉，然後去山城麵館吃麵。

我補了妝，一天下來還真有點累，但口紅和胭脂迅速彌補了，鏡子裡還是一個容光煥發的女人。我背著隨身的小包，走出賓館。迎賓員朝我點點頭，我朝他笑笑，順著小路走下去。

站在月湖邊，才能感覺到它的遼闊。這是一個怎樣的湖，不僅遼闊，而且平靜，平靜地連陽光灑在上面，也不會閃爍。我的心瞬間平靜下來，儘管這平靜包含著豐富多彩，但平靜就是平靜，什麼也攪亂不了。

湖邊沒有什麼人，只有幾對情侶。我坐在一塊光滑的石頭上。四面的山比房間裡看到的更高，山上的色彩也更豐富。

這樣坐著，我感覺微微的涼意，天擦黑了，情侶們都不見了。我走回賓館，正好有輛的士停在門前，我上了車，說去山城麵館。

等到了山城麵館，我才知道他為什麼要說山城麵館了。這哪裡是麵館，分明是一座豪華酒樓。

我走進去，大廳裡人滿為患，一位穿旗袍的小姐問我幾個人，我說一個，她似乎有點為難，領著我轉了一圈，又找來領班商量，才把我帶到一個角落，那兒擺著一張不大不小的桌子，三四個人剛剛好，現在只能給我一個人享用了。

我坐下來，她把菜單遞給我，菜價不便宜，有些挺貴的。我說你們這兒的麵最有名嗎，她說是的，麵在後面。我翻到後面，點了一碗。她說麵都是小碗的，我說有多小，她說就是小碗嘛。我說你們這兒有什麼特色菜，她介紹了兩道，我說就點這兩道。她在單子上寫好菜名，操著方言喊一個小夥子給我上茶，小夥子走過來，把一個大蓋碗放在我面前，朝裡面沖水。茶的味道聞起來有點怪，我問他什麼茶，他說是迎賓茶，我問他用什麼做的，他還沒來得及回答，就被叫走了。迎賓茶？有趣，我嚐了一口，味道比聞起來清爽，很好喝。

周圍坐滿了人，操著方言說笑，仔細聽並不難懂，和他說普通話時的一些腔調很像。我想著他的聲音，和這裡人的聲音做著比較，比著比著，我不覺笑了起來。這是一種幸福呢，還是一種無奈？

山城麵館雖然大，客人也多，菜卻上得快，味道就更不用說了。我真餓了，而且想喝點什麼，我把小姐叫過來，問她有什麼特色酒，她說了兩個，都是白酒，我說啤酒有嗎，她說有，百威。

百威就百威吧，我說，拿小瓶的，她問我拿幾瓶，我有些詫異，看了看她，說我只有半瓶的酒量，她噗哧一聲笑了起來，說好的好的，給您拿一瓶。

酒來了，還有菜，還有異鄉的飯館，和那麼多的異鄉人。這樣說並不準確，因為對於這個地方和這些人，異鄉人只有一個，那就是我。

我吃著，喝著，漸漸地，我發現周圍的人都在注意我，我也注意了一下他們，這裡基本上沒有什麼單身客，更不用說一個單身女人。

斜對面一桌的幾個男人不停地看我，朝我笑，我把頭低下來，只管吃喝。他們曖昧不清的笑打擾了我，我忍住內心的不愉快，加快了速度。

他們的聲音越來越大，也許是喝多了酒，話題明顯衝著我來了。

周圍的幾桌人開始注意我們，負責上菜的小姐也在不遠處觀望。他們在打賭，賭誰敢上來和我搭訕，並且請我和他們同桌。我有些惱怒，也有一點得意，我惱怒他們不尊重我，但如果我是一個醜八怪，他們就不會如此了。

有一個男人站了起來。我低下頭，繼續吃麵，裡面放了許多植物，我都不認識，也許是山裡的特產。

他搖搖晃晃地走過來，在我身邊停下，並且坐了下來：「喂——」

我聞見濃烈的酒氣，不覺笑了一下，想了想，又笑了一下。這樣的笑也許讓周圍的人們都誤解了吧。我抬起頭，看著他，他也看著我。我們就這樣互相看著。

他的五官還算英俊，皮膚有點兒黑，此時喝了酒，黑裡透出紅來，不像一個三十二歲的男人。我有點慶幸，我還沒有愛上他，這樣的男人，註定不會屬於一個女人，但我又有點慶幸，我還是有點愛他，因為這樣的男人註定是可愛的。我朝他笑笑，又笑笑，他更沉默了，只是注視著我。

周圍一片安靜。我們雖然什麼也沒有說，什麼也沒有做，但很明顯，我們的關係在發生著微妙的變化。大家都在等著。

那張桌的男人們默默地喝著酒，其中一個人有些急了，吹了聲口哨，哨聲驚醒了他：「小姐，」他猶豫不決地：「你，一個人？」

藉著酒勁，我差一點吻了他，可是我害怕吻了之後就走不了了。我推開椅子，站起來，拿起包走到服務小姐面前，說買單。服務小姐咬著嘴唇，跟著我走出了角落，一直走到總台，她才想起忘了拿帳單。我回頭看了看那個角落，隔著一百多張飯桌，它遙遠而模糊。它比兩千五百公里還要遙遠。

是聲音嗎？是聲音出賣了他？也許不是，因為他曾經向我描述過長相，或者和長相也沒有關係，當我抬起頭，那樣看著他的時候，我就會把他認出來。

這是人和人之間的感覺，我確定，他也認出了我。

我不知道他為什麼沒有攔住我，就像我不知道，我為什麼不能留下來。我順著城市的街道朝前走，有的士按喇叭，我便上了車。

「去哪兒？」

「月湖賓館。」

「月湖賓館好啊，」司機說：「那是我們這兒最好的地方。」

是的，月湖果然是全天下最漂亮的湖，他沒有對我撒謊。

他鄉遇故知

我順著人流，走到地鐵出站口。一個侏儒正舉著一只鐵皮盒子，笑瞇瞇地向人乞討。人流不算太密，我看著前面幾十個形形色色的背影，他夾在那些背影裡，驚訝地看著我。

我們一起走了出去。外面天氣不錯，陽光裡的人們都在看：一個年輕姑娘和一個年輕的男侏儒。侏儒長得濃眉大眼，只是牙齒有些暴，頂著厚厚的嘴唇。他穿著剪過的牛仔褲，腿還沒有上身長，頭特別的大。在詫異的目光裡他顯得很不自然，我也一樣——他們無非在猜測我們的關係：朋友？情侶？是否上過床、如何上床……這樣想著，我心中的惡就被激了起來，我有意朝他靠過去，他往旁邊一讓，我又靠過去，他抬起頭，似乎是感激地看了我一眼，便不再動了。他的高度正好齊我的腰，看上去真的很親密。

去哪兒呢？我茫然地看了看四周，馬路對面有個餃子館，我想也近中午，不如一起吃飯吧。我問他，他有點不知所措地點點頭。我們走進了餃子館，我說我請客，他說不，應該他請，這樣的推讓本來很正常，但是餃子館裡所有人的目光……我惡狠狠地環視了四周之後，他就什麼也不說了，儘量快地朝邊角處的一個座位走去。他本來就矮，還拚命地低著頭。我看著，心裡一緊，幾乎是壓抑著憤怒，我點好菜單，走到座位上，在他的對面坐下。

我們在等餃子。他用手扒拉著鐵皮盒，盒子擺在腿上，為了看它，他的頭埋得更低了。我兩臂平放，一手握著紙巾，一手按住筷子，看著他髮絲散亂的頭頂。我不知道跟他說什麼，但是在地鐵站相遇的時候卻真是有點激動，他鄉遇故知？他根本算不上吧，最多是個「南京熟人」。

第一次見他大概是五年前，我去金陵飯店買皮衣，那是外公送的新年禮物，條件是不得穿到學校去。我看中了一款羔羊皮的，只有那兒有賣。我提著新衣服，很厚很重，出了金陵飯店的大門，沒走多遠，便看見一個乞討的侏儒。他老遠地就看到了我，還向我鞠躬。我從口袋裡掏出一元硬幣，放進他高高舉起的鐵皮盒子裡，咚的一聲響，他什麼也沒有說，只是開心地朝我笑。

我就回笑了一下。

後來在那附近常常能碰到他，他穿得挺整潔，鐵皮盒子也是乾乾淨淨的，擦得雪亮。

不久，我談了個男朋友，一次挽著他的胳膊過人行天橋，恰好碰到侏儒。他舉著盒子，看見了我們，先是一愣，繼而又笑了起來。我問男朋友有零錢嗎？他說怎麼了，我說是個熟人乞丐。男朋友笑了，掏出兩個硬幣放進鐵皮盒子裡。

再後來是一個人遇到他，把皮夾和口袋都翻遍了，居然沒有一個零錢。他站在旁邊，仰著頭，等著我。最後我笑了，說，對不起，我沒有零錢了。

他也笑了，說，沒事兒，下次吧。

我點點頭，繼續往前走，心裡覺得挺溫暖的，不禁回頭看了看。他舉著盒子，朝我晃了晃。從那兒以後，他就在那一帶消失了。

沒想到會在北京相遇。

在出站口，我高興地說：「怎麼是你？真巧啊！」

他也笑著：「是我！是你！你好啊！」

多麼熟悉，又多麼親近的感受。可是從地鐵站出來到現在，不過十分鐘的時間，就把那感覺耗沒了，人近距離地坐著，感覺上反而疏遠了，彷彿剛才的熱情都是多餘的，甚至可笑。

他抬起頭，見我正在看他，又把頭低了下去。好不容易，我擠出一句話，居然還是：「真巧——」

他垂著眼瞼點了點頭。

服務員把餃子端了上來。她長得一點也不好看，冷冰冰的，問：「二兩香菇肉、二兩白菜肉、二兩羊肉、二兩青菜？」

我點了點頭。因為討厭她的表情，我說：「要醋、醬油。」

她斜了我一眼：「桌上有！」

「味精！糖！芡粉！」我接著說。

她不得不正視我了，我不等她開口就逼問：「有？還是沒有？」

她愣了一下，吭出一句：「有。」

「一樣一份，兩個人的。」我沉著臉說。

她看了看我，又看了看侏儒。我的手掌貼著桌面，只要她稍微的出言不遜我就拍案而起，把她狠狠地訓斥一通，然後拉著侏儒離開這家飯店。

她大概覺得我的態度有些不妙，說了句好的，就走了。

餃子在我們面前冒著熱氣，手工包的，皮很薄，顏色不同的餃子餡在裡面隱約可見。

「你吃吧。」我說。他拿起筷子吃了起來。

餃子有點燙，他也儘量吃得斯文。

「你怎麼到了北京？」我問他。

「北京地面大嘛，」他麻利地說，又頓了一下：「嗯，為了生活。」

吃了一會兒，那個服務員又來了，把糖、味精、芡粉什麼的全部放到了桌上。她的表情一點兒也沒長進，還是冷的，像我欠了她的債。但我已經沒有心情跟她計較了，只是吃著餃子。

侏儒看了看我，停了一會兒，說：「你不要嗎？」

「什麼？」

「這些。」

「我不要了。」

他又吃起來，過了一會兒，又問：「你，來出差？」

「嗯。」

「什麼時候回去？」

「快了。」

我見他欲言又止，便問：「你呢？」

「我就在這兒混了。」他說，牙齒朝外齜著：「北京挺好的。」

我沒來由的一陣厭惡，說不清楚，覺得挺冷漠的，不是針對他，而是針對遇見、打招呼、走路、吃飯這一系列的舉動，和這些舉動裡包含的感覺。我想快點結束，不想再多囉嗦。

他似乎也覺察到什麼，低下頭吃起飯來。

我已經吃飽了，耐著性子等他。他突然抬起頭：「這餃子可真好吃。」

我看著他點了點頭。我自己都能品出我眼睛裡的冰冷來。

他笑了，很高興的模樣：「我想再多吃一會兒，你有事，就先走吧。」

我立即明白他感覺到了我的想法，我有些不忍，但不忍又能怎麼樣呢？不過如此吧！莫說萍水相逢，就是舊時故知又能如何呢？我點點頭站起來，走出了餃子館。太陽又晃起來，我上了一輛出租車，去北海，我對司機說。

北海也不過如此吧。在北京待快一個星期了，我仍然沒有想好去不去找他，卻一個人玩了不少地方。他在信上說的，北海很好，我就去北海；潘家園挺熱鬧，我就在潘家園逛了一天。他說我很喜歡你，我不明白。我想著兩個人見面、寒暄、吃飯，是多麼無聊。而獨自一人，卻是自由的，無須分擔他人的好惡，就像這北海，我願意看，就多看，不願意看，就走。

手機響了，是他的。我挺高興，和他說了會兒話，他問我到了北京沒有，我想了想，說，還沒呢，還在南京。

他說，快來吧，秋天北京好啊，帶你出去走走。

我說，好的，好的。

我在北海裡懶懶地踱著，白塔在小山上，我想了想，上了一半，又下去了。

後來繞來一排平房，有一間是茶館，我就進去，要了一壺茶，靠窗子坐下。窗子外面有一排柳樹，柳樹旁邊是湖水。

幾個中年婦女圍坐在茶館中間的一張桌子旁，穿得五顏六色的，挺花俏，年紀和我母親相仿。我啜著茶，茉莉香片的，味道很一般。她們的聲音京味很濃，很響，討論也很激烈。大致是有一個人的兒子，談了幾個女朋友，只有一個是她中意的，兒子卻把人甩了。現在的這一個，十分惹她討厭，兒子卻很喜歡，而且領回了家。那是個從新疆來的漢族女孩。

其他幾個女人的意思是，這個女孩圖你兒子給她地方住呢，闖北京城，容易嗎？還有戶口！

有一隻鳥停在了柳樹下，啄地下的東西吃。
我想告訴他，北海最好玩的景致就是這棵柳樹了，還有那隻鳥。
幹嘛不去找他呢，我也有些奇怪，但似乎有什麼東西橫在前面，我慢慢地梳理著自己的想法，試圖有一個合理的解釋。
後來有些乏了，就不去想了。
如果可以像今天上午這樣，碰見了，無意中的，沒準還不錯。
那也難說的，沒準更無聊。就像那個乞丐侏儒，在南京，每次逛街我都會想，這個人還活著嗎？能不能過得下去？就像一個老朋友，牽掛在心，可是真見了，又怎麼樣呢。所以，不如不見啊。
聽她們聊著，我也累了，就離開了茶館。
在賓館裡翻著電話簿，也有一些朋友，其實對我也很好，但是一想到見面，我就索然無味了。只有他的電話，在電話簿裡微微跳動著，讓我下不了決心。
晚上閒來無事，想起他說過有家迪廳不錯，就信步去找，走了很久，果然看見一個亮閃閃的招牌。我買了張女士票，進去了。
人很多，特別吵，男男女女的，擠在一起跳。
節奏不錯，是我喜歡的點數，便也有點想跳。我就站在一個不起眼的角落裡，慢慢地晃著身體。
過了一會兒，領舞的小姐下去了，上來一個侏儒，穿著閃亮的外套，剪短的牛仔褲。他又蹦又跳，底下的人尖叫起來，還有刺耳的哨聲。

我先是愣了，然後慢慢地笑起來，原來他還兼著一份工作。他跳得很賣力，看不清臉，只是覺得他似乎挺得意的。

我就退出了舞池，買了一瓶可樂，慢慢地喝，根本沒有地方坐，只好隨便站著。直覺有人在盯著我，我把目光從領舞台上收回來，努力地在四周辨識了一圈，我看見他，和幾個青年男女在一起，坐在一張桌旁，正在看著我。

我就想，媽的，怎麼這麼巧，後來想下午還告訴他我在南京的，不由想笑，臉卻紅了。好在裡面很暗，根本看不清臉，我朝他笑了，點了點頭。他似乎也朝我笑了，點了點頭。我以為他會走過來的，但是他坐著沒動，我有點不高興，也就站著，也沒動。這時有人從我面前走過，就把視線擋了一下，我再看，他和身邊的一個女孩在說話了。

我懶懶的，走到另一邊去了。

音樂還是那樣，我輕輕搖晃著，心裡有一絲的難受，逐漸絞了上來。

這時侏儒已經從台上下來了，他走進了舞池，舞池裡的人尖叫起來，圍著他跳。他跳了一會兒，從外套裡掏出那個鐵皮盒子，舉起來，笑瞇瞇地對著身邊的人，有人開始掏錢，還有人把錢砸進舞池裡。

我覺得很糟糕，便想回去，我感到路過了他和他的朋友，便格外地鎮靜，慢慢地，悠閒地走了出去，沒有回頭。

我沒走多遠，有人叫我的名字。他在後面，我心裡加倍的難受起來，不知道為什麼，我繼續朝前走，而且越走越快，那個聲音就停住了。

我的手機響，我看了看，是他的號碼，我想不出跟他說什麼，便索性不接了。

過了一會兒，有短信息，是他發的，他問我，在哪兒。

我就回了：在北京。

他繼續問：剛才是你嗎？

我繼續答：是我。

他又發：為什麼躲起來了。

我回：不為什麼。

他沒再發了，到了很晚很晚的時候，大約晚上十二點多了，我又收到他的信息：什麼時候再來。

我想了想，回：春天吧。

春天，是颳大風的季節，在北京。

關愛之石

「關愛，」他說：「你父親姓關，你母親姓艾，所以你叫關愛。」

我愣了。母親走了一年，她在時，除了她，沒有人當面會提起父親。她走後，父親這個詞，在我的生活中徹底消失了。

見我沒說話，他微微偏過頭：「怎麼了？」

「原來，您知道我。」我笑了一下。他也笑了一下。

「十六年了，」他說：「我走的時候，知道你要來，可是，我太急著走，沒有見到面。我以為，我再也不會回來，回國、回故鄉。沒有想到，我還是回來了，回到這兒的第一頓晚飯，是在你家裡。」

我抬手看了看手錶，院裡沒有燈光，看不清指針：「幾點了，這五個傢伙，集體遲到。」

他又去看芭蕉：「這花好像很多年了？」

「這是我和媽媽搬來時，她親手栽的。」

「哦，」他迅速地說：「我不知道。」

「沒關係，」我也迅速打斷他：「都過去了。」

門鈴響了，我走進客廳，打開大門，五個老同學闖進來，要吃、要喝，各自找最舒服的地方倒下去，折騰半晌，他們才發現，當年的老師正站在院門處，微笑地打量著十六年未見的學生們。

他並不像他們的老師。我負責做菜、上菜。從廚房到餐廳只有幾步遠，卻足夠遠成一個局外人。他坐時腰筆直，笑起來，眼角有魚尾。相較之下，兩個男學生都發福了，肚子挺得幸福。三個女學生也各有風情，生活滿面。雖然我和他們是同班同學，卻小兩歲。因為父親，我轉過兩次學，每轉一次就跳一級。我拚命讀書，像把命放進了書裡。

初三時，我轉到這個班，依舊不說話。開學不久是國慶節，班長請我去他家玩，我受寵若驚，又很恐懼，只好在那一天，跟著他們朝前走。我把所有的注意力，都集中在前方移動的鞋子上。有白球鞋、有黑布鞋，居然還有一雙半高跟的女式皮鞋。白球鞋有一雙很白，顯然剛刷過。還有一雙灰濛濛的，右腳後腳跟外側，有幾道黑印，可能蹭到了什麼，或後踹了一腳。

漸漸地，世界消失了，只剩下這幾雙鞋。如此豐富多彩，值得留戀。我不用再理會之外的一切。到了班長家，他拿了糖果，放在桌上。糖果有三顆話梅糖、一顆大白兔奶糖、兩顆椰子糖。糖紙變化多端，每一張都有不同，兩頭擰出的褶皺，像一張一張人臉，有的快樂、有的痛苦。光是這些都看不完了，可還有瓜子。瓜子是葵瓜子，大小不等，有一粒特別飽滿，顯然從出生到長大，一直迎著陽光。

這時，一雙手把糖果瓜子全部挪開了，一本影集放在了面前。影集裡有班長小時的相片，還有他和父母的合影。我瞇起眼睛，儘量不看、不聽、不想。我沒有這樣的照片。母親懷孕前，一直隨著父親逃亡。為了生我，她回到這座城市，獨自分娩，卻再也等不到父親的消息。她死了，仍不知他死生。她從不給我拍照，也不與我合影。我沒有百日照、週歲照。我只有證件照。

我的腦袋保持不動，只把兩隻眼球用力朝鼻梁方向撞，撞著撞著，眼前出現兩個大白環，大白環漸行漸近，無聲地撞在一起，化成白茫茫一片。

「關愛，」班長喊我的名字：「你看，這就是老師。」

我抹了抹眼睛，才發現相片換了，是一張大合影，站著幾排人。班長的手指指向第一排最右邊。這是個公園，他們站在草地上，右邊還有一個紫藤花架，纍纍垂垂，開了許多花。最右邊那個，如果不說，完全像個學生。青春年少、生機勃勃。臉上掛著微微的笑。

「要是你早來一學期，就能看見老師了。」又有人說。接著，他們開始談論老師。老師多麼英俊，老師多麼有才華，老師多麼像一個朋友。

「關愛，你吃。」班長把唯一的一顆大白兔奶糖推到我面前。

「關愛，來吃飯，別忙了！」班長在外面喊。我晃了晃頭：「馬上就好，就來了。」

我用抹布把灶台抹乾淨，洗好抹布，掛好，再洗手，擦乾抹好護手霜，理好頭髮，走出廚房。他們要我坐到老師身邊。我坐了過去。

他們熱火朝天地敬酒、說話，說著初一、初二時和老師的趣事。老師始終淡淡地笑著。聽得多、說得少，吃得也少。

「老師，十六年沒回來，這次回來，就別走了，現在國內發展得不比國外差，這兒雖然比不上北京上海，到底是家鄉！」有人說。

老師微笑著：「我，明天就走了。」

餐廳瞬間安靜了。班長驚訝地看著他：「您不是今天剛到嗎？」

「是的，本來打算直接去北京，為了你們，回來一天。」

「一天？」

「一天。」

大家面面相覷。老師說：「我打算長住北京了，已經買了房，明天回去，就要見負責裝修的人。以後你們來北京，都來我家吃飯。」

「太好了，」班長長出一口氣，又端起了酒杯：「北京好啊，北京是政治文化中心，而且也不遠，幾小時火車就到了。」班長看了我一眼：「關愛經常上北京的，她有出版的事。」

老師看了我一眼：「歡迎你來北京。」

「謝謝。」

班長招呼著：「來，為老師定居北京，我們乾一杯！」

吃罷飯，除了老師，他們都有點醉意。我泡上茶，他們喝了幾泡，便要告辭，又要集體送老師回賓館。他們和老師走後，我把餐廳客廳整理潔淨，給母親留下的紫砂杯裡倒了一杯熱水，端著它，走到院中。天上月影淡淡，光色綿綿，一株芭蕉更顯得冷寂。母親在時，我很怕她在晚上，獨自泡著茶，坐在芭蕉對面。家裡太安靜了。母親走後，我很想念她，她即使不怎麼和我說話，我還是那麼思念她。

母親夜觀芭蕉的習慣，被我原封不動地繼承了。

我坐在老籐椅裡，它和紫砂杯都是母親遺物。夏天在籐椅下點盤蚊香，秋涼後，在椅子上墊一塊線毯，半裹腿和腰。冬天最冷時，把籐椅放進客廳門內，依然面對院子。落雨了、落雪了，都這樣坐著。因為客廳電視機開著，所以聽不見雨聲與雪聲。

常年開電視，是我的堅持。我總是希望有一點熱鬧，在這個家裡，又不是人與人之間的。母親走後，我獨坐時才明白，人心不在，耳朵就聾了。偶爾，幾句對白竄進耳朵，會把我從空白裡拽出來。很快，無意識又占領了意識。

「老師回來了。」我對芭蕉說。

「老師說，要定居北京。」

說完這兩句，我不知再說什麼。

「班長常說，我和老師是一種人，我常常想，我是哪一種人。十六年，他走了那麼遠的路，經過了那麼多地方，也不知，經過了多少人？我，還在原地。」

「老師笑起來，還和照片一模一樣。」

突然，電視裡傳出一聲淒厲：「爸——！」

我手一顫，水灑在手上、腿上，已經涼了。

「爸爸，」我苦笑了一下：「我已經老了。」

一個多月後，我要去北京。班長叮囑我代表大家，去看望老師。

我提著箱子，走出北京火車站。編輯大姐老遠朝我揮手，我走過去，她一把拉住我，不及上車，就噓寒問暖起來。她問我有男朋友了嗎，我說沒有，她說放心，大姐給你介紹。我沒有答應，也沒有回絕，我已經習慣了她問候我的方式。

北京除談事，大量時間都是吃飯或喝茶。北京地方大、人多，停不住似地，從這一家轉到另一家。在各種場合裡，我坐著，得體的舉止不能說明什麼，我常常瞄著窗戶或者門，我想，就這樣地站起來，逃出去吧。

老師端坐微笑的樣子，總在這時出現。既不冷淡，也不熱情，臉上帶著的微微笑容，十六年不曾變化。時間，從彼時到此時，沒有中斷。我看著他，提醒著自己，把疲倦的脊背挺直起來。我的臉上也泛出微微的笑容。

我住在市中心一家老賓館，窗前幾乎沒有遮擋。不出去時，我就站在窗邊，看著樓下成片的胡同。偶爾也有一些樓，不算高。編輯大姐說，北京只有這裡沒有變，其他地方全變了，改天換地。到底什麼時候給老師打電話？我拿到了回程車票，明天晚上就要走了，依然無法和老師聯繫。我只是他不算學生的學生。十六年前，見過他的照片，十六年後，吃過一頓晚飯。是的，我代表了同學們，可我和他之間，像有一層巨大的阻力。不僅僅是我對他。他微笑的表情，彷彿對我、對一切，都已恍如隔世。

手機號輸了幾次，還是按下了撥通鍵。班長和同學們對我恩重如山。我生命中有甜味的第一顆糖，是那顆大白兔。他們不時來看我與母親。母親對他們說的話，遠遠多過我。母親得癌症後，看病不夠的錢，也是他們湊給我的。

電話通了。

「喂，請問是哪一位？」老師彬彬有禮的聲音。

「哦，哦，是我。」

「關愛，你在哪兒？」

「我在北京。」

「真是抱歉，我在上海，一會要飛法國，你什麼時候走？」

一塊石頭並沒有落地，空蕩蕩的，「哦，」我說：「明天晚上。」

「這一次要錯過了，下次來時我們再見吧。」

「好的，再見。」

電話掛了。一隊很大的鳥從空中飛過，我沒有看清楚，不知牠們是不是大雁。

晚上，編輯大姐請我吃飯。我準時到達飯店，卻看見她和一個中年男人站在門口。

「對不起，我來晚了，怎麼不先進去。」我說。

編輯大姐指著中年男人：「我們主任怕你找不到我們，走丟了！」

她嘻嘻地笑，我覺得哪裡不對，打量了一眼中年男人，他朝我笑了笑，一看久經歷練。他拉開飯店的門，請我和編輯大姐走在前面。編輯大姐拉著我悄悄問：「你怎麼也沒打扮打扮。」

「不是吃飯嗎？」

「吃飯也得打扮呀。」

見我還未明白，她輕輕擰了我一下：「給你介紹的對象，不錯吧。」

「哦，我沒想到。」

「跟你說了無數次了，還要怎麼說？你得時刻準備著！」

我只好點頭。

我們進了包間，分賓主落座。中年男人柔和問我：「你臉色不好，不舒服嗎？」

「沒，沒有。」

「要注意身體，寫作歸寫作，生活歸生活。」

「是，是的。」

話淡淡地說開去。這個男人姓季，名伯仁。他和編輯大姐是一個系統的，剛剛調到一個部門，分管大姐的工作。

季伯仁很細心，見我胃口不好，就揀一些清淡的素菜夾給我。編輯大姐讓我嚐這裡的招牌菜：烤羊肉。我吃的時候，季伯仁在旁邊看著，似乎想叫我停下，又不便開口。

飯後他們送我回賓館，在房間裡喝了會茶，就告辭了。

第二天，季伯仁打來電話，要送我去火車站。我婉拒了。

很快回到家，給班長回了電話，告訴他老師不在北京。他也沒有說什麼。天氣就這麼一天一天涼下去，我忙著寫作，白天坐在電腦前，晚上坐在院子裡。芭蕉有點萎頓，花草就是這樣，季節一變，它們就變，連一點餘地都沒有。

母親以前常對班長說，我是秋天生的。秋天生的孩子好，春華秋實。可她從來不給我過生日，我也從不和她提生日的事情。有一年，一個女同學送給我一瓶香水，母親很喜歡，悄悄地灑在身上。我的鼻子很靈，有一點就能聞見。母親不說，我也不說。此後每一年，在我生日前後，我都會送她一瓶香水。

今年生日近了，才想起，今年的生日，是第一次一個人，連母親也不在了。也不是特別悲傷，只是一怔，人站在客廳裡，傻傻的，像忘記了要拿什麼東西，只是想：母親、我、還有將近的生日。

我不寫東西了，把大衣櫥裡母親的遺物拿出來，細細地整理。那個大衣櫥，母親非常喜愛，卻從來不說來歷。我只記得每一次搬家，母親都叫我坐在大衣櫥邊，護好它。

整個衣櫥下面有腳，上面有帽，四周雕著花，花色不是喜鵲登梅或富貴牡丹，而是歲寒三友。母親說，知識分子愛用歲寒三友激勵自己，其實是糊塗。久經考驗還要綻放，人生太苦了。她又說，每個人都苦，知識分子再苦，也有知識，就是幸福。這些話，她不對我說，都說給了班長。班長說，人應該面對現實，不要講主義。他們挺談得來。對我來說，整櫥的雕花我都細細觀察過，每一朵梅花花瓣，每一片竹葉，每一根松針，都曾是我的朋友，陪我度過一段時光。第一次守護大衣櫥時，我才四五歲，坐在街邊，我恐懼追蹤的人，害怕過路的陌生人，焦慮著母親會不會不再回來。時光太難熬了，我只能低著頭，靠在衣櫥上，看著它的一角。看著看著，它的一角就擴大開來，變成無數細的線條、凹凸的面。即使從晝夜觀察，仍是不夠。

母親的遺物只有兩三件衣服，有一件是她和父親結婚時穿的。兩條舊毛巾，洗得發白，薄得快透了。還有一條圍裙，是她自己做的。我打開來，再摺回去。心裡難受時，就在院子裡站一站。

我生日的前一天，出了門，給母親買了瓶香水。因母親愛植物，今年香水的成分，有東方青苔、翠竹、伽羅木等。香味清新，關鍵很和諧。

第二天，天毛毛亮，我就出了門，坐公交車來到郊外。公墓裡沒有人，風有點冷。我坐在母親墓前地上，和她說話。

「想給你買花，怕你看花謝，就買了香水。」

「班長他們常來看我，班長升了一級，已經是正處了。」

「有人給我介紹了一個對象，叫伯仁。」我笑了一下：「不知道他父母怎麼想的，我不殺伯仁，伯仁因我而死。多麼傷心。」

我對母親說了很多話。她活著時，我也沒有這麼多話。不是不想說，是覺得沒有資格說。我對母親的打擾，從我一出生就開始了。現在她走了，我再不用擔心自己妨礙了她。心鬆了，什麼都能說出來。

說著說著，沒有什麼可再說了。

靜靜地坐了一會兒，我說：「老師，老師回來了。」

母親沒有回答，也沒有風，只有陽光明亮。

我打開香水，灑了些在墓邊，把瓶子放在墓前，跪下來，五體投地，磕了三個頭。這才起身下山。

從墓地下山，只有一條小路，出了路，拐上大街，走一里多地，才是汽車站。我慢慢地走，行人寥寥，倒也不覺得寂寞。

走著走著，似乎有人在後面看著我，我的脊背骨向上提，肩膀向內，肩胛骨繃緊，背部肌肉越走越硬。我放慢腳步，後面卻不慢；我加快腳步，後面更快了。我的手緊緊握住包帶，手掌虎口處用力抵在帶子邊緣，幾乎要割破了。後面越跟越近，正當我打算猛地朝前用力奔逃時，一個聲音響了起來：「關愛！」

我雷擊一般停下來，身體尚未放鬆，眼睛已經看見一個微微地笑容。

陽光真的好，打在他的臉上、頭髮上。老師，老去了一些。

他驚喜地：「關愛，真是你？」

「哦，」我無法說話，卻又不得不說話，「老師，」我喊了他一聲，隔了幾秒，才想出了下一句：「您怎麼來了？」

陽光太亮，我不能確定他的表情，只聽見他說：「你第一次喊我老師。」

「是嗎？」

「是的。」

我又說不出話來。他說：「我來給父母上墳，你給母親？」

「是的。」

「哦。」他應了一聲，慢慢轉過身，繼續朝前走，我跟在他旁邊，卻又落後了一點點。他走得不快也不慢，但是我始終落在他後面，差了小半步。

我們再也沒有說話。我望著路邊的野草、灌木、雜樹林。秋高氣爽的南方，植物仍然保持著茂盛，色彩也更加豐富，除了由深到淺的綠，還有黃色、棕色和紅色。

「上次在北京……」他突然地轉過頭，看著我，我嚇了一跳，不知怎麼，就跟了一句一模一樣的話：「上次在北京……。」

我們彼此看了看，一起笑了起來，我說：「北京不錯。」

「是的，」他說：「北京不錯。」

一輛出租車突然路過，司機按了一下喇叭，似在詢問要不要打車。他沒有舉手攔下，我也沒有。我們走了一會兒，我不知怎麼地，又喊了他一聲：「老師。」

接下去說話的卻是他：「當年，我走得太急了。沒有想到，國內的發展比我還急。我回來，一切都變了，但是，你沒有變。」他看著我：「也不知道，你沒有變，是好，還是不好。」

他的話像感慨，又像開場白。我不大明白怎麼去接。在他清瘦的面頰上，我突然讀出一種執著的深情。我為什麼對他微微的笑容印象深刻，大約因為那不是微笑，而是堅持。

「我到班上的第一個國慶節，班長請我去家裡玩，告訴我，如果我來得早，就會有一個非常年輕的老師。」

「是嗎？」

「我還見到你的照片。」

「照片？」

「是一張合影。」

「哦，」他想起來了：「那是初一下學期，我帶他們去秋遊。初二時，我已經決定要走了。」

「老師一點都沒有變。」

「我老了。」

「是的，」我說：「可你一點都沒有變。」

他聽明白了，我說他一點都沒有變的真正含義。正如他說我一點沒有變。「沒有變，」他小聲問：「是好？還是不好？」

「媽媽臨走前，班長來看她，她說，她是一個理想主義者，社會是現實主義社會。」我笑著說：「班長說，人要有理想，不要有主義，要面對現實，不要管社會。」

老師怔了怔，笑了一下：「他比我們都清楚。」

又一輛出租車開了過去。我問：「你今天晚上有什麼安排？」
「我今晚的火車回北京。」
「哦。」是的，他並沒有打算和我、和同學們相見。我有點清醒了，這是偶遇，不是相聚。
「本來，想見見大家，可是，又覺得不見和見，是一樣的。」
「是的。」
「我還有事情要處理。」
「是的。」
公交車站到了。我看著他：「我坐公交車，您呢？」
「我打車。」
我們並排站著，看著同一個方向，有沒有車來。他突然問：「你父親？」
我沒有看他，只搖了搖頭。
「沒有消息嗎？」
我點點頭。
「你，有找過他嗎？」
我依然看著車來的方向：「都過去了。」
「是的，」他說：「都過去了。」

我沒有再看他，如同我沒有去尋找父親。他如已死，此時已與母親團聚。他如在世，必定有了另一種生活。否則，母親一直守在他的家鄉，他為什麼不回來看一眼。

找到、找不到、見與不見，又有什麼區別。

一輛出租車先到了，老師說，他可以送我回市區，我拒絕了。他微微地笑著，上了車：「關愛，再見。」他關上門，在門內對我揮手，車開走了。

我呆呆地望著車，越開越遠。拐過彎，看不見了。老師，又消失了。我想把頭轉過來，去看另一個方向，車來的方向。可是，我轉不過來。班長說，人要朝前看。前面的路，才是路。過去的路，都不存在。

但是，我要上的車，卻從過去的路上來。我沒有上的車，已經在前面的路上消失了。

我面無表情，在心內放聲痛哭。

公交車來了，我刷卡上車。車上人不多，我依然靠最邊緣的地方站著。我極度厭惡被人打量、被人關注。母親說，我一兩歲時，每次她抱我出門，我總能在她之前發現跟蹤的人。開始，我是不安、哭泣。再大些後，我不哭了，我緊緊攥著她的衣服，緊到我們到了地方，她需要把我的手指，一根一根掰開。

「他們以為，他捨不得我，」母親微微笑著：「他們又以為，他即使捨得我，也會捨不得你。」她把我的手指全部鬆開後，摸了摸我的腦袋：「沒有捨、哪有得，誰都找不到了。」

我緊緊地攥住公交車上的把杆，將注意力全部挪到把杆上。把杆很舊，被人手長年抓緊，磨出很多光亮的斑駁。靠近我手上下，斑駁最多。大概很多和我身高相仿的人，都喜歡站在這兒。或者，人總要站一個地方。一根鋼管，握得久了，也能微微亮。

「叮鈴……！」好一陣子，我才反應過來，是我的手機響。

難道是老師，我慌忙從包裡取出來，一個陌生的號碼：「喂？」

「是關愛嗎？」一個不熟悉的男聲，不是他。

「請問？」

「是我，季伯仁。」是他？

「哦，季主任，有事嗎？」

「我現在在你家附近，想來看看你，方便嗎？」

「我家附近？」我愣了，他的好脾性，以及眉目之間的關照，都讓我不能拒絕，我告訴了他確切地址，約在門口見。

進了小區，就見一個中年男人在樓前徘徊，望見我，他快活地朝我揮手，身邊地上，矗著一個半人高黑乎乎的東西。

我快走了幾步，來到他面前。他瘦了、精神了。

來不及與我寒暄，他指著東西說：「哈哈關愛，瞧我給你帶什麼了！」我仔細地看了一眼，黑色垃圾袋緊緊裹在一個東西上，那東西左凸右凹，倒也修長。我驚訝了：「是塊石頭？」

「對了，是塊很不錯的太湖石。」

我怔怔地看著他。他笑了：「你忘記了，上次吃飯，你說你母親在院子裡種了芭蕉，芭蕉旁邊放太湖石最好了，特別配！」

我想起來了，真的提過。但我離開北京後我們就沒有再聯繫，突然地，他就來了，還帶著一塊大石頭。看他滿面歡喜，我趕緊請他往家裡去。

要把石頭挪進來，不是一件易事。我問他怎麼運到門前的，他說找了一個工人，但工人不肯等我，先走了。我大開大門，要同他抬，他死活不肯，自己哈著腰，抱住石頭，像抱著一個新娘子，渾身貼緊，半挪半抱，推進了客廳。我關上房門，又大開院門，他已喘起粗氣，卻又一股勁，把石頭挪進院中。他揮手示意我走開：「給我一把剪子，你到門內等，灰太大！」

我進廚房，拿著大剪刀遞給他。他不肯剪垃圾袋，非要看著我走進門內，關上門，這才剪起來。我在門內，隔著玻璃，見他紛紛揚揚地拆垃圾袋，又紛紛揚揚地把垃圾袋全部摺好，放在一邊。他看著石頭，又看著芭蕉。估計，他沒有想到，芭蕉只有一棵，石頭顯然成了主角。他也不顧衣服，又抵在石頭上，挪幾步左邊、挪幾步右邊，挪幾步前邊、挪幾步後邊。挪時，還要退後看，直到他認為，石頭放在了合適的位置，這才作罷。

他站在石頭與芭蕉對面，開始拍打身上的塵土。我趕緊拿了條毛巾，打濕了遞給他。他接過去，又揮手叫我進屋。我說，我幫你拍。他臉紅紅地看著我，眼睛笑成一條縫。

我用濕毛巾在他身上抽打起來。他高舉雙手，一動不動。

院子裡劈里啪啦響。母親若在，估計瞠目結舌。我們從不討論男人的話題，也從不討論我的戀愛與婚姻。母親和班長，也不說這些話題。她喜歡說各種主義。班長說，她活在形上裡。班長又說，我應該接地氣。

如今院裡站著一個男人，我又幫他拍打塵土。芭蕉成為了湖石的陪襯。

我停止了拍打，季伯仁四下打量，大約覺得這個禮送得好，不禁得意起來，連搓幾下手掌，叫了兩聲：「好！好！」

我笑了，叫他進屋洗手。等二人坐定，泡上茶，便開始聽他說話。怎麼來江南出差，怎麼一路去找石頭，哪裡的朋友接的他，開車走了多少路，去了多少店，看中了一塊怎麼砍價，又覺得性價比不高，又看中一塊，怎麼談了文學，便把價殺下來，怎麼讓朋友找車，幫他送到這裡，怎麼又找了工人，一起和他搬到我的家門口。

他比一台電視機還能說。

說著說著，天就擦黑了。他又說附近有一家西餐廳，菜做得好，尤其有兩個黑人歌手，唱得好，請我去品。

我們便出了門，一路我跟著他，他又開始說。西餐要怎麼樣才好吃，黑人音樂要怎麼理解。嘩嘩啦啦地，到了餐廳，坐定下來。要點的菜，他之前已經介紹完了，要聽的音樂，正在播放。

我對吃一向無感。母親常說，君子遠庖廚，她做飯是不得已。要做，也很好吃，因為食不厭精、膾不厭細。

貪吃、貪睡、貪玩，母親都痛恨。人應克制欲望，不要活得舒服。

季伯仁懶懶散散地坐在桌子邊上，他講究吃，但他不講禮儀。他對我熱情，卻懶得理會我希望的熱情是什麼。

愛這件事情，其實挺難辦的。有些人以愛的名義限制你，有些人以愛的名義強迫你接受。還有些人，以愛的名義，可以不相往來。

我聽他說話，跟著他吃飯，跟著他聽歌。

吃罷飯，又跟著他，走回自己的家。

到了家門口，他站住了，他等我邀請他進去坐，我等他告辭。

他磨蹭了一會，叮囑我不要太累，希望我去北京玩等等。最後，不得不和我再見。他走了兩步，又轉過身來，大聲問我：「我們能通信嗎？」

「能。」我說。

「你喜歡寫郵件，還是寫信？」

我愣了一下，這是個好問題。信，已經消失了。大家都用手機、電腦。何況，我從未收到過信。自從我出生後，母親也從未收到過信。

「我給你寫信！」他不等我回答，大聲說：「你一定喜歡信！」

過了幾天，季伯仁真有信來。信封是褐色，印著單位的地址。信封中間寫著兩個大字：關愛。旁邊還有一個小字，打著括號：收。

我將信封翻來覆去，信封上還貼著郵票，郵票有兩張，每張各有一枝桃花。詩經上說，桃之夭夭，灼灼其華。既然用了單位的信封，也許郵票也是單位的。但他煞費苦心找石頭，未必貼郵票時沒有講究。桃花盛開，可置於室，女人盛開，可娶為妻。我有什麼好？怎麼他不覺得我像一個怪物。從我父親、到我母親，時代抽了他們一鞭子，他們在我身上烙了痕。若三十年前，這痕能令人有幾分激動。可現在，時代一變，商業發展了，大家只激動資源與價值。我的痕，不值一分錢，痕造就的我，也不值得一分錢。

我對著窗戶剪開了信封。剪時很小心，不時看看。信封真的會透光，能看見裡面信紙摺好的形狀。

整整齊齊，沒有破損一點兒。我把信從信封裡抽出來。

信裡沒有話說。只有滿頁紙的兩個字：思念。

且用不同字體寫出的，有正楷、行書、草書；簡體、繁體；甚至有英文與法文。

我寧願他絮絮叨叨地說。說他怎麼回到北京，怎麼下的車，怎麼到的家，怎麼找來信紙寫信，怎麼找來信封，怎麼封的信，怎麼貼的郵票。

滿紙一個詞，不僅不像真的，倒像一種諷刺。

煞費苦心寫了這麼多字，個個字都顯得他有才，也顯得他浮誇。不過，相對於我父親的冷酷無情，母親的無情封閉，這個時代，本就是表演性的。

我人生的第一封信，像個舞台，看了一齣獨角戲。

我找出一張空白的紙，摺好，夾在硬皮本裡，走出門，到郵局，買了信封，把摺好的白紙放進信封，買了郵票，封好信，寫好地址，投進信箱。

隔了幾天，信又來了。依然是桃花郵票。

拆開來，一紙廢話。說早上怎麼出的門，怎麼收到信，怎麼對著一張白紙發愣，怎麼覺得我有趣又酷，怎麼下的班，怎麼沿途買菜做飯，怎麼在夜晚的燈下，臥室床邊，給我寫回信。

我看著看著，不覺微笑了。

也就回信，說怎麼拆的信，坐在哪裡讀的信。天氣轉涼，湖石更顯蕭索，但我見之仍喜悅。

他回信，說湖石如山，可以依靠。

這一天，班長與老同學們來玩。見到湖石，很吃驚。我家裡難得添一物，何況這麼大的石頭。

我說一個男人送的。

班長問，是誰。我答，一個願意給我寫信，同我說話的人。

班長沉默片刻，像要說什麼，又沒有說出口。

天氣越來越冷，季伯仁在信裡，差不多交代完了他的過往。怎麼戀愛、怎麼結婚，怎麼又離婚。他的父母在哪兒，兄弟在哪兒，兄弟媳婦是什麼脾性，家中子侄都幾歲了，在哪裡讀書等。

他從來不問我的事，包括我的家人。

快近年關時，他寫信來，請我到北京過節，只提了一句：你一個人過年，我不免惦念，雖然有石頭陪你，但石頭不會說話，不如我熱鬧。

湖石不是山，倒它確實是石頭。我也確實不想一個人過年。

臘月二十五，我把家中料理清爽，備用鑰匙也交給了班長，準備去北京。

因為要去一段時間，我和季伯仁不僅通信，也開始通話。他說把書房收拾出來了，給我暫住，又說給房門新配了鎖，只有一把鑰匙。

他說他的，我收拾我的。

他小心翼翼地探測我的邊界，只要我不接的話題，他就及時打住。臘月二十五，一切收拾妥當，第二天就要出發。晚上，我給他打電話，手機關了。

第二天早上，依然關機。

我把行李包打開，東西全部取出來，一一放好。

臘月二十六、二十七、直到大年三十，沒有季伯仁的電話，也沒有他的信。

從臘月二十六早上打了電話關機後，我再沒有給他打一個電話。

想在的人，他自然會想盡一切辦法在，想消失的人，他也會想盡一切辦法消失。為什麼在或消失？是選擇在與消失的人的問題。不是我的。

三十晚上，我一個人吃罷晚飯，在紫砂杯裡倒上一杯熱水，坐在玻璃門後看芭蕉。湖石雖然在，我可以選擇看不見。即便看見，也可以選擇不反應。電視機正播放春節晚會。母親在時，也是如此。只不過，她坐在玻璃門後，我坐在沙發上。今年，換我坐在玻璃門後，沙發空了。

十點多鐘，班長與幾個老同學來了。

往年，母親會和班長說很多話，其他人插不上。我們會去餐廳喝茶、嗑瓜子、吃糖果。今年班長不用陪母親了，我們一起坐在餐廳裡。

剛把茶泡上，班長就拿出手機：「我們集體給老師打個電話，拜個年。」

我倒茶的手沒有停頓，心打了一個折，拐到了另一條路上。

「對啊對啊，」其他人七嘴八舌：「打他手機，給他拜年。」

「今天還是老師的生日。」班長說。

我愣了一下，聽見有人說：「老師是大年三十生的嗎？」

「是的。」班長答。

「怎麼沒有聽你說過？」又有人問。

「以前他不在，說了也沒有用。」手機接通了，班長熱情洋溢地給老師拜年，又把電話傳給大家，挨個和老師通話。

電話傳到我的手上：「喂。」

「關愛，你都好嗎？」不等我拜年，老師急切地問。

「都好。」

「聽說你要來北京過年？」

「曾經打算。」

「怎麼沒有來？」

「不想去了。」

「哦。」老師沉默了一下。

我想祝他生日快樂，突然，一個脆生生的女聲傳來：「你電話打完了沒有，我爸爸媽媽都等好久了！」

「來了來了。」老師在電話裡說。

我把手機還給班長，班長祝老師生日快樂，但老師的回答非常短，只有幾秒鐘，便掛了電話。

「怎麼掛了，」旁邊的同學說：「我們也想祝他生日快樂呢。」

「他不方便。」班長看了我一眼。我什麼也沒有說。關於季伯仁，班長也什麼都沒有提。十二點鐘聲一過，便是農曆新年了。

第二天是大年初一，我正常起床，煮了水餃來吃。

吃罷水餃，洗了碗，也沒有什麼可收拾的。初一不能打掃衛生，也不能倒垃圾。我在家無事可幹，也不想讀書，坐在沙發裡，想一想去年是怎麼過的。去年，是陪母親去商場。

我換了件衣服，梳好頭髮，背包出了門。

商場剛剛開門，幾乎沒有顧客。營業員都在大聲說話，交流昨晚怎麼過節。我一個人走來走去，他們就一邊聊天，一邊打量我。

「你，買東西？」一個營業員問。

「隨便看看。」

她便不再詢問了，和對面櫃台的人使了個眼色，兩個人繼續聊天去了。

包裡的手機響，我心動了一下，取出來，是北京編輯大姐的來電顯示。

看來，季伯仁的事有消息了。

我接通了電話，和她互相拜年。我們又聊了天氣、春晚、年夜飯。兜兜轉轉，她說：「關愛，大姐對不起你啊。」

「怎麼了？」

「我們主任被抓了。」

「抓了？」

「抓了，可難看了，關一個星期，明天還要我們單位領導去領人呢。」大姐語調略加沉重：「這種事，對單位來說，不算事，可是個人太丟人了，尤其對你，太大的傷害了！我跟你說，我要是知道他是這種人，打死都不會介紹給你。」

我隱約明白了：「哦。」

「關愛啊，你可要想開一點，可別……」

「沒什麼，挺好。」

「我太後悔給你們介紹了，你陷得不深就沒事，以後有合適的大姐再……」

我笑了笑：「我不是說我挺好，我是說，他去嫖挺好的。」

「你說什麼？」大姐的聲音高了：「你沒事吧？」

「沒事。」

「這種事兒，怎麼說呢，在我們這兒可是醜聞啊，大過年的，去嫖……」

「……」

「關愛，你和大姐說實話，你到底怎麼想的……？」

「我想，我要去北京了，和他結婚。」

「啊！」她尖叫一聲，我不想等她再說什麼，掛了電話。她再打來我沒有接，給她發了短信：恭祝春節快樂，闔家幸福。

季伯仁在院子裡移石頭的模樣，給他拍灰時，眼睛瞇成縫的模樣，縈繞著我的春節。像他這樣熱情滿滿的人，怎麼能夠忍受寂寞。像他這樣熱情滿滿的人，沒有空間來放另一個人的熱情。他如果成家，家裡只能有他的熱鬧。

他是我的電視機。

我是永遠沉默地看電視的人。

我們合適。

我給季伯仁寫了一封信。說，事情我知道了，沒有什麼，如果你出來後，還想我去北京，我就去。

季伯仁遲遲沒有回信。春節結束後，我的生活恢復了原樣，上午寫作，下午辦些事情。吃罷晚飯，就坐在院中，喝熱水，看看芭蕉與湖石。

這天晚上，有人敲門，我愣了一下。我慢慢地走到門邊，打開來，果然沒有猜錯，季伯仁站在門口，滿面羞澀。

上一次，他還是普通朋友，今天，卻成了未婚夫負荊請罪。

他沒怎麼變，只是很不知所措。我給他沖了咖啡，他在信上說，他愛喝咖啡。我們坐在客廳裡，我問他事情處理得怎麼樣了。

他坐著不動，頭埋在胸前，過了好一會兒，他還是不回答，我不知道他在想什麼，後來我察覺到他在哭，不禁一陣驚愕。我把餐巾紙放在他面前的茶几上。我坐著，等他哭完。

哭了半晌，他抽了張餐巾紙擦臉，還是低著頭，不說話。

戲，有點過了！他內心深處，沒覺得這是件大事，我也寫信表明了立場。只是形象受點損，何必煽情呢？

我索性靠在沙發上，等他開口。

「我是不是很不值得？」他看著自己的腳，問我。

萬幸，沒有說出我不是人之類的蠢話：「還好。」我回答。

他突然抬起頭，看著我：「關愛！」

他的眼神裡並沒有哀求，既鎮定又充滿主張。很好，我們終於可以面對面說真話了。

「我看了你的信，」他說：「你知道我在想什麼嗎？」

我望著他，等他說。

「我覺得冷。」

我笑了一下。

「因為我知道，你是真的不生氣、真的無所謂。說還想來北京，不是因為捨不得我，也不是為了安慰我，而是……」他看著我，不肯往下說。

「而是什麼？」

「關愛，」他說：「說到底，你不是那一塊石頭啊！」

我怔住了。

「這段時間的交往，我總是抓不住你，不明白你。我們像在兩個世界。就像現在，我坐在你身邊，可你卻離我很遠。」

「這麼說，」我的臉上泛起微微的笑容：「你打算放棄了？」

「不！」他的聲音高了一下，立即又平緩下來，他審視著我：「關愛，你對我，到底有沒有一點關愛之情呢？」

「有。」

他吐了口氣，一個字一個字地問：「有人比我多嗎？」

「有。」

他有點氣急：「你愛他？」

「不愛。」

「那你？」

「常常關愛。」

他沉默了。過了一會兒，他緩緩地說：「關愛，你相信嗎，我出去嫖，只是覺得寂寞，一個人的寂寞，還有，你帶給我的寂寞。」

我沒有點頭，也沒有搖頭，我不想追問他世界裡的事。

「看了你的信，我哭了很久。我喜歡你靜靜地聽我說話，特別想給你溫暖。我知道你家裡的事，也理解你為什麼這樣。我覺得你應該需要我。同時我也知道，你不會用世俗的方式和我相處，」季伯仁說：「我是一個特別平庸的男人，男人有的毛病，我都有。只有你不會計較。」很好，我看著真實的季伯仁：「我們，還結婚嗎？」

他苦笑了一聲：「我怎麼會喜歡一塊石頭。」

我也笑：「石頭不好嗎？」

他突然從沙發裡蹦起來，竄到我的身上，因為地方小，動作大，他的身體彆扭地抱住了我。我保持不動，想到他說的「一個人的寂寞，還有，你帶給我的寂寞」。他有點尷尬，想吻我卻又下不去嘴，嘴裡只好說：「你果然是塊石頭！」

季伯仁和我說好，他先回北京裝修房子，如何裝修，全部由他定。他問我芭蕉與湖石怎麼辦，我說留在院中。他說好的石頭。現在，他常常喊我石頭。我覺得這個名字很可愛。

過完春天，房子重新裝修完畢。我把一些書籍與物品開始往北京寄，家裡的東西越來越少，北京的東西越來越多。同學們每次來都會拿此打趣，只有班長有些沉默。

我等他找我談話。

但是他終究什麼都沒說。夏天最熱的一天，他和同學們送我上了去北京的列車。臨行前，我把鑰匙留給他們，一人一把。他們隨時可以去我家裡，休息或聚會。

我住進季伯仁裝修好的新家。他已經開好了結婚證明。我需要戶口本，還需要未婚證明，便打電話託班長去我當地的派出所出具一份。

「結婚？這麼快？」班長驚訝地說。

「是的。」

「你有家我比什麼人都高興，」班長說：「而且，那個人，很接地氣。」

「是的。」

「關愛，有一件事，我不知道應該不應該告訴你。」

「什麼事？」

班長沉默良久：「你還記得嗎，你轉來時第一個國慶節，我請你到家裡玩？」

「記得。」我的臉上浮起了微笑。

「老師臨走前，鄭重地拜託我，要好好照顧你。他說，這是一個男人對另一個男人的承諾。所以，我才會請你，也發動同學們照顧你。」

我的表情一定很奇怪，像被人打了一巴掌，又像被人吻了一下。真相，並不黑暗與殘酷的，卻沒有讓我心生喜悅，相反，是一種麻癢癢的痛楚。

「這麼多年，老師和我偶爾也通信，每一次，他都會提起你，」班長像下一個大決心：「伯母生病的時候，我們湊的錢，裡面也有一半是老師的。」

我覺得鼻子發酸，有濕潤的東西要湧上眼底。我拒絕身體這樣的變化。母親走時，我一滴眼淚也沒有掉。父親走了這麼多年，我也沒有見過母親的眼淚。我咬緊牙關，輕輕喘勻呼吸。耳朵裡全是班長的聲音：「我不明白，老師為什麼對你這樣，你轉來時，他就走了。你們根本沒有見過面。我猜想，他是不是知道你家裡的事。如今，老師有老師的家，你也要結婚了，我不想再保守這個祕密。它早就不應該是一個祕密了。」

要不要去找老師，哪怕打一個電話。他為什麼對我如此，理由不可能是我。父親到底和我之間，還是有關聯。母親走了，我也來到北京。一切都讓過去吧。

十六年前老師的微微笑容，和十六年後的笑容微微，原來如此具體。也好，我結婚也結得安心了。

領證那一天人很多，我和季伯仁從早上九點排到十一點，才拿到紅本子。

我打電話告訴了班長與同學們，他們都恭喜我。

我養成了坐在陽台上的習慣，季伯仁給我買了一張單人沙發。我對面有一幢灰色建築。我把它想像成湖石，至於芭蕉，我想，它就在湖面旁邊，只是被擋住了，如果我走出陽光，繞過去，它一定還在那裡。

閒時，和班長與同學們通郵件。我與母親的舊居，現在是他們聚會的點。他們說，房子少了我，氣息都變了。我問變得怎麼了，他們說，變熱情了。我笑著寫郵件，說你們以前從來沒說過我不熱情，我的飯都白燒了。

有一天，班長突然寫來一封郵件。說，你和老師聯繫一下吧，他前兩天突然回來，還談起了你。老師似乎過得不好，又說想走，很憔悴。

我坐在沙發上，看著電腦屏幕。那張微微笑的臉漸漸模糊起來。我站起來，立即給班長打電話。手機沒有人接，辦公室沒有人接，接著打手機，一遍、兩遍。他接了又掛斷，發了條短信：我在開會。

從來沒有過的，我繼續撥打。手機接通聲一聲接一聲地響著。終於，我聽見了班長焦急的聲音：「關愛，出什麼事了！」

「老師怎麼了？」

班長愣了：「我不清楚，所以才叫你去看看，你在北京，離得近。」

我連再見也沒有說，掛了電話。拿起手機和錢包，套上外套，換上鞋，便朝外走。

北京的秋天非常爽朗。走著走著，我略略鎮靜了一些。老師住的離我並不遠，我查過地圖，有一條小路，穿過去走快點，二十分鐘就能到。

他住的小區不大，只有幾幢樓，都很高。我走進小區，卻沒有勇氣去找哪一幢、哪一個單元、哪一戶人家。他有他的家庭，我有我的家庭。我並不是他的學生，我也從來沒有把自己當成他的學生。我想來見他，是想問他過得好不好，為什麼又要離開，又要離我那麼遠。可是，他過得好不好，我有什麼理由去問，他走或不走，我又拿什麼去問。

連母親與父親，共同承擔了那麼多，正式結婚、生下我，到最後，都不能有機會問一聲：「你為什麼不帶我一起？為什麼走了不再回來？」

我坐在一個花壇邊。

所有的能量都消耗殆盡。我只能這麼坐著。

風吹來，樹枝輕輕擺動。

一些老人接回放學的孩子，從我身邊路過。有的孩子很小，有的大些。漸漸的，看不清了，只剩人影、樹影。天完全黑了，我已經無法再坐下去。我要逃回我的陽台，面對著湖石與芭蕉。

我站起來，轉過身。他慢慢地走近了。我不得不看著他，喊他：「老師。」

「關愛。」

我想說我要走了，卻說不出口。他已經說話了：「來很久了？」

「沒，剛到。」

他不說話，只是看著我，過了好一會兒說：「我一直站在你後面。」

我拚了命，眼淚沒有落下來。

他說：「我們找個地方坐坐吧。」

我只能點頭。

晚上的街道居然比下午熱鬧。晚上在外的人，要比白天多。我們不說話，也不交流眼神。只是朝前走，一直走。

到了一個茶樓，他看了看我，我點點頭。我們走進去，找了張桌，坐下來。這樣面對著面，好像還是第一次。他瘦了，精神大不如以前。

他勉強笑了一下：「結婚怎麼樣？」

「好。」

「現在長住北京？」

「是。」

他看著我，不是朋友間的閒聊，也不是情侶間的難分難捨：「關愛，我要走了。」

服務員把菜單放在我面前。我聽見他說：「關愛，別這樣。」

我的頭低著，眼淚不停地往下掉，打在菜單上。

菜單平放在我面前的桌上。我的耳朵裡，全是他的聲音：「我去美國的第二年，認識了我太太，她是北京人。我們相處得不好，也沒有孩子。她說想回北京，我陪她回來了，本以為回到中國一切都會好轉，可還是不行。我們只能分開。我不想再回美國了，想換個環境，法國挺好的，我一直喜歡那裡。」

具體的故事讓我冷靜下來，我接過他遞來的餐巾紙，擦乾眼淚。

季伯仁坐在我家裡時掉的淚，是否也是情不自禁。

是否父親走時，母親也這樣落過淚。

我不想再說話，也不想再看他。我點菜、吃飯。我想回家。我想逃進我的石頭裡。

吃罷飯，他結了帳，我們出來，順著路又向回走。

我們繼續並排，依然誰也不看誰，誰也不停下。不知走了多遠，在一個路口，一輛汽車突然從我身邊竄過。我捂住衣服下擺，聽見他問：「關愛，有你父親的消息嗎？」

我停下來，抬頭看他，在一個沒有想過的路口。我搖了搖頭。

「你父親消失的前一年，」他說：「我父母雙雙自殺，是你父親幫助我度過了難關。我一直相信，他總有一天會回來，為了你母親，為了你，為了他們的理想主義。」

「我也一直在打聽他的消息。你轉來的前一年，我聽說他在新疆，就去找他。」

我轉過頭，不再看他。

「他在那裡結了婚，生了兩個兒子，做玉石生意，蓋了樓，開著豪車。我不能相信那是他，可他說，他就是他。他一直沒有變。」

「他說，他是時代的弄潮兒，又說，時代變了，一切朝錢，他必須成為有錢人。」

「我問他，就算理想不算什麼，為什麼不回去看看你母親，還有你？」

「他說，他已經再世為人！」

我伸出手，緊緊握住他的胳膊。

他的手壓在我的手上：「我不理解，我也不明白，我對什麼都很失望。我想盡一切辦法離開中國，後來得知你要來，我想見你一面再走，可是，我辦不到。」

「我無法面對你的母親和你。」

「關愛，對不起，我沒有好好照顧你和你的母親。」

我問：「你什麼時候走？」

「後天。」

我的背痛得駝下了去。他又說：「我這次去南方，班長帶我去了你家，我看了你的芭蕉，還有那塊石頭，他們說你臨走前囑咐，不用管它，一切順其自然……。」

我看著他，他也看著我，我們還有什麼需要多說？

二〇一六年春修訂於北京

麥當勞裡的中國女孩

葉傾城這個名字和他本人一點兒也不像。葉傾城聽上去不僅文弱，而且有點江南書生的酸氣。可實際上，葉傾城卻生在北京，長在北京，是個地道的北方男孩。

他簡單地收拾了行李，把黑皮箱塞進銀灰色的尼桑後座。此時是美國中部的清晨，天氣不冷也不熱。葉傾城發動了汽車，駛上馬路，朝西南方向開去。

很多人並不知道自己為什麼要來美國。這是葉傾城的判斷。就像國內的農民湧入城市打工一樣盲目和茫然。他遇見很多學文科的人轉來讀計算機，也有一些是學經濟的，最後都變成了計算機的奴隸。而他，從國內大學讀計算機開始到現在，已經學習了整整七年。他要從這個行業裡跳出去。雖然他很喜歡，不僅僅是計算機，還有數學物理等所有可以關在象牙塔裡的東西。但是他想跳出去。他的心裡有一股熱情，嚮往著社會，嚮往著熱鬧複雜和刺激。

跳出去的第一步，是掙錢。學計算機的好處就是腳踏實地。沒有人會幻想從A直接到C，A的後面必然是B，B的後面一定是C。

沿著這個方向一直開下去，就會到加州。加州陽光、加州男孩。葉傾城哈哈地笑了兩聲。如果他在加州找到了工作，他算不算一個加州男孩？

路兩邊是平整的玉米地。大片的玉米還沒有成熟，在廣闊的平原上生長著。很快，玉米地便不見了，只剩下大片的草地。草非常綠，幾乎沒有雜色，而且非常多。如果不是路牌不停地提醒葉傾城，前方是哪兒、哪兒；如果不是漸漸晚了的天色；葉傾城懷疑，自己的車輪是淩空旋轉的，不管開出去多遠，他眼睛看到的東西，仍然和中午時分一模一樣。

大貨車慢吞吞地在路上行駛著。天黑以後，它們打開了尾燈。葉傾城每超過一輛大貨車，就會超過一片光明。還有很多很小的城鎮，閃著燈光，一下子就開過去了。

當晚，葉傾城宿在一個小鎮的汽車旅館。第二天一早就出發了。

草地不見了，取代它的是光禿禿的土地和石頭。葉傾城沒有去過新疆，不知道戈壁灘是什麼樣的，但是，他感覺這些地方和戈壁灘差不多。

景色荒涼。汽車們沉默地行駛，葉傾城更加沉默。

他從來不害怕沉默，也不害怕孤獨。

漸漸的，能看見一點綠色了。是灌木類的植物，長在路邊或者更遠的地方。路漸漸進入一片峽谷。他看見寬闊的溪流，還有山上奇怪的樹木。有點像松樹，可能是差不多的科目吧。如果沒有記錯，翻過山之後，便是鹽湖城了。

他打算去鹽湖城吃午餐。他已經餓了。

寬寬的盤山路一環一環朝山上旋轉。葉傾城儘管餓，還是保持著平穩的速度。到了加州，他應該能找到不錯的工作。起碼，他必須給自己這個信心。來美國的計畫，他已經完成了一半，只要再完成剩下的一半，他就準備回北京，或者上海，總之，是他想去的地方。

鹽湖城是個民風純樸的地方。經濟不算發達，但足可滿足普通人的一切需要。葉傾城下得山來，便看見一個藍綠色的大湖。

湖邊堆著白花花的鹽鹼。僅僅因為這些，葉傾城便有點喜歡上這個地方了。

他減速慢行，開進了城市。

在一家麥當勞的門前，他停了下來，反正沒有什麼好吃的，反正吃只是為了吃，為了不再飢餓。街上沒有什麼人，他泊好車，朝店面走去。

他推開大門，看見櫃台裡站著一個漂亮的中國女孩兒，那個女孩兒也看見了他。也就一瞬的時間，她判斷出他的來處，並朝他嫣然一笑，用標準的普通話問：「你要什麼？」

「六號套餐。」他也用中文回答。

她熟練地幫他拿東西。他感到一陣心慌。

他端著東西走到靠窗的座位，打開漢堡包，塞進嘴裡。他來不及觀察她的頭髮、她的衣服、她的五官……多年以後，他竟然因此無法向人形容，他只是呆呆地坐著，像被人打了一拳，或者被雷擊中了。

如果有一個理由，可以讓他放棄所有的計畫，那就是她的笑。如果她現在走過來，對他說：「留下來吧。」他就會留下來，永遠地陪著她，只看藍綠色的湖和湖邊的白色鹽鹼。

他吃了一個漢堡，又吃下另外一個。他喝可樂。他看著面前的東西一樣一樣被他吞進肚裡。他感到時光流逝，感到不能控制的悲涼。

尼桑車停在麥當勞的門外。他是否要走出去。

他看了看她，如果她能跟他一起走，他就一直把她帶在身邊，帶往加州、帶往海岸或者大洋那邊的祖國。

他站起來，朝前走了兩步，又退回一步。

一個念頭讓他停下了。

她的中文說得如此標準，肯定不是生在美國的中國人。她是留學生，可是鹽湖城的麥當勞老闆會僱傭一個沒有身分的中國留學生嗎？

唯一的答案是：她已經結婚了，對方是個有身分的人。

他沒有清醒，但是他有了答案。

他甚至沒有痛楚。

他就這麼走了出去。

他打開車門，發動了車，繼續朝加州開去。

道路寬廣，筆直筆直的一條。到達鹽湖城，他翻過一座山，離開鹽湖城，卻是一條這直這麼寬的路。

他感到了方向盤的震動。

時速已經是一百二十英里，差不多兩百公里吧。

他握緊方向，慢慢慢慢地鬆開了腳。這是他在美國唯一的一次高速行駛，也許，是他一生唯一的一次高速行駛。他冷靜下來，路邊的景色果然和之前不一樣了。

其中有一段景色，葉傾城後來常常提到，因為那條路的兩邊，一邊是綠油油的麥田，一邊是沒有人煙的荒地。麥田是加州境內的。葉傾城只是覺得，走在這種路上的感覺，比走在草地平原的感覺更加奇怪。

一個警察攔住他：「帶水果了嗎？」

「沒有。」葉傾城說。

他把車開進了加州境內。到處是燈火通明，還有車流。

這一次不同於路上的小鎮，他開出去很遠，仍然是城市、是霓虹、是實現計畫的地方。他身處和旅途完全不同的世界，心中沒有什麼感觸或者淒涼。

他要找一家合適的旅館。

他要對麥當勞裡的女孩說：「跟我一起走吧！」

葉傾城停了下來，提著黑色皮箱走進旅館，一個墨西哥模樣的女孩向他打招呼。他開始了來美國的第二個規畫。而鹽湖城，此時也是夜晚了。

求職遊戲

蘋果和張凱面對著遍地狼藉！

電腦屏幕已經碎了，那爆炸的聲音當時把兩個人都嚇了一跳。桌上、地上、板凳上全是晶亮的碎片，整個家就像被強盜剛打劫完一樣。這些碎片，不僅屬於電腦，也屬於他們的生活。張凱憤怒地看著蘋果，吼出一個詞：「離婚！」

蘋果當即冷笑：「又沒有結婚，離什麼婚？」

張凱啞口無言，半晌道：「那就分手。」

蘋果真是恨毒了，不怒反笑，輕輕拍了一下手道：「我求之不得。」

「你不用和我拽文，」張凱道：「要分現在就分。」說完，他衝到衣櫥旁邊，從上面搆下蘋果出差用的行李箱，然後扯開衣櫥門，把自己的襯衫、外套、內衣一股腦的塞進箱子裡。蘋果見他毫無章法，行動像個孩子，可明明已經是個三十歲的大男人了，不禁又可氣又可笑，又為自己感到悲涼。人生最美好的年華，從二十二歲到三十歲，居然給了這樣一個人？蘋果默默地走到門前，從架子上取下自己的包，抽出了一張卡。這張卡是她交電話費用的，卡裡還有兩千塊錢。她等張凱收拾完東西，提著箱子氣咻咻地走到門前，才把卡遞給他。張凱不接，蘋果道：「你身上一分錢都沒有。」

「我就是餓死也跟你無關。」

「是嗎？」蘋果道：「我只希望你餓死了，也不要再上我的門。」

「哎呦。」張凱一陣心寒！這是他談了七年的女朋友說出來的話！他隨手從口袋裡掏出鑰匙，砸在門前地上：「鑰匙還你，我走出這個門就不會再回來。我是男人！我說話算話。」

「你說話算話嗎？」蘋果尖刻地道：「你說你找工作，你說你好好工作，你說要買房買車，你哪一句話算話了？你哪一件事情做到了。」

不等蘋果再抱怨，門被拉開了，張凱像一隻被獵槍指著的野狗，「嗖」的竄了出去，然後「砰」的關上大門，把蘋果一個人留在家裡。

這已經是蘋果與張凱爆發的不知第幾次家庭大戰了。每一次家庭大戰爆發後，家裡的損失總是嚴重。但這一次與以往不同，除了杯子、碟子、書，還有一台電腦——這可是蘋果咬著牙，下了幾個月決心，才添置的一個大件。

六千九百塊錢！對他們這個月收入只有四千的小家來說，成本太高了。蘋果如果不是考慮張凱要玩遊戲，她根本不會買電腦。對於這台電腦，蘋果又愛又恨。愛的是，她確實心疼張凱，要麼用原來的舊機器，吭吭哧哧的打遊戲；要麼去網吧。一個年近三十的男人，整天縮在網吧裡打遊戲，雖然可恨，卻也令人辛酸。

恨的是：蘋果覺得給張凱買了電腦，就意味著她再一次放鬆底線。在她和張凱的感情問題上，她又向後退一步。她已經不求這個男人事業有成，買房買車，只求他有份好工作；已經不求他有份好工作，只求他能去找工作；已經不求他去找工作，只求他能好好待在家裡；不求他好好待著，只求他不要打遊戲；不求他不要整天打遊戲，只求他不去網吧，讓蘋果下了夜班後回到家，還能看見一個「人」。

這種又愛又恨的心情，不僅是蘋果對買電腦的看法，也是蘋果對人生的困惑。她和張凱是校友。張凱比她大半歲。蘋果學的是新聞，張凱學的是化學。兩個人雖不在一個系，卻因一次老鄉聚會而認識。張凱家其實也不和蘋果家在一座城市，只是他小時候在那兒生活過，閒極無聊就來參加這個聚會。沒想到和蘋果一見鍾情，種下了孽緣。

自從蘋果和張凱戀愛後，除了戀愛問題，蘋果一切順利。幾年前找工作還沒有現在這麼困難，她由學姐介紹進了一家出版社實習，又因出版社編輯的介紹進入一家報社實習，然後留了下來。儘管報社工資不是很高，但平台不錯。蘋果在這裡接觸到這座城市各行各業的人，也時常替一些企業寫寫文章，或者參加發布會拿些紅包。報社上班也不用起早，基本上每天中午到社裡，夜裡十一點、十二點下班。蘋果業務能力不錯，性格也比較溫順，對待領導和同事都小心翼翼的。她深知自己和這座城市比起來，非常渺小。不要說她是一個本科生，就是碩士、博士生存也越來越艱難。她又沒有過硬的家庭背景，自己長得也不是十分漂亮，更不伶牙俐齒，能見什麼人說什麼話，一滴水就能掀起一片風浪。她能有這樣一份工作就很不錯了，要老老實實、兢兢業業，甚至有點膽顫心驚地努力工作下去。

蘋果不明白，她這麼踏實的一個人，怎麼找了張凱這麼一個不靠譜的男朋友？他總是這山望著那山高！畢業的時候去一家大公司實習，公司覺得不錯，想留他，只是底薪給得低些，他覺得說人家大材小用，禁不住蘋果一再規勸，忍氣吞聲留了一個月便辭職了。接著有朋友介紹，去一家公司當銷售，幹了不到幾天，因為陪客戶喝酒時，客戶說了些難聽話，便憤而離席，從此再也沒有去過那家公司。然後他說不去上班了，要創業，於是和家裡人借錢，和幾個同學搗在大學宿舍劃出一塊地方當辦公室。折騰了小半年，幾萬塊錢花光了，家裡怨聲載道，事業也沒能做起來。接著他又說要考研，買了一堆材料在家複習。蘋果本來覺得這也是個希望，他學化學的，能往上走一走，或者出國，或者留校，或者找個好企業做個技術管理，都相當不錯。沒想到複習了半年，臨考試前，他居然說不考了，說現在碩士生成把抓，考研沒有什麼意思。那一次，蘋果和他大吵了一架，兩個人差點分手。

這是兩個人第一次的感情危機。張凱苦勸了蘋果很多天，保證自己不再好高騖遠，一定腳踏實地尋找工作，蘋果這才勉強回心轉意。蘋果有時候想，如果那次她跟張凱分手了，徹底的分了，倒不失人生一樁美事。

那個時候蘋果二十五歲，雖不貌美，卻還青春。一些大姐們，還挺熱心的幫她張羅對象。又有一、兩個閨密，覺得張凱不踏實，勸她分了拉倒，又安排她去相親。但蘋果總歸是個好女孩，不敢騎著馬找馬，因為跟張凱沒有徹底分，她把相親的機會一一推卻了。至今為止，蘋果除了張凱，還沒有和第二個男孩子約會過。

張凱那段時間表現也真不錯。他找了家公司，跑醫藥產品的銷售。跑了約一年的醫院。可他還是諸多抱怨，說現在做藥的沒有良心，賣藥的更沒有良心，最沒有良心的，是醫生給病人開藥的時候。張凱在憤怒中度過了一年，蘋果則充當他的垃圾筒和安慰劑。有一次張凱說，如果沒有你，我是不可能妥協的。

蘋果聞言一愣：「你向什麼妥協？」

張凱也愣了！是啊，他向什麼妥協呢？他不得而知！他知道對於蘋果和蘋果的家人、朋友來說，他就是個混帳。在現在的社會，一個男人不能掙錢養家，幾等於十惡不赦。就算他對蘋果忠誠，打心裡愛著這個普通的女孩，他們也不會感激他。他們要的是實際效果：他一年掙多少錢！買多大的房、開什麼樣的車、造就什麼樣的生活！

那一年，蘋果和張凱也有吵鬧，吵鬧的原因簡單：蘋果二十六歲了，到了結婚年齡。可他們拿什麼結婚呢？現在有個詞正流行：裸婚！即無房、無車、無錢就結了。可四年前這個詞並沒有出現：裸婚是不可想像的。

每當蘋果和張凱商量起這個問題，張凱總不在乎地說：「好啊，想結婚明天就去。」可最後退縮的往往是蘋果自己。她和同事們商量，同事的意見和朋友、家人並無區別：你為什麼要嫁一個這樣的人呢？這樣的人對你有什麼好呢？還是和他分手吧，趁著自己年輕。

蘋果的媽媽，一直以為蘋果和張凱經歷了大鬧後就分手了。她除了通過電話催逼蘋果儘快找人之外，就是通過各種渠道、各種關係託人給蘋果介紹對象。除了一兩個閨密可以訴苦，蘋果別無他法。可閨密們最後也厭煩了她的傾訴，因為她的傾訴並無解決之良策：要分也分不掉，要結也結不了了，這是幹嗎呢？

於是，日子一天一天消耗下去了。張凱再一次辭職，再一次找工作，再一次失業……漸漸地蘋果的閨密們開始催著蘋果趕緊與張凱結婚。熟悉蘋果感情心路的同事們也催著蘋果趕緊結婚。蘋果的媽媽除了變本加厲的催逼之外，也開始懷疑蘋果和張凱藕斷絲連？有一次蘋果媽媽小心翼翼地道：「如果你還要喜歡那個人，你結婚我們也不反對。」這種一邊倒的口風，讓蘋果覺得悲哀。時光太快了，蘋果已經二十九了，再有一年，她就三十了。可她兩手空、一無所有。這些年來，她一個人負擔兩個人的費用，雖積攢了一點小錢，用這些錢買一輛小車還能勉強，買房就想都不要想了。如果她和張凱結婚，再生下一個孩子，難道要她一個人負擔一個家、三口人的全部費用嗎？蘋果想都不敢想啊！結婚是不能了，那就趕緊分吧，可這時候連勸她分的人都沒有了。二十九歲的大齡剩女，容貌一般、無房無車，不好兜售啊。

那些勸她分的人開始把她往愛情的路上引，什麼很多家庭都是這樣啊，女主外，男主內；什麼你們從大學到現在談了八、九年，真是很不容易啊；什麼感情和實際利益能得一樣就不錯了啊……蘋果奇怪，這些話他們為什麼早不說？到現在才來說？而且，女主外、男主內，說起來是不錯，可蘋果根本做不了女強人。幹媒體這麼多年了，她還是有些靦腆，雖然有時候說話也風風火火，寫起稿子來也算流暢痛快。可真要她離開這個報社，去賺一筆什麼樣的錢，她一點方向都沒有。

蘋果很困惑，她不知道成功的人是如何生活的，怎麼能愛情事業兩得意呢？或者怎麼能二者得意其一呢？像她這樣雙失敗的人，可能真的不多吧。蘋果越加抑鬱，眼角兩邊長出不少黃褐色斑點，由於長年熬夜，她的眼睛總是很疲勞，下面掛著巨大的眼袋。以前跟報社的同事們出去吃飯，或者見一些客戶，還有人稱她幾聲美女，開她幾聲玩笑，現在見到她，都是尊尊敬敬的喊她老師了。

青春一去不復返，蘋果為了遮蓋眼袋，也為了眼睛舒服，索性配了一副黑框眼鏡，就這麼戴著。蘋果覺得自己對生活的放棄越來越多，這不僅是個穿衣打扮的問題，也不僅是張凱的問題，這是一個人生議題！對於她來說，一切都太複雜了，她不知如何搞定，更不知如何發問與解答。

蘋果真的沒想到，這個困擾了七年的問題，會以這樣的方式解決了。她無數次想過自己和張凱分手以後，應該是什麼樣子，可她萬萬沒有想到，居然如此平靜，甚至如此解脫。她第一件事情就是拿起掃帚，開始打掃衛生。她把家裡每一個角落都清理了一遍，除了電腦、還有碎片、紙屑……，和張凱所有有關的東西都被她裝在一個箱子裡，放在牆角。她悽悽惶惶過了這麼多年：擔心受怕，猶豫惶恐，如今雖然沒了男人，可她至少可以一個人輕鬆自在的過日子了。原來沒有這個人，她的生活裡就沒有了負擔。

張凱離開了和蘋果住了五年的小屋，提著一個箱子。此時已是初秋，風吹到身上有了一些涼意，大約走了半個小時，張凱有些清醒了：他能去哪啊？他要去哪啊？總得有個落腳的地方吧！但說一千道一萬，他不會再回他和蘋果的家了。

這樣也好吧，張凱覺得這真的是一種解脫，自己拖累她這麼些年了，又沒有工作又沒有錢，何必這樣耗下去？他在街邊停下來，掏出皮夾翻了翻，口袋裡還有兩百八十塊錢和一張可以透支五千塊的信用卡，這是他現在全部的家當。

他拿出手機，開始給幾個哥們打電話，其中有兩個是大學時候的同學，都已經成家立業了。張凱一說明原因，他們都委婉地表示這兩天很忙，恐怕沒有辦法接待他。其他的有的在出差，有的正在開會，話說一半，就把張凱的電話給掛了。張凱迫於無奈，想起一個和自己在網絡上打遊戲打得很有默契的朋友，也是為了打遊戲方便，兩個人才互留了手機號碼。張凱厚著臉皮給他打過去。對方問清楚他是誰後顯得很高興：「哥們，約我打遊戲啊？我這兩天正出差，忙得要死，顧不上呢。」

「非也非也，」張凱不敢再說自己的近況，含糊地道：「為打遊戲和老婆吵翻了，老婆把電腦砸了，把我趕了出來，心裡鬱悶，找你聊聊。」

「哎，」那人哈哈笑了：「我當是什麼大事，這事我也遇到過，沒事，她氣幾天也就消了。哥們，你在哪兒快活呢？酒吧還是茶館？」

「我哪兒都沒在，」張凱把心一橫，索性道：「我出來的時候走得急，就帶了幾件衣服，身上就兩百塊現金。但是我也不想向她低頭，沒有辦法了，才給你打電話。」

對方並沒有像那些熟人、朋友，立刻找理由推掉他，而是爽快地大笑起來：「身上沒錢，還想給老婆下馬威，你也是個氣管炎啊。這樣吧，稍微等一等，我來幫你想想辦法，你把手機開著就行。」

說完，對方掛了電話。張凱猜不出他說的是假話還是真話，是搪塞自己還是真心幫自己。不料五分鐘以後，這哥們真的打電話過來，他告訴張凱，他的一個大哥，也就是他剛入行的時候跟過的一個人，現在住在北京某高檔小區裡，因為房子太大，他一直想找一個人和自己同住。他介紹張凱先去住幾天，一切等他出差回來再說。他告訴張凱，這位大哥姓鄧，叫鄧朝輝，是位廣告公司的創意總監。接著，他把鄧朝輝的家庭住址和手機號碼用短信的形式發給了張凱。張凱一看，住的還挺遠，便輾轉了地鐵與公交，來到他說的那個區域。這一帶一看便是富人區啊，房子都不太高，房與房的間距極為寬闊，花草樹木鬱鬱蔥蔥，完全不像在北京。

張凱剛走到小區門口就被保安攔住了。保安問他找誰？他說了門牌號和名字，保安便在小區外按門鈴，沒有人應答。保安說家裡沒人，不能讓他進。張凱便開始給鄧朝輝打電話，電話沒有人接。張凱無奈，只能站在小區外面候著。一些人從小區大門中進進出出，張凱冷眼旁觀著，不禁有些奇怪：他們如何住進這樣的小區呢？

大約半小時後，鄧朝輝回了電話。他告訴張凱，他正在附近喝咖啡，讓張凱到咖啡店去找他。張凱向保安問了路，提著行李慢慢朝咖啡店走去。

他沒走多遠，找到了那家咖啡店。小姐把他帶到一個包間，他推開門，見一個穿著銀灰色西服，打著灰藍色領帶的男人坐在裡面。他的對面坐著四個人，這四個人衣著休閒也就罷了，但其中一人張凱頗為面熟，他覺得如果自己沒有猜錯，那人應該是個電影明星。他不知道哪一位是鄧朝輝，只覺那個穿銀灰色西服的男人舉止有派，看起來頗為不俗。那人一見他便笑了：「你小子，這幾天忙翻了吧？忙成這個樣子就出差回來了？快，坐。」說完，他指著旁邊的座位讓張凱落座。張凱坐下來覺得有一些不安，張嘴道：「我是王⋯⋯。」

不等他說完，那穿銀灰色西服的人揮了揮手：「小王都給我說了，你們是好哥們。來，我給你介紹幾位好朋友。」說著，他把那幾個人向張凱做了一番介紹，說起那個電影明星的時候，也就輕描淡寫的帶了一句，這是誰誰誰。接著他介紹起了張凱，這番介紹可把張凱嚇了一跳：「這是我的一個小兄弟的兄弟，目前是一家高科技公司的ＣＥＯ，別看他穿得普通，家財萬貫啊。」

話音一落，張凱便覺得那幾個人看待自己的眼光明顯有了不同，他又不好分辯又不好糾正，只得微笑地點了點頭。那穿銀灰色西服的人叫來服務員，問張凱要喝什麼？張凱說：「咖啡。」穿銀灰色西服的人微微一笑：「我就知道你最愛喝藍山，可這裡的藍山味道不好，怎麼樣？來一杯苦咖啡提提神？」

張凱心想，我他媽什麼藍山、拿鐵都喝不出味道，苦咖啡就苦咖啡，他點了點頭。服務員不一會兒就送來了咖啡。他坐在溫暖的包間裡，喝著咖啡，看著那個電影明星恭恭敬敬地聽著那個銀灰色西服大放厥詞，什麼品牌、什麼營銷。聽著聽著，張凱也來了興趣，他忽然覺得和蘋果吵架，離家出走是正確的，這才是他想要的生活。他豎著耳朵，喝著咖啡，聽著那個男人的演講，聽到興奮處不時地還插進去討教幾句。如此一來，包間裡的氣氛更加熱烈了。不一會兒便到了晚飯時間，那幾個人說晚上還有事情，改日再來討教。接著又問那穿銀灰色西服的人，讓這位明星接拍廣告到底行還是不行？那穿銀灰色西服的人微微一笑道：「行與不行還不是看我怎麼包裝嗎？我說他行他就行。」眾人便又是一頓寒暄，這才告辭而去。

他們走後，只剩下張凱和穿銀灰色西服兩個人，那人坐下來，向後一仰，打量著張凱，神情和剛才判若兩人。張凱也知道自己裝模作樣的時候結束了，便笑了笑道：「你就是王強的大哥鄧先生吧？我叫張凱。」說完，他畢恭畢敬地伸出一隻手：「剛才聽您談的這些話，感覺很受用。」

鄧先生也伸出手，和張凱用力的一握：「我叫鄧朝輝，你叫我老鄧就可以了。怎麼？被老婆趕出來了？」

張凱點點頭。

「沒事，」鄧朝輝微微一笑：「先在我那待幾天，手機別開，你也別聯絡她，她自然就服軟了。」

張凱哪敢說自己是有來無回，只是忙著點頭。老鄧為人挺大方，又喊進服務員，叫了兩份飯，二人吃過了，這才回了家。鄧朝輝的家確實很大，不是一般的大，是大得有點驚人，他一個人住著一個四百平米的房子，有雪茄室，影音室，還有一家超大的書房。他帶著張凱一間一間的參觀，然後把自己一些心愛的小物品拿給張凱把玩，一個菸斗啊，一個紀念物啊。聊著聊著，他問張凱：「你們公司是做什麼的？」

張凱一愣，隨口道：「遊戲。」

鄧朝輝點點頭：「遊戲是好生意啊，就是有點缺德。」

張凱一愣：「為什麼？」

「多少人打遊戲打得玩物喪志，老婆孩子都不管了，事業也不要了。」他搖了搖頭，長嘆一聲：「這是禍國殃民的東西啊。」

張凱聽了這話，臉微微一紅。他不禁有些驚訝，這老鄧怎麼還有點憂國憂民的味道？他忽然想起，自己曾經告訴過王強，自己在一家科技公司任職，王強當時問他什麼職位？他隨口說了一句CEO。這鄧朝輝如此款待他，估計是把他當成了一個人物吧？張凱也不說破。而且他很喜歡和鄧朝輝聊天，覺得這個人知識淵博、見識不凡，很有一種味道。鄧朝輝顯然是個不能寂寞的人，對著張凱滔滔不絕地說了自己的見聞，不僅是對遊戲行業的想法，還談及了他在這行業認識的人，似乎在社會上很有人脈。

這兩個人一個願意說，一個願意聽，聊著聊著，居然很投機。鄧朝輝又開了一瓶酒，跟張凱喝好幾杯，這才安排張凱休息。張凱住在樓下的一間客房，客房布置得很是舒服，床超大，張凱覺得睡他一個人太浪費了，睡他和蘋果兩個人也浪費，至少應該睡四個人。

他躺在床上，蓋著柔軟的真絲被，望著天花板。矇矇矓矓中，那巨大的水晶吊燈在昏暗的光線下看起來，像一個奇怪的物品。這和今天下午他窩在和蘋果的小家裡，打著遊戲的生活簡直是兩個世界。不知道蘋果過得怎麼樣了，她是否會生氣？還是覺得自己走了好？最好一了百了，再也不要回去見她？張凱心裡有些難過，要這世界上誰對他最好，大概也就是蘋果了吧。默默地跟了自己七年，她到底圖什麼呢？他也不覺自己很帥，錢肯定也沒有。想到這，張凱長嘆一聲，蘋果是真心愛他，可真愛又怎麼樣呢？人總要想辦法過生活，看到這個家裡的一切，張凱覺得自己久違的欲望與野心又悄悄地在心裡萌芽。如果他能給蘋果買這樣的房子，讓蘋果睡在這樣的床上，不要說蘋果，就是梨子、香蕉、水蜜桃都會覺得很愉快吧。

他得想辦法討好這個老鄧，和老鄧交朋友，他得學習學習，這鄧朝輝是如何一步一步走向成功的？

張凱下了這個決心，也不去管蘋果到底會如何了。他沒帶手機充電器，第二天早上電話沒電了，他索性把手機裝進箱子。鄧朝輝白天很忙，晚上回來比較空。這個人像個話癆，說起話來就停不住，加上張凱是個好聽眾，他對鄧朝輝所說的一切內容都充滿了興趣。而且還針對他所述的內容不斷領悟與思考，聽到高興處不免抓耳撓腮，還不時發問。有一次鄧朝輝感慨道，說他見了張凱，總算知道，菩提佛祖為何要傳授孫悟空七十二般變化和一身武藝。張凱樂了：「你是說我長得像猴子？」

鄧朝輝搖搖頭：「敏而好學，太難得了。」

張凱望著他，還是沒有明白。

鄧朝輝道：「你如此的熱愛學習，這是件好事。毛主席說，謙虛使人進步，你是我見過最謙虛的人，而且學習東西領悟能力特別強，你將來有沒有成就我不敢說，過得比一般人強是沒有問題的。」

「是嗎？」張凱又驚又喜：「可大家都說我沒有用，尤其是我老婆。」

鄧朝輝笑了：「女人的話，你不能信，女人通常不願意做大事，擔大的風險，她們只要老婆孩子熱炕頭的生活。」

聽了這話，張凱宛如遇到了知音，頻頻點頭。不料，鄧朝輝長嘆一聲：「但是女人的話又不能不聽，凡是不聽女人話的男人事業都做不大。」

張凱聞言有些困惑：「照你這個意思，又不能聽女人的話，又要聽女人的話，這如何平衡呢？」

「這就是一種平衡，」鄧朝輝道：「因為女人比較踏實，她要的是一個家庭，所以她的話通常來說都沒有風險。你若全聽，你必不能成大事，可你要一樣都不聽，你必不順利。所以我老說，如何去聽女人說話是一門學問，也是一個藝術，對一個男人一生都至關重要。」

「精闢、精闢！」張凱深以為意，不禁連拍大腿。他為什麼到三十歲還混不出來？就是因為一直聽著蘋果的話，要安穩，要穩定，不能冒險。可他為什麼到現在還一文不名，還把蘋果弄丟了。就是因為他打心眼裡從來沒有聽過蘋果的話，如果不是因為他愛蘋果，他覺得蘋果的話基本等於放屁，毫無意義可言。

這兩個人每晚引經據典，喝酒談天，加上鄧朝輝家大業大，不在乎家裡多出一個客人，張凱這一住居然住了整整一個星期。一週之後，那個打遊戲的哥們王強回來了，鄧朝輝說要感謝王強給他介紹了一個很好很有情的小兄弟，便請二人吃了一頓火鍋。飯桌之上三個人把酒言歡，全然忘記了張凱來鄧朝輝這是臨時落腳，王強也沒顧上問，這張凱到底要住到什麼時候？他第二天還要出差，酒至半酣便告辭走了。於是張凱便又在鄧朝輝家住了下去。但他心裡知道這不是長久之計，但權宜之中，他得想辦法。於是他借用鄧朝輝的電腦，開始整理自己的簡歷，並且在網上開始尋找工作。但是，憑藉一份大學本科的教育背景，憑藉整整七年似有若無的工作經歷，張凱覺得自己要去找工作，難如登天。鄧朝輝雖然人脈廣泛，但他做的行業和自己是兩回事，他現在如此善待自己，不過還把自己當成一個混得不錯的人，要知道自己一文不名，身無分文，迫於無奈才在此處寄住，沒準他就一腳把自己踢出門了。

欲求助又不敢求助，張凱覺得如何向鄧朝輝開這個口，實在是一件困難的事。另一方面，他因為沒有手機，也無法和蘋果聯絡，他登入MSN和QQ，幾次見蘋果在線，想給蘋果搭話，問她過得怎麼樣，可又不知道怎麼開口。終於有一天他忍不住給蘋果發了一個笑臉，可蘋果回都沒回。這讓張凱有些心寒，他想，把我趕出家門的是你，讓我流落街頭的也是你，就算我們真的分手了，看在相處七年的分上，你也應該問我一句過得好不好。難道真的想讓我流落街頭，生死不明嗎？看來女人翻臉真的比翻書還快，女人下狠心的話，真的是九頭牛也拉不回來。張凱心寒至此，便也顧不得蘋果了。他沒有電話可以和外界聯絡，唯一可借助的就是網絡，他在網上瘋狂的投遞簡歷，但都石沉大海毫無音訊。除了晚上能和鄧朝輝聊天，這白天的日子實在難熬，電視劇也沒有什麼好看的。張凱一時煩悶，便忍不住下了一個遊戲，這有一就有二，他又下了一個遊戲，又過上了遊戲生涯。

遊戲確實可以讓人忘卻現實，進入另一個時空。鄧朝輝發現張凱這兩天有一些變化，晚上聽他聊天也有些心不在焉。等他說一句都睡吧，他便坐在電腦旁。開始鄧朝輝以為他有事情，後來才發現他的電腦上多了網絡遊戲。第二天晚上吃晚飯的時候，他問張凱：「你在我的電腦上下載遊戲了？」

「對。」張凱有些心虛，點了點頭。

「工作需要嗎？」

「對。」張凱又點了點頭。

鄧朝輝沒有說話，只是無奈地搖搖頭。張凱覺得氣氛有些不對，想開口說出實情，又實在下不了決心。正恍惚間，鄧朝輝問：「你老婆有跟你聯繫嗎？」

張凱嚇了一跳：「沒，沒有。」

「我看你天天也不用手機，是不是她找不著你？」

「我在網上和她聯繫了，」張凱道：「可她不理我。」

「女人就是這樣，」鄧朝輝道：「我看你是太傷她的心了，再耗她幾天，也可以給她發封郵件。」

「發郵件，說什麼？」張凱問。

「什麼都不說，就說天氣冷了，讓她注意身體，看看她的反應。」

張凱點點頭。

鄧朝輝突然又問：「你們公司叫什麼名字？」

「啊？」張凱不知如何回答，看著鄧朝輝，他端著一杯咖啡，陷在寬大的沙發裡，一雙眼睛似笑非笑，好像看透了自己，又好像洞悉了全部真相。張凱把心一橫：「老鄧，我沒有公司。」

鄧朝輝點點頭：「這話我信，我沒見過哪個公司的人，像你這麼清閒。」

「我也沒有工作。」
「這個我也信。」
張凱結結巴巴地道：「但是，但是我在找工作。」
「你找了多久？」
「我，」張凱臉上很掛不住，但還是說了實心情：「好幾年了。」
鄧朝輝似乎一點也不意外，只點點頭道：「你好歹也是大學畢業的本科生，為什麼混成這樣？」
「我也不知道。」張凱道：「自從我大學畢業以後，一直過得不順。我老婆說是我的問題，我覺得是她的問題。她又說是社會的問題，那我就不知道，這問題到底是什麼問題。」
鄧朝輝擺擺手：「我聽不懂你說的問題，你要找工作，就去找，你想上班就好好上班，有什麼狗屁問題？」
「問題是我不想上一個那樣的班。」張凱道：「像我老婆那樣，大學畢業以後找了一份工作，一幹就是七年，幹到現在怎麼樣？也就是一個普通的小記者。我覺得她過於要求穩定。」
「那你想怎麼樣？」鄧朝輝問。
「我覺得，我能做一些比較好的工作。」
「人人都想做好工作。」鄧朝輝冷笑一聲：「憑什麼別人不做讓給你啊？」
「鄧哥，」張凱道：「我不瞞你說，我覺得和你打交道，很舒服，你說的這些話，談到的這些經驗，我都很喜歡，我覺得如果我跟著你做事，你交給我的工作，我都能完成。可是你也知道，我們現在去找工作，大公司要的都是海歸或者名校的博士、碩士；一些小公司，我確實不願意去，我這人骨子裡有點清高。別看我落魄，可是你也看到，我早晨起來，那床是疊得整整齊齊。跟您再說話，我也是有禮有節。我這人吧……。」

「你這人吧，就是有點小清高。」鄧朝輝冷笑道：「還有點小資情節。像你這樣的人，」他伸手一指張凱，「能文不能武，能上不能下，也就配在大公司裡混一混，頂了天了。」

張凱沒料到，鄧朝輝會這麼說，不由一愣，他想反駁，又沒敢，張了張嘴，沒發出聲音。

鄧朝輝道：「怎麼？不敢說話了？怕反駁我被我趕出這個門？流落街頭的滋味可不好受啊。」

張凱臉紅了，想不出應該做出什麼表情，乾笑了一聲。

鄧朝輝道：「你這個人很聰明，也很好學，脾氣也還不錯，其實比較適合找個靠譜的工作，老老實實去幹。我估計你老婆和你說不到一塊去，是她老把一些不怎麼樣的工作當成一個好工作。你呢，又找不到一個切實的好工作，所以你們兩個之間才出現這麼大的問題。」

「對對對，」張凱連聲喊「對」。但是他又心有不甘：「鄧哥，你覺得我真的不能創業嗎？」

「創業？」鄧朝輝笑了，漫不經心地打量著張凱：「一個能創業的人，不會在家裡窩上幾年。就算擺地攤也擺成龍了，這條路，你就死了心吧。」

張凱不禁一陣頹喪，他摸了摸腦袋：「照您這麼說，我豈不是個廢物？」

「話不能這麼講，有些人在順境裡面就能夠把事情做得很好，有些人吧，在逆境裡面，他也能吃苦耐勞。你說的那種做大事的人，又能上又能下，又能順，又能逆，全北京有幾個？大部分人，要麼好環境裡待一待，要麼差環境裡耐一耐，你還想怎麼樣？你在我這白吃白住這麼長時間了，不是也沒有想到好辦法？」

「鄧哥，」張凱的臉更紅了：「你是什麼時候看出來的？」

「我早就看出來了，」鄧朝輝道：「第一次見面的時候，你穿的戴的拎的箱子全是便宜貨。我那天那麼介紹你，不是信了王強的鬼話，那天在的幾個人都是勢利眼，如果我不那麼介紹你，他們連我也會看不起。」

張凱心裡一陣感動：「這麼多天了，您也沒有拆穿我。」

「我拆穿你幹什麼？人都有落難的時候。再說，你我有緣，要不然王強也不會把你介紹給我。只要你將來發達的那一天，不把我忘了就行了。」

「怎麼會？」張凱連聲道：「鄧哥，你太小看我了，我不會忘記你的。」

鄧朝輝冷笑一聲：「我還真有點小看你。說說你跟你老婆的故事吧。」

張凱不明白，鄧朝輝說真有點小看他是什麼意思。難道自己發達了真的會忘記鄧朝輝？張凱不相信自己是這麼冷漠的人。他覺得自己在這樣的時候，鄧朝輝還願意幫他，真的是人間冷暖，其味自知。於是悉數說了和蘋果的故事，當他說起蘋果砸電腦、把他趕出家門的時候，鄧朝輝連連點頭：「砸得好，趕得好！」當他說起蘋果臨出門前把一張卡給他的時候，鄧朝輝的表情停滯了幾秒，似乎流露出不忍的神色，過了半晌，才道：「你小子有福，遇到一個好女人。」

張凱聽了這話，不禁有些得意。但嘴上卻不認輸：「她好什麼好？不都把我趕出來了？」

「你放屁！」鄧朝輝道：「你不要得了便宜還賣乖，人家姑娘跟了你七年，萬不得已把你趕出家門，臨走還要給你一張卡，還要怎麼樣？你這老婆不是個傻妞，就是個老老實實、本本分分的孩子，你不要辜負了人家。」

張凱見鄧朝輝臉上流露的神色非常複雜，似乎有一段難言的往事，他抓住這個機會，連聲道：「鄧哥，那你說我現在怎麼辦？要不這樣，我跟著你到廣告界去混吧，你也說我聰明好學，我一定能學得出來。」

「你？」鄧朝輝看了他一眼：「你不合適。」

「為什麼？」

「你這個人缺少創意又缺少吃苦耐勞的精神，我們廣告界沒有那樣的大鍋飯讓你吃。而且這個圈子，也比較複雜，講的都是遊戲精神，你這個人不行。」

「那你說我怎麼辦？你也說跟我有緣，又這樣收留了我，總得給兄弟指條明路吧？」

「你不是在找工作嗎？找得怎麼樣了？」

張凱一愣：「您是怎麼知道的？」

「你天天用我的電腦，去過哪些地方，我都很清楚。」鄧朝輝笑了笑：「有什麼下文嗎？」

張凱垂頭喪氣：「什麼下文都沒有，我不瞞您說，我都退而求其次，都次到最後了，連那種小公司的破銷售，都去應聘了，一點回音都沒有。」

「去小公司？」鄧朝輝笑了：「誰要你啊？人家都要那種大學剛畢業的便宜貨，最好試用不到三個月就滾蛋，錢花得又少，又沒有什麼勞保。像你這樣的三十歲的男人去了，一、沒有工作經驗，二、要價又不低，誰敢用你？」

張凱沒有說話，半晌道：「那照您這樣說，我不是沒有出路嗎？」

「話不能這麼說，」鄧朝輝慢慢地道：「那也要看是什麼人在指點你。」

張凱眼睛一亮：「鄧哥，如果你能幫我找到一份好工作，我就太感激你了。」

「這樣吧，」鄧朝輝道：「你先把你的簡歷整理出來，然後你到網上找你想幹的工作。你記住，不用管那個工作，你能搆得上還是搆不上，只管把你想幹的都列出來。」

「什麼工作都行嗎？」張凱問。

「什麼工作都行，但你也稍微悠著點，你想當微軟的總裁，就是打死我，我也沒有辦法。」

「行。」張凱道：「那我就這麼辦。」

「你先辦一件事，」鄧朝輝的語氣嚴厲起來，「給我把電腦裡的遊戲刪掉！」

「哎、哎。」張凱訕訕地道。

「《易經》打頭第一句話，天行健，君子自強不息。你要是不幫你自己，我就是幫你也沒用，我覺得你這個人這麼多年不順，一直在劫道上，你遇到我是你的一個機會，如果你能好好把握，就是六十道順境的輪迴。」鄧朝輝把玩著手裡的咖啡杯，流露出高深莫測的神色，「如果你不好好把握，再一個甲子不順，就是整整六十年啊，我看你這輩子都沒指望了。」

張凱打了一個冷顫，他覺得鄧朝輝這話還真有道理：「鄧哥，我刪，我一會兒就刪，我這輩子再也不玩遊戲了。」

「再也不玩遊戲，你是做不到的。不過，只要你上了正規，你就不會沉迷其中了。」

「是啊，是啊，」張凱趕緊點頭：「其實我也是借酒澆愁啊。」

鄧朝輝冷冷一笑，沒有說話。張凱深信鄧朝輝關於順境和逆境的話，他覺得自己一直不順，真的有點倒楣，而蘋果趕他出家門，他又遇到鄧朝輝，卻是像人生的奇遇。如果這世界上真的有上帝，鄧朝輝就像是他的天使。老天爺在他如此落魄的時候，給了他這樣一個朋友，他再不知道珍惜，就真的是自尋死路了。

當天晚上，張凱就刪了遊戲。他不知如何修改自己的簡歷，直接發到鄧朝輝的郵箱。可有了鄧朝輝的話墊底，他大起膽，在網上挑起了工作。好工作不是沒有，是太多了，關鍵是，他以前想都不敢想，看都不敢看，更不要說去找了。

張凱對著電腦想入非非。當個總裁最好，可太那個了，除非哪家公司腦子壞掉了，否則怎麼也不可能請他當一把手吧。還是稍微實際一點。市場總監不行吧，他沒幹過市場；財務總監也不行，他沒學過財務；產品總監估計要管產品設計，他根本不懂。看來看去，也只有銷售總監最合適。賣什麼不是賣啊。看看這些要求：有良好的溝通能力、五到十年工作經驗、英語良好、吃苦耐勞、帶領團隊。溝通能力他還行吧，五到十年，有工作沒工作，時間是夠了，英語馬馬虎虎，誰天天說English？吃苦誰不吃苦呀，都吃苦。只有團隊他沒帶過，可當年上大學的時候，哪個哥們不聽他招呼？要是能在大公司當個銷售總監，年薪怎麼也得過百萬吧！那樣的話，蘋果還敢瞧不起他？還有她的那些同事、閨密，還有蘋果她媽，肯定都對他刮目相看！

張凱把銷售總監的職位，存了下來。然後又看到某雜誌社招主編。主編他沒幹過，但他一向認為，只要是個人就能搞文學。想當初，他一個化學系學生，寫的愛情小說照樣在ＢＢＳ上有超高點擊率。沒有這兩手，他也騙不到蘋果，把這位文藝女青年迷得昏天黑地。可這雜誌社主編要十年以上編輯經驗，還要什麼碩士文憑，懂得出版與發行。但張凱沒管這些事，把這個主編職位存了。還有一個是某大酒店的公關部經理，雖然張凱沒做過公關，但他一向認為，他的公關能力是過硬的。雖然談不上見人說人話，見鬼說鬼話，可真讓他硬著頭皮去說話，他還是有勇氣的。蘋果那幫報社同事，雖然知道他沒工作，但每次和他出去玩，都被他逗得哈哈大笑。要不是他不掙錢，這幫人也說不出他什麼。張凱不著邊際地發著高職夢，自己都覺得自己在荒唐：這哪兒跟哪兒啊！這些職位如果他去投簡歷，肯定第一輪就被刷下來了。夜已深，他也睏了，睡吧，明天還要早起，得多多少少讓老鄧看到狀態。

第二天一早，張凱就爬起來了，象徵性地在樓下花園跑了幾圈，頗有聞雞起舞的架式。等他回到家，鐘點工已做好了早餐，鄧朝輝看了他一眼：「早啊。」

「早！」張凱響亮地回答：「鄧哥。」

鄧朝輝聊了幾句新聞，吃罷飯便上班去了。張凱無事可做，但他答應了鄧朝輝不再打遊戲，便在網上東遊西逛。忽然他想到鄧朝輝會檢查上網記錄，便把所有求職網站都打開來，把無聊的網頁都關掉。可這些網站他昨天夜裡都逛遍了，現在看也沒有什麼更新。他百無聊賴，只好對著窗戶發呆。窗外秋意正濃，有幾棵不知名的樹已經漸漸地黃了葉子。張凱的心一軟。他忽然想起剛認識蘋果的時候，她剪著一個童花頭，穿著白襯衫，皮膚光潔緊實，多有文藝女青年的範兒啊！而如今，她的頭髮隨便紮在腦後，戴著副黑框眼鏡，雙頰上布滿斑點。文藝還文藝，只是從女青年成了女中年。這兩副模樣，中間好像只隔了一眨眼的功夫。蘋果就不再是昨天的蘋果了。

張凱不禁有些心酸！天地良心！他是真愛蘋果的，也想跟她結婚，生一個孩子，成全她對一個家的夢想。她老了有什麼打緊，就算她變成文藝老年，他也愛她。他這輩子，除了對初戀女友發過情，只愛蘋果一個女人。再說蘋果有什麼不好，苦苦地跟著他過到今天。誰叫世道艱難呢？誰叫他沒本事呢？誰叫他家裡沒錢呢？

他有點想上網看看蘋果，可一想到她趕他出門的狠勁，他就有點怨她。可怨歸怨，要說蘋果對他有二心，他也確實不信。他怨她是因為，如果此事倒過來，蘋果無事可幹，在家待七年，不要說七年，就是七十年他也沒意見。他絕對會養她一輩子。如今顛倒一下怎麼就不行了？怎麼就搞成他是一個無恥、無能、徹底混蛋的混蛋了呢?!

可見女權都是假的。平等只是為了讓男人更低等。男人養女人，還是天經地義啊！張凱胡思亂想、東磨西蹭地過了一天。晚上鄧朝輝沒有回來，他一個人吃罷晚飯，坐在客廳看電視。過了十點，鄧朝輝沒回來，十二點，還是沒回來。張凱想睡又有點不甘心，便靠在沙發上打盹。不知道幾點鐘，好像天都快亮了，鄧朝輝回來了。他一邊換鞋脫衣服，一邊甩給他一句話：「你簡歷不行，得改。」

張凱一下子睡意全無：「鄧哥，怎麼改？」

鄧朝輝看著他：「說話懂不懂？」

張凱摸不著頭腦：「說話？我當然懂了，這和改簡歷有什麼關係？」

「把好的說成不好的，把不好的說成好的，這就是說話的藝術。」鄧朝輝去酒櫃拿酒，叮叮鐺鐺的，一面道：「你小子，一點不開竅啊？」

張凱張著嘴，還是不明白：「鄧哥，我不懂啊。」

鄧朝輝看著他：「我問你，你女朋友長得漂亮不漂亮？」

「一般吧。」張凱道。

「個兒高嗎？」

「高。」

「多大年齡？」

「二十九。」

「那我要問你，你女朋友怎麼樣，你怎麼介紹？」

「二十九歲，高個兒，長得還行。」張凱道。

鄧朝輝鄙夷地看了他一眼：「如果現在要你向一個時尚雜誌主編，推薦你的女朋友，你怎麼說？」

「時尚雜誌？」張凱有點發蒙：「我得說她個兒高，身材好，雖然長得一般，但是有個性啊。」

鄧朝輝點點頭：「那年齡呢？」

「年齡確實大了點。」張凱這下沒詞了。

鄧朝輝微微搖頭：「如果我是你，我會告訴這個主編，如果你們想找一個常規的、漂亮的模特，你就不要來找我。但你想找一個非常具有獨特氣質的，在這個時代既能夠平易近人，但是又能夠代表一種突出的時代個性的模特，那你的女朋友很合適。她個子很高，身材很好，長得卻不漂亮，最關鍵的就是她的年齡，一個二十九歲的女孩，登上時尚雜誌的一組時裝大片的模特，她是什麼？她就像今天的平價服裝，要穿出大牌的感覺一樣。一個平民的姑娘，要借你們時裝雜誌之手，打造成模特和天后。這就是這個時代最有代表性的東西。這就像一塊人民幣和一萬美金的差別。它們的價值，不在乎誰更多，而在於誰來用。如果用的好，一塊人民幣會比一萬美金更超值！」

「牛×啊！」張凱一拍大腿，頓時精神百倍：「鄧哥，你太了不起了！」

鄧朝輝道：「如果你現在向一個外企總裁推薦你的女朋友，你怎麼推？」

張凱這才明白過來，鄧朝輝是在教自己。他仔細地想了想，然後道：「如果你們想招一個從大學畢業以後就在外企的從業人員，英語流利，熟悉外企的辦公流程和……」

「和什麼呢？」

張凱想了想道：「和各種規矩吧，那她肯定不合適。但是你們想招一個在媒體行業工作多年，熟悉媒體所有工作流程的人。而且文筆優秀，作風踏實，同時又希望借助外企這個平台更上一層樓的人，她很合適。最關鍵的，她進了外企，就算外企的新人，可她又有別的行業的工作經驗，那是什麼？」張凱說著說著，不免洋洋自得起來。他就是聰明，學東西就是一個快：「外企職場老油條的經驗她沒有，她是新人，可是別的行業經驗她又能帶進來，這不是一舉兩得的事嗎？」

鄧朝輝點頭笑了：「你今天找了幾個想幹的工作？」

「三個。」

「都是什麼？」

「銷售總監、主編、公關部總監。」

鄧朝輝點點頭：「那根據你的職位去改你的簡歷。」

「好的，鄧哥。」張凱像在夜海中航行的人突然發現了燈塔，只覺得腦海中電光石火一閃，馬上明白了自己為什麼不會改簡歷，為什麼找工作一直不順。原來這做事就和練武功一樣，也需要高手指點，也需要打通任督二脈。可打通，也就是一剎那的事。

這一天晚上，張凱徹夜不眠。他按照鄧朝輝向時尚雜誌推薦蘋果的那套思路修改自己的簡歷。一個職位，就是一個有針對性的簡歷。針對銷售總監的，他就重點談自己的幾個不怎麼樣的工作經歷中，很怎麼樣的「銷售經驗」。說白了，就是把缺點說成優點，把優點說成更優點。針對雜誌社主編的，他就談在以往的工作中，有哪些東西是和主編的要素相關聯的，比如組織能力、比如文筆等等。針對公關經理的，他就重點談以往工作經歷中，和人打交道的能力、開拓市場的能力、化解危機的能力。

看上去只是簡歷小小的修改，卻花了張凱通宵的時間。因為他並不太了解，這些職位具體的需求，所以，每改一個簡歷，他都要花大量的時間，在網上搜尋銷售總監、雜誌主編、公關經理這三個職位，到底需要哪些條件，甚至他還看了很多這方面優秀人才在網上的介紹，個人博客和一些採訪文章。

這種撥雲見月式的修改簡歷方法，對張凱來說，就像一個奇蹟。他忽然發現，他真的可以去向這些工作努力。只不過以前他不敢想，也不知道如何去想。

天亮的時候，張凱毫無睏意，像打了雞血一樣興奮。他照舊鍛鍊身體，陪鄧朝輝吃早餐，鄧朝輝照樣不疼不癢地說些官話。鄧朝輝上班之後，張凱害怕簡歷改得不夠好，又在網上查找資料，仔細琢磨，連一個字都要換來換去，想上老半天。傍晚，張凱把自己認為沒法再改的簡歷打印了出來，忐忑不安地等著鄧朝輝。晚上八點半，鄧朝輝回來了。他剛打開門，張凱立馬跳將起來，為他拿上拖鞋、接外套，然後跑去開酒櫃，倒好半杯紅酒，遞到他的手上。鄧朝輝喝了一口酒，坐倒在沙發上：「簡歷改好了？」

「改好了。」張凱畢恭畢敬地遞上簡歷。

鄧朝輝仔細地翻看了一遍。然後，他慢慢地放下簡歷，看著張凱：「你很聰明，這一點我沒看錯。不過，你選的這三個職位有點高，可以調整一下。找三個這種方向的好公司，三個稍低的職位。再寫一遍簡歷。」

張凱有些失望：「可是，可是……」

「可是什麼？」鄧朝輝嚴厲起來。

「那要從基礎做起，」張凱期期艾艾地道：「那……」

「大材小用?!」鄧朝輝冷哼了一聲。

張凱見他臉色不好，忙解釋道：「我不是那個意思，就是這麼一說。」

鄧朝輝站了起來：「你不要小看了基礎工作，有時候，基礎是一個最高標準。」

「我沒有小看，我是說基礎沒有難度，」張凱繼續陪笑：「沒有難度就沒有動力嘛。」

鄧朝輝不禁冷了：「是嗎？可如果我不教你，你連一份簡歷都寫不好。」

張凱立馬收了聲。他暗自想，果然是人在屋簷下，不得不低頭。鄧朝輝如此輕視自己，他又能怎麼樣呢？幸好這是鄧朝輝，要是蘋果，還不定怎麼吵架呢。還是先忍一忍，找到工作以後再說吧。他笑了笑道：「鄧哥，我聽您的，您說怎麼辦我就怎麼辦。」

「做人既要懂得變通，又要能腳踏實地，這才是最根本的。」鄧朝輝見他面色複雜，不禁暗自搖頭，此人天性涼薄，又不肯吃苦，可居然還有女人願意不離不棄地跟著他，可見人世間的事情，都是說不清楚的。他語重心長地道：「只有孫悟空才好高騖遠，自以為翻個筋斗雲就能當天上的皇帝，結果呢，白白受了五百年的苦。」

張凱沒有再反駁。鄧朝輝道：「你按照這三個職位的方向去找公司。每一個職位方向找十家公司，要最好的。」

「是是，您放心。」張凱連連點頭：「找最好的！」說到這，他又有一點信心不足：「鄧哥，最好是多好？」

鄧朝輝一邊懶洋洋地往樓上走，一邊道：「沒有更好，只有最好，你自己看著辦吧。」

沒有更好，只有最好？張凱思量了一會兒，回到房間開始在網上搜索。以往找工作，他只敢比較公司用人的條件，而且條件越低越好。他生怕自己搆不上別人定的一條一款。今天卻反了，他是比較這些公司：這一家不錯吧？世界五百強了，可那一家更好，世界五百強中的前一百強，可還有更好的，前一百強裡還有前十強呢。張凱一面搜索一面覺得真是太過癮了！足以把他幾年找工作的怨氣一掃而空。這種興奮感持續刺激著他，他又熬到大半夜，勉強小睡了一會兒，便又起來鍛鍊身體。吃罷早飯，他列出了三十家公司，然後，他根據列出的三十家公司，按個的在網上搜索這些公司的背景資料，了解他們的企業文化，甚至公司有哪些八卦新聞等等，憑直覺，他覺得鄧朝輝一定會問他這些。這樣忙忙碌碌，一天眨眼就過去了。

晚上，鄧朝輝沒有回來，十點鐘給家裡打了一個電話，阿姨接的電話，轉告張凱說鄧先生今天不回家了，讓他自己方便。張凱有些失落，但要了解三十家公司，並把所有的資料全部背清，也挺花時間的。他顧不上鄧朝輝，仔細地做著工作。第二天一早吃罷早飯，張凱覺得有些睏倦，便靠在沙發上小睡了一會兒，正矇矇朧朧呢，突然聽見阿姨在說話，他眼睛一睜，便看見了鄧朝輝。鄧朝輝臉色有些慘白，似乎很不舒服，張凱嚇了一跳：「鄧哥，你沒事吧？」

「我沒事。」鄧朝輝坐下來，看著他：「你準備得怎麼樣了？」

「我一共找到了三十家公司。」張凱侃侃而談：「而且每家公司我都做了資料的搜集和整理工作，不敢說我很了解他們，那至少也是非常清楚的。」

鄧朝輝點點頭：「行，那你根據這三十家公司再去改簡歷吧。」

啊！張凱一愣，這才明白過來，鄧朝輝為什麼叫他這樣一步一步找工作。他轉身要走，忽然覺得鄧朝輝神色有異，便問：「鄧哥，你真的沒事？」

「我沒事，」鄧朝輝道：「就是太累了，我要睡一會兒，沒事別來打擾我。」

張凱點點頭，回到自己的房間坐下，開始繼續修改簡歷。這次修改是三十份簡歷，非常花時間，但是由於了解了職位的特性，又掌握了公司的背景資料，張凱的修改還是很順利的。午飯時間，阿姨把飯送給他，說是鄧先生交代的，讓他不用出來了。張凱便在房裡吃飯、幹活。大約下午三點多鐘，他覺得有些悶，想找鄧朝輝說些閒話，便出了房間，朝鄧朝輝的臥室走去。

鄧朝輝的臥室在二樓，緊鄰影音室，有時他晚上失眠，便躺在影音室看電影。張凱走到影音室門前，見裡面放著一部電影，但是，屏幕對面的靠椅上空無一人，而且電影調的是無聲狀態。他有些奇怪，便又朝裡走。他走到鄧朝輝的門前，剛要敲門，突然聽見裡面有奇怪的聲音，張凱一愣，再仔細一聽，天啊！他沒有聽錯吧，好像是哭聲！而且是鄧朝輝的哭聲。張凱又聽了幾秒，沒有錯，確定是鄧朝輝在哭！他想敲門問問怎麼了，可轉念一想，一個男人哭，肯定有什麼傷心事，可這時候，他最怕被別人看見或者聽見。尤其是像鄧朝輝這樣的男人。他還要靠著他找工作，可不能讓他知道自己發現了他軟弱無力的一面。

想到這兒，張凱趕緊轉過身，躡腳躡足地下了樓。

張凱回到房間，坐在電腦前，卻無心工作。鄧朝輝居然也有傷心事?!一個男人儀表堂堂，又有錢又有工作，雖然沒有女人，但張凱想，他一定不會缺女人。怎麼還會大白天躲在家裡痛哭流涕呢？張凱嚇得一個下午沒有出房間。到了晚飯時候，鄧朝輝神色如常地叫他吃飯，吃飯的時候又是喝酒又是聊天，似乎沒有任何異常。張凱更是裝著不知。鄧朝輝問他的簡歷改得怎麼樣了，張凱說改出了十幾家。鄧朝輝滿意地點點頭：「現在不著急，要一家一家仔細改，改完了再說。」

張凱心領神會，連連點頭。第二天晚上，張凱把修改好三十份簡歷，交給了鄧朝輝。鄧朝輝說要仔細地看看，連打開也沒打開，便往旁邊一放。張凱一愣：「鄧哥，那你什麼時候能看完？」

「幾天吧。」

「哦，」張凱有些迷茫：「那我接下來幹什麼？」

鄧朝輝從皮夾裡掏出一疊錢，遞給張凱：「你去請女朋友吃飯、喝茶，順便告訴她，你在哪，免得她擔心。」

「蘋果？」張凱想伸手想接，立即又收了回來：「她把我趕出來，也不關心我的死活，我還去請她吃飯，不去！」

「這事錯在你，」鄧朝輝臉色一沉：「你趕緊去找她。這幾天我比較忙，沒有精力管你。」

「是。」張凱連忙接過來：「謝謝你！鄧哥。」

有了現金，張凱這才想起，自己手上還有一張可以透支幾千塊錢的信用卡。聯繫蘋果未嘗不可，可是這個聯繫能有什麼結果？他還是一個沒有工作的男人。張凱給手機配了個充電器，然後充上電，充了一百塊現金的值。他拿著手機猶豫良久，給蘋果發了一條短信：你還好嗎？

蘋果呆呆地看著屏幕上的那條信息，只有簡單的四個字：你還好嗎？這說明了什麼？他還牽掛著她，他還想著她。可他自從出了這個門就一直沒有跟她聯繫，不知吃住在哪？也沒有回過家來。蘋果每天都去查張凱的信用卡，信用卡沒有動一分錢。這讓蘋果非常難受，難道說張凱身上一直留著現金？或者他身上還有別的存款可以動？和他戀愛七年，蘋果覺得最大的收益就是兩個人之間的那種信任，她從來沒有瞞著張凱她的收入和存款，她相信張凱也不會因為這種事情去騙她。

七年的時間，讓蘋果和張凱的朋友都成了共同的朋友，可是所有的人都告訴蘋果沒有看到張凱，張凱從來沒去找過他們。這讓蘋果覺得張凱在他們的生活之外還有另外的祕密，這祕密到底關係著錢還是關係著其他的女人？蘋果不得而知。她唯一知道的是張凱離開了她還有地方可去，既然有地方可去，為什麼要賴了她七年？既然有地方可去，為什麼要等到她把他掃地出門之後他才去那個地方？

蘋果心裡難受極了，最初張凱離開後的清淨與清爽，也逐漸地在日復一日的生活中轉化成一種寂寞與孤獨。蘋果這才發現，歷經七年的歲月，除了那幾個偶爾一起吃吃飯，一年聚會幾次的朋友，她在北京幾乎沒有什麼人可以輕易接觸。沒有女朋友可以一起逛街、泡吧、吃飯，沒有女朋友可以一起看電影。單位的同事基本都成了家，晚上除了趕稿就是趕回家陪小孩。新來的那些二十出頭的小姑娘們似乎和她也格格不入，討論的話題不一樣，對衣服的審美不一樣，玩也玩不到一起去。而且報社的工作都是晚出晚歸。說實話，每天下班都是半夜，確實也不需要玩什麼。可以前不管多晚回到家，家裡總歸有個人在，如今只剩下蘋果一個人，蘋果赫然發現多一個人和少一個人的區別還是很大很大的。

難道愛情與婚姻的目的，就是為了多出那一個人嗎？

蘋果開始失眠。她打發不掉這分孤獨，耐不住這分寂寞，加上心裡又擔心著張凱，而且隨著張凱消失的時間越來越久，她越來越懷疑，張凱在和自己的這段時間，就和別的女人在相處。要不然為什麼一直不願意跟她結婚？為什麼一直不願意好好工作？為什麼不願意買房買車？之前的經濟所迫和不求上進，到如今變成了劈腿和上當受騙，這讓蘋果極其糾結，根本不知道要如何處理自己的情緒。白天上班還好，下了班就沒著沒落的。蘋果在天涯發了一個帖，把自己和張凱這幾年的感情林林總總地說了一遍，由於她文字通暢，故事敘述得還算清楚，跟貼一層樓一層的往上加，有人勸她學瑜伽，有人勸她養一條狗，有人說張凱早就劈腿了，還有人說這種人走了也沒有什麼可惜。也有人說蘋果做得太過分了，七年的感情說放就放。蘋果開始寫那個帖子，看大家的回帖還很有意思，後來就不敢再去上了，覺得那個帖子是自己戳在自己心上的一把刀。而且那些回帖說得五花八門，卻沒有一個能讓自己從煩惱中解脫出來。

原來，她用了七年的歲月，把張凱變成了她唯一的朋友和親人。蘋果心力交瘁，看著電腦，怎麼樣也沒有辦法平靜下來，她終於忍不住給張凱回了一條短信，還好。但兩個字遲遲沒有顯示能夠發出去，過了半個小時，蘋果見短信一直沒有顯示發送成功，便試著用座機給張凱打了一個電話。「你所撥打的電話已關機！」蘋果一陣心寒，立即把電話掛斷了。他這是什麼意思？失蹤了這麼些天，不疼不癢地發一個短信，接著又把手機關上了，可見這個男人是沒有良心的。蘋果想到這，再也忍不住委屈，眼淚刷地流了下來。

張凱的心情沒有蘋果那麼複雜，他發出短信後等了十分鐘，見沒有回信，便生氣關了機。都說女人變了心就不可能挽回，果然是如此啊。男人活著，只要有事業，什麼樣的女人找不到？既然蘋果不理自己，不如趁這個時間，好好地辦工作的事情。

張凱出了門，到最近的地鐵站辦了一張公交卡。然後他每天出門，挨著個在北京城把這三十家公司跑了一遍。其實說跑也不能算跑，因為有些公司他根本進不去，但他至少偵查一下地理位置，處在多少層樓，感覺一下這些公司裡人進進出出的感覺。這樣一來，他還真的增加了感性認識。有幾家公司的辦公環境還是很吸引張凱的，尤其有一家公司他去的時候，正值午飯期間，他覺得那些人都精神飽滿，衣著光鮮，讓他很希望成為其中的一員。

在這麼大的北京跑三十家公司，一週時間就像眨個眼睛一樣，張凱覺得自己還沒有跑完，時間便過去了。而鄧朝輝在這一週期間都沒有回來。張凱打過他一次手機，但手機關機。張凱這才想起，他並不知道他在哪裡工作，也不知道他單位的電話，他對他的了解，僅限於晚上的聊天，和這座公寓——他還真是個神祕人物。

這天張凱又在外面跑了一天，晚上一回家，便看見了鄧朝輝坐在沙發上。他穿著真絲的睡袍，嘴裡叼著雪茄，手裡端著紅酒，神態休閒，怡然自得，好像他這輩子都沒有離開過這張沙發。

「鄧哥！」張凱欣喜地道：「你回來了？」

「我回來了。」鄧朝輝道：「你怎麼樣了？」

「不錯，」張凱道：「三十家公司基本上都跑完了。」

鄧朝輝聞言一愣，有些驚異地打量了他一眼：「你小子還真行啊，我讓你找女朋友緩和一下關係，你去蹲點了。」

「未立業，何來家？」張凱隨口地道：「我也想了，等我把工作搞定了，我再去找她，踏踏實實地給她一個家。」

「唔，」鄧朝輝打量了他一眼，慢慢地道：「這樣也好，也算男人該幹的事情。怎麼樣？這三十家公司你想好應聘哪一家了嗎？」

「我想都試試。」張凱道。

「行，」鄧朝輝點點頭：「你的三十份簡歷我已經幫你修改好了，在電腦裡，你自己看一看，然後開始投簡歷。」

「謝謝鄧哥！」張凱聽了，恨不得立刻就回到電腦旁，但是屁股卻坐了下來：「鄧哥，出差了一週，很辛苦吧？」

鄧朝輝瞄了他一眼：「想去看就去看，我想在這清靜一會。」

張凱啞口無言，他也不知道為什麼，自己在鄧朝輝面前會像個透明人一樣。他期期艾艾地回到房間，立刻打開電腦，果然這三十份簡歷都被修改過，並且有的還被標注過，為什麼要這麼修改。果然是點石成金，經他這麼一改，張凱覺得自己並不是一無是處，還是有很多優點的，而且有些優點，說得他自己都很動心。他按照這三十封簡歷，有的放矢的給這三十家公司分別投遞了出去。他正投著，冷不防鄧朝輝敲門走了進來。

「鄧哥，有什麼指示？」張凱畢恭畢敬地道。

「一次投肯定沒有效果，記著今天投明天再投，至少投一個星期。」

「我明白。」

「這是第一輪，」鄧朝輝嘴角一挑，微笑著道：「就看你能拿下幾家了。」

張凱看了他一眼，覺得他此時的表情就像一個遊戲高手在玩一個簡單的遊戲。既好玩又充滿創意。他不禁想，原來自己不過是他棋盤上的一顆棋子，他雖然收留了自己，但自己也確實提供給他一種玩樂的機會。

鄧朝輝又道：「你的手機恢復了嗎？」

「恢復了。」

鄧朝輝點點頭：「如果有人打電話通知你面試，記住，不要答應他的時間，要改一個時間。」

張凱一愣：「為什麼？」

「不為什麼，顯得你很忙，顯得你很有機會。」

張凱深以為意，連連點頭。在他一週的簡歷攻勢之下，果然，有六家企業打電話和他預約面試，其中有一家是雜誌社，兩家酒店，另外的三家都是需要企業銷售。張凱也依著鄧朝輝所言，沒有確定他們第一時間約定的面試時間，而是改了一次時間。鄧朝輝又和他碰頭分析，覺得既然三個行業回應的三個比例，說明了張凱在銷售這個領域是最有吸引力的。而且這三家公司背景相似，那就說明了他們對人的專業的水平要求並不是特別高，而對人的主觀能動性和溝通能力，以及敢打敢拚的要求是相當高的。因為這三家企業的簡歷，鄧朝輝都曾經修改過，覺得這三封簡歷所體現出來的特點，都是這些。那麼看來，張凱在這條線上大做文章是最有可能的了。鄧朝輝讓張凱去感受這三家公司的資料，並詢問他，他對哪一家公司最感興趣。張凱說出了其中一家，鄧朝輝便把這家排在了最後，讓張凱先約定前兩家公司的面試時間。他讓張凱記住，第一要感受，第二要學習。面試也是一種技巧，需要靠自己的努力掌握其中的關鍵。

二人計已定，鄧朝輝這才問張凱：「你穿什麼衣服去？」

「衣服？」張凱想了想，「我箱子裡有套西服。」

「拿出來我看看。」

張凱走到箱邊，從箱子裡扒拉出自己的西裝，這西服還是兩年前陪蘋果回南方見她爸媽的時候買的，舊是舊了點，可也沒怎麼穿，看樣子還是比較新的。張凱把那身皺皺巴巴的西服披在身上，用手使勁地拽了拽下擺，努力地把它拽得整齊一點。

鄧朝輝的眉頭皺了皺，似乎很厭惡，他向後退了退：「這就是西服啊？」

「是啊，怎麼？顏色不好看？」

鄧朝輝似乎慘不忍睹：「趕緊脫了，趕緊脫了！」

張凱嘿嘿笑了：「主要是我這些日子放在箱子裡弄皺了，我拿出去乾洗乾洗，還是很新的。」

鄧朝輝長嘆一聲：「我問你，你身上有多少錢？」

「錢？」張凱有些不好意思：「沒，沒多少錢。」

「回答我，有多少錢？」

「還有六百多塊錢現金吧。」

「卡呢？」

「卡，最多還能透支四千多塊錢。」

鄧朝輝想了想，從抽屜裡翻出一疊信紙和一枝筆：「寫。」

張凱不知道要寫什麼，卻一屁股坐下來，拿起筆，然後看著鄧朝輝。

鄧朝輝念道：「借條。」

「借條？」張凱嚇了一跳：「鄧哥，寫什麼借條？」

「你還怕我吃了你不成？寫。」

張凱心裡毛毛的，但又怕鄧朝輝翻臉，趕緊一邊聽鄧朝輝敘述，一面寫：今張凱向鄧朝輝借人民幣一萬元整。在張凱找到工作後一年之內還清，沒有利息。借款人，張凱。

張凱放下筆，看著鄧朝輝：「鄧哥，你借給我一萬塊錢幹什麼？」

鄧朝輝道：「讓你去買衣服。」

「買衣服？」張凱道：「沒必要吧？我這些衣服都還不錯，只要洗洗，挺好的。」

鄧朝輝揮揮手：「別給我廢話，明天我就帶你去買，你記住我只給你買一萬塊錢左右的衣服。」

張凱有些頭疼：「鄧哥，太貴了！」

鄧朝輝眼睛一瞪，閃出一道寒光：「我不是寫了嗎？工作找到了你再還我。」

「哎呦，哎呦，鄧哥，您別生氣，我不是怕您白花錢嗎？」

「我不白花錢，」鄧朝輝冷笑道：「我有自己的目的。」

張凱一愣，看著鄧朝輝，這時一個沉在他心中已久的問題浮了上來：「鄧哥，我能問你一個問題嗎？」

「什麼？」

張凱想問他為什麼幫自己，但是看著鄧朝輝張了張嘴，沒敢問出來。

「你想問我為什麼幫你？」鄧朝輝掃了他一眼，道。

張凱點點頭。

「不為什麼，」鄧朝輝微微嘆了口氣：「我只是覺得這世界本是一場遊戲，」他看著張凱，嘴角浮現出一絲冷笑：「你在虛擬世界中玩遊戲，我在現實世界中玩遊戲，本質上沒有區別。」

張凱又是一愣，覺得鄧朝輝這話，聞所未聞，卻似有悟道的感覺。他玩網絡遊戲這麼久了，怎麼就沒覺得和現實世界有什麼關係？他看著鄧朝輝華服雪茄，紅酒大房子，這是典型的成功人士，或許只有這樣的人才能理解吧。鄧朝輝冷冷地打量著他，忽然又道：「總有一天你會明白，遊戲沒有意義。」

張凱望著他，呆呆地問：「這什麼有意思？」

「有意思的不在遊戲當中。」鄧朝輝說完這句話轉身就走，走了兩步又轉過頭來，看著張凱：「也許你這輩子都不會懂的，還是先學學怎麼玩遊戲吧。」說完，他關上門走了出去，把張凱一個人留在了房間。

張凱跌坐在床上，很久都沒有挪動。整個晚上，他都在琢磨鄧朝輝的話：網絡遊戲和現實世界到底有什麼關係？思來想後，他得出了結論：鄧朝輝一定沒有玩過網遊。網遊世界雖然豐富，但很多規則都是事先規定好的，現實生活雖然也有規則，可是千變萬化。控制一個網絡遊戲當中的人，比和現實中的一個人打交道容易多了。

能把現實世界比成網絡遊戲，這才是高手中的高手啊！張凱不得不服。

第二天，鄧朝輝果然帶他去買衣服，二人去的都是最好的專賣店。張凱買了一套打折的西服，花了九千八，剩下的錢，只好刷卡買了一件兩千多的襯衫和一條一千多的領帶。這張凱花錢花得心疼啊，長這麼大，他還是第一次花這麼多錢買衣服。不要說他了，就是當年給蘋果買一件一千八的大衣，兩個人買六千九的電腦都是咬著牙買的。而且不知下多少次決心，看了多少次，才做了決定。哪有像這樣，走過來一拿，往身上一比試，就買了單呢？

心著實痛！可張凱又覺得有一點著實的痛快。痛並快樂著，大概就是這個感覺。而且張凱不得不承認，這些衣服穿在他的身上，確實讓他顯得與眾不同。鄧朝輝提著西服的下擺對張凱道：

「你知道這些衣服為什麼這麼貴嗎？」

張凱搖搖頭。

鄧朝輝道：「第一，確實質量好。但質量再好，也不值這麼多錢。」

「那你還叫我買！」張凱一下尖叫起來：「您這不是……？」

鄧朝輝拍了他一下，示意叫他小聲。鄧朝輝接著道：「但你花錢買的不是一件衣服。」

「那是什麼？」

「是自信！」

「自信?!」

「對！」鄧朝輝道：「它能證明，你在這個世界上有能力掙到這麼多錢，穿這麼貴的衣服。」

說完，鄧朝輝轉身就走，張凱連忙跟上。鄧朝輝邊走邊道：「都說女人最好的化妝品是自信心，其實對男人也一樣。沒有自信，人什麼都不是。」

張凱默默地跟著鄧朝輝大踏步的朝前走，他越走，覺得腳步越有力量。是啊，不就是一萬塊錢一套的西服嗎？如果他能找到那些好工作，如果他能幹上那些好職業，他也能買得起，他也能這樣消費。這就是人生。他突然領會到一點鄧朝輝說的現實世界也是遊戲的含義。

一個漂亮的女孩從他們身邊路過，掃了張凱一眼。張凱頓時覺得氣往上一提。他瞄了她一眼，如果他能掙到這麼多錢，這樣的女孩也不是問題吧。

鄧朝輝突然停了停，眼睛看著別處：「對女人來說，男人也是一場遊戲。不打遊戲的女人只有兩種，自信心超強的，和特別單純的。前者不好駕馭，除非她自己願意，你根本搞不定她。後者可遇不可求，除非她真的愛你，否則她什麼也做不了。」

張凱不敢接腔，他感覺鄧朝輝似乎能洞悉他的心理。心想這人太神了，難道我想什麼他都知道？想到這兒，他什麼也不敢多想。鄧朝輝也沒有再說話，二人一起回了家。

名牌西服、襯衫和領帶掛在張凱的房間裡。說實話，張凱太愛這套衣服了。那套深灰色的雙排扣西服就好像為他量身訂做的，穿在身上顯得他格外修長，把他略瘦的身形掩飾得恰到好處。至於灰藍色的襯衫就更不用說了，質地柔軟，但視覺效果卻分外挺刮。再配上那條藍中帶一點姿色小亮點的領帶，張凱覺得他不僅風度翩翩，而且還有點玉樹臨風的味道。他滿心歡喜地等待著面試，但是鄧朝輝卻不讓他好好休息，更不讓他好好準備，明明離面試只有三天的時間了，他卻天天拉著他在酒店大堂喝咖啡或者去京城的頂級俱樂部吃飯、聊天。而且一律要求張凱穿著新西服去。一來張凱覺得去的那些地方也高級，需要衣服襯托一下；二來也有鄧朝輝的那些朋友在場，自己穿的太差鄧哥也沒有面子。可是張凱著實心疼自己的衣服，萬一吃飯喝酒的時候弄髒了一點，這好好的一套衣服就毀了。但他也不敢駁鄧朝輝的面子，只好陪著他去各種場合。白天談完了晚上談，晚上談完了第二天接著聊。張凱覺得鄧朝輝的朋友各行各業都有，就這幾天已經見識了好幾個什麼總經理、總監一類的人。每次聊起來，他也插不上話，就是坐在旁邊。鄧朝輝則對外一律介紹說他是他的一個朋友，到北京小住。眾人便也不以為意，只是談他們的。

第三天晚上，張凱心急如焚，他一面想著第二天九點的面試，一面不時的偷偷地看著手機。到了十一點，鄧朝輝終於說要回家了。張凱心頭一塊石頭落了地，連忙跟著他往回走。二人進了家門，已經快十二點了。鄧朝輝一面換鞋一面問：「新衣服的感覺怎麼樣啊？」

「挺好、挺好！」張凱一面回答，一面用手撣著胸口、前襟和後背，生怕在外面蹭了什麼東西回來。

「別撣了，人穿著新衣服會不自在，衣服穿舊了才像自己的。」

張凱一愣，連忙笑了：「鄧哥，那你帶我出去就是為了讓我適應這套衣服？」

鄧朝輝搖搖頭：「人的自信是培養出來的，你明天去見的這幫大公司的人，什麼樣的人沒有見過？他們雖然各個都很一般，但是一屁股坐在大公司的位置上，都自我感覺良好。你沒有很好的自信是架不住的。我這兩天帶你來玩，就是讓你養成這種感覺。別覺得公司大，好的酒店和俱樂部你是天天去的。」

張凱聞言一愣，也確實覺得幾天酒店泡下來，感覺有些不一樣。「鄧哥。」張凱一時不知道該說什麼好，「太謝謝你了！」

「沒有必要，我不是說了嗎，這是你的運，和我沒關係。」

「那我明天去還需要注意什麼？」

鄧朝輝搖搖頭：「什麼都不需要注意，你只需要注意兩個字，自信，自信再自信。」

張凱點點頭。鄧朝輝道：「要直視他們的眼睛，用自信壓倒一切。」

張凱感激地點點頭。

鄧朝輝拍了他一下：「行了，兄弟，去睡吧，明天起個大早。還有，我的車會送你去。」

「不用，鄧哥，」張凱道：「這哪行啊？」

「哎，」鄧朝輝揮手打斷了他的話：「你只要記住自信就好了，別的不用多管。」

這對張凱來說，真是人生全新的一夜，他把西服、襯衫和領帶小心地掛在衣櫃裡，把電腦包收拾好，然後躺在床上，逼著自己休息。開始他翻來覆去，真的有點睡不著，就像一個戰士，第二天要上戰場衝鋒陷陣，既幸福又有點緊張，既緊張又興奮，但時間一長，他就覺得這樣不行，會影響明天的面試。好不容易矇矇矓矓睡了一會兒，手機的定時響了。他一個鯉魚打挺，衝到洗手間梳洗，然後換好衣服，打好領帶，之後提著電腦包走出房間。一走到客廳就愣住了，鄧朝輝已經穿戴整齊坐在客廳，而阿姨蹲在門口，正在給張凱擦皮鞋。張凱臉上一紅，自己百密一疏，皮鞋忘記了。

鄧朝輝說：「起來了？快來吃早餐。」

兩個人仍然不痛不癢地邊吃飯邊聊著新聞、時政，聊了一會兒，鄧朝輝道：「不早了，我們出發吧。」

張凱提著包，跟著他走到了樓下，鄧朝輝的奔馳已經停在門前，「你上車吧。」鄧朝輝道。

張凱一愣：「鄧哥，你不上車？」

「今天上午是以你為主，」鄧朝輝道：「我自己去打車。」

「那怎麼行？」張凱急了。

「你不用管我，我送了你再去就遲到了。」鄧朝輝道。

張凱說：「那我打車吧？」

鄧朝輝面色一冷：「叫你上車就上車，大男人磨嘰什麼？」

張凱不好再推，轉身上了車。司機朝他禮貌地點了點頭：「張先生，我們現在去海旺公司嗎？」

張凱點點頭。

司機不出聲地起動了車子，穩穩地朝小區門口駛去，張凱不禁回過頭看了一眼，只見鄧朝輝正慢慢地踱著步，在後面跟著。

張凱心中一熱，不管鄧朝輝出於什麼目的幫他，這樣的朋友此生難求啊。他坐在車子上，心中萬分感激。

此時，司機問他：「張先生，你想聽音樂還是聽廣播？」

張凱道：「聽廣播。」

司機打開了一個廣播，張凱又道：「聽一聽有什麼新聞吧？」

司機笑了：「這就是新聞台，我們鄧先生最喜歡了。」

張凱沉默了，司機也沒有說話。張凱聽著新聞的聲音在車內流淌著，不覺有一種肅穆的感覺從腳下緩緩升起。這樣的生活，才是他要的。在這個瞬間，他忽然覺得，他不是去面試，而是去接管一家公司；他不是要面對諸多人的挑戰，而是王者一出，無人可以爭鋒。鄧朝輝的房子、車子、甚至他身上穿的這套衣服，與生俱來就是他的，不是暫住也不是暫借，是他只要努力就可以創造出來的財富。

奔馳車緩緩地駛到海旺大廈的樓下，司機下了車，提前為張凱打開車門。張凱抬腳踩在了地上，好像踩到了自己的人生。他酷酷地向司機點了連續頭，那意思是謝謝！接著便提著包轉身朝海旺大廈的門內走。來來往往都是些上班的人，他們不覺側目打量著張凱，是啊，一個坐著高級奔馳轎車的人，一個穿著高檔衣服的人，一個外表冷峻又自信的男人，他不是已經三十歲，而是剛剛三十歲——前途不可限量。

張凱坐電梯上到了海旺公司的人事部所在的樓層，今天和他一起面試的有不少人，男生居多，也有幾個女生。張凱自己也不知道自己是怎麼了，他覺得自己往那一坐，舉手投足之間便有一種優越感。他明顯能感覺到其中有兩個女生向自己投來青睞的目光。他揚揚自得，覺得自己很是瀟灑。跟左邊的人攀談幾句，又跟右邊的人攀談幾句，似乎所有來的人當中，只有他最怡然自得毫不緊張。不一會兒，有一個年輕的女生走出來，可能是個人事助理，叫著張凱的名字，張凱朝她微笑著點了點頭，跟著她走了進去。只見五個人呈一字排開坐在會議室中。張凱微笑著直視著他們的眼睛，逐一向他們點了點頭，那五個人本來對張凱的簡歷，覺得既好又不好，因為說它好確實寫得很是動人，而且裡面有一些優點很符合公司的需要。說它不好也就是一個學化學的本科畢業生也沒有在什麼特別好的公司中工作過，似乎還有一、兩年閒賦在家。可眾人一見到張凱，不覺眼前一亮，好一個風度翩翩小夥子！

張凱在他們面前款款落座，對他們提的每一個問題，都給予了合理的流利的回答，這回答的流利連他自己都覺得驚訝，而且他自己也覺得在回答的語氣當中，已經不知不覺地帶上了鄧朝輝的口吻。十五分鐘的交談，很快結束了，五個人點了點頭，張凱站起身，禮貌地告辭出去。人事助理送他出來，張凱笑問：「我答得怎麼樣？」

女生也樂了：「答得不錯啊。」

張凱抬腳要走，忽聽女生道：「雖然你的簡歷是最差的，不過我看你的回答是最好的呢。」

張凱聞言一愣，看了她一眼：「哦？他們都比我好？」

「那當然，」女生笑道：「這幾個各個都是碩士博士，還有兩個是海外歸來的ＭＢＡ。」

張凱笑了笑：「有句話怎麼說的？英雄不問出處嗎。何況做銷售最重要的是賣東西，不是賣學歷。」

女生噗哧樂了。

張凱深深地看了她一眼，突然加重了語氣：「相信我們還會見面的！」女生微微一怔，臉不覺紅了。張凱說完便走，感到那個女生的眼睛一直追隨著自己。他走出了公司大門，猛轉了個彎，便停住了，吐出長長的一口氣。他覺得腿還有點發顫，腰眼也有點麻。他不知道自己哪來的這股勁，像極了鄧朝輝穿著真絲睡袍，拿著雪茄、紅酒的樣子。都說近朱則赤，近墨則黑，現在看來果然是不錯的。張凱覺得自己真的很自信，而且這股自信真的是被鄧朝輝用前期的修改簡歷、收集公司資料以及後期的服裝、五星級酒店等等給熏出來、給架起來的。他有一種直覺，這次的面試有戲。

張凱不知自己的首戰是否告捷，但他人生第一次愛上了面試這樣的遊戲，接下來的面試幾乎毫無懸念，他每到一家都是自信滿滿，口若懸河。甚至有一家公司人事部的人還把一個獵頭的電話給了他，他覺得張凱雖然不合適我們公司，但確實是一個人才，值得找獵頭去賣一賣。張凱暗暗好笑，忙於穿梭在北京的大公司、大酒店以及雜誌社的辦公樓裡。每一次他去面試，鄧朝輝必派奔馳跟著他，好像那車就是張凱的底氣，有了它張凱就無往而不勝。

這一天，張凱完成了最後一個面試，坐在車上，他不禁有些虛脫，第一輪的仗就算打完了，他還不知道結果。但不管怎麼樣，已經打下了一圈，他忽然靈機一動，對司機道：「走，我們去三環。」

司機沒有發問，只是默默地開著車，根據張凱的指示，他把車開到了蘋果工作的報社的樓下。張凱有點想下車，但又有點不好意思。此時，是午飯時間，如果遇到了蘋果，他怎麼說呢？如果蘋果來問他，他又怎麼說呢？但他終究有點忍不住，想看一眼蘋果，便讓司機靠邊停了車，走到了大廈樓下，他正猶豫要不要進去，突然看見蘋果的幾個女同事，從裡面走了出來，說時遲那時快，張凱連忙轉過身，並朝外走。不知道她們有沒有發現他，他快步走到奔馳車旁，拉開門，鑽進了車內。吩咐司機趕緊開車，車一溜煙地開出了那座大廈，把張凱送回了家。

張凱打開門，像虛脫了一般，躺在自己的床上，一種久違的虛弱和無力感頓時抓住了他，他忽然有點明白鄧朝輝在房間裡哭泣的感受，這感覺就和他下了網絡遊戲的感覺沒什麼兩樣，沒有遊戲打難受，遊戲打完了也沒什麼帶勁的事情。

這是張凱離開家兩個月又十天了。蘋果的生活越來越平淡。一個人短暫的清靜與快樂，逐漸的變成寂寞和無奈。有人吧，你覺得煩，一個人吧，也覺得煩，生活什麼時候能夠不煩呢？蘋果正在趕稿子，突然幾個女同事走了過來，「蘋果。」一位大姐道：「我剛才看見你們家張凱了。」

「是嗎？」蘋果一驚，繼而一喜：「他？他在哪啊？」

「他在樓下，是不是來接你的？」

「哦，」蘋果答應了一聲：「可能吧。」她到今天為止還沒有告訴同事和朋友，她和張凱分手的消息，因為她實在不能確定，他們這樣是否就算分手了，是否就算永遠地分開了。

「你們家張凱真奇怪，」那位大姐又道：「看見我們扭頭就跑。」

「是啊，」另一位大姐道：「他穿得可光鮮了，還開著奔馳車。」

「穿著光鮮，奔馳車？」蘋果不禁苦笑了一聲：「你們肯定眼睛花了吧？那肯定不是我們家張凱。」話音一落，蘋果自己都愣了，這句我們家張凱說得多順啊，就好像這個人從來沒有離開過。

「真的，真的，」同事們眾口一詞，「真的是他。」一位年輕的女孩還打趣道：「蘋果姐姐，你是不是嫁了一個金龜婿，怕我們不高興，瞞著我們啊？穿那麼好的衣服，開那麼好的車，原來他平時都是裝的啊？」

「你以為生活是演電視劇啊？」蘋果又苦笑道：「別胡扯了，不可能的事情。你們快點走吧，我還要趕稿呢。」

眾人說笑幾聲，便各自散了，獨剩下蘋果一人，孤坐在辦公桌旁。她也寫不了稿，也聚不了神，拿起電話想給張凱打電話，可又下不了決心。想給他發個短信，又不知如何說。看看MSN與QQ，全部是離線狀態。蘋果冷了半天，還是忍不住在MSN上給張凱留了一句言「你現在過得好嗎？」但是蘋果久久沒有收到回音。

第一輪戰役打下來，張凱的成績相當不錯，有五家公司給他安排了第二輪的面試。鄧朝輝也頗為意外，為此，他特地請張凱在外面吃了一頓，以示慶賀。但是張凱卻覺得有些失落，因為他最喜歡的那家公司並沒有看上他。但鄧朝輝覺得，三家企業裡面他成功了兩家，說明張凱在這方面還是有競爭實力的。至於另外一家酒店和雜誌社，鄧朝輝的直覺是他們不會錄用張凱，但是又覺得張凱不錯，所以才會給他這個機會。他勸張凱把精力集中到這兩家大企業銷售的職位上，繼續一輪一輪的跟進。而且儘量在面試的時候，從方方面面收集信息，了解公司的意圖，儘量多聽、多問，輪到他發言的時候，一定要出彩，不要出差錯。

果然不出鄧朝輝所料，第二輪的面試結束後，一家雜誌社和一家酒店，都把張凱刷了下來，但那兩家大企業，張凱依然還在。

在等第二輪面試期間，張凱開始和鄧朝輝出入各種場合。鄧朝輝非常忙碌，經常一個晚上要趕三、四個飯局，俗稱「轉台」。趕完飯局之後，還要去酒吧或者夜總會。張凱見到了傳說中的各行各業的精英們，那些他曾經在媒體上見過的公司總裁，或者圍繞在那些場合裡的漂亮女人：模特、小歌星和各種公司的高級女白領。在張凱看來，那些人組成的氣場就像一個欲望球，每個人無限膨脹的欲望加在一起，就凝聚成一種生活。這種生活讓張凱無限的嚮往。同時，也勾起了張凱對和蘋果在一起生活的那種眷戀。

張凱很奇怪，自己剛住到鄧朝輝家的那段時間，他怎麼會有空天天晚上陪著自己聊天呢？某一天晚上，鄧朝輝喝多了，張凱開車和他回家，他忍不住問：「鄧哥，你平常都是這麼過嗎？」

「嗯。」鄧朝輝哼了一聲，閉著眼睛，皺著眉頭，似乎很難受。

「我來的時候，也沒見你這麼忙啊？」張凱笑道。

「嗯。」鄧朝輝沒有回答，在車裡側了側身。張凱不好再問，便閉上嘴。鄧朝輝突然問：「你覺得這樣的生活有意思嗎？」

「有意思啊，為什麼沒意思？」張凱驚訝地問。

鄧朝輝吐出一口酒氣，忽然問：「你看巴爾扎克嗎？」

「巴爾扎克？」張凱在腦子裡搜索了一下，半天才想起來，這好像是某個作家的名字，他愣了愣道：「看過。」張凱道。

「巴爾扎克寫的就是我的生活。」

張凱答不上話，只能笑了兩聲。鄧朝輝道：「你覺得這樣的生活有意思還是跟你老婆過有意思？」

「怎麼說呢？」張凱認真地想了想，「這生活吧，就得這麼過。但是老婆也不能少啊。」

鄧朝輝又側了側身：「你老是拖著不找她，不怕她跑了？」

「她？」張凱輕蔑地哼了一聲：「她能跑哪去啊？她那個人沒什麼本事！」

鄧朝輝沒有說話，半天方道：「在這個社會，想要過得好，人就不能太聰明。」

張凱聞言笑了：「鄧哥，這話說錯了，您就是因為聰明所以才過得好。」

鄧朝輝睜開一隻眼，冷冷地看了他一眼：「你說錯了，在這個社會想要過得好，有欲望就可以了。」

「那聰明呢？」張凱問。

「聰明的人都想要幸福，」鄧朝輝道：「可幸福遠遠不只這些。」

張凱又答不上話了，他覺得鄧朝輝這麼苦惱，實在是無病呻吟。不禁想起當年張國榮跳樓的時候，他在網上看到的一個網友評論，說有幾億資產，長得又帥，又有名，又是雙性戀，還要去死，這世界太TMD不公平了。張凱那時候就覺得，所言甚是。現在聽到鄧朝輝這麼說，他越發覺得有些人就是吃飽了撐的，得到了房子、錢，還不滿足，還想要幸福。幸福是什麼？在張凱看來，幸福就是蘋果想買電腦的時候，就可以給她買蘋果電腦，而且是最新等級的；蘋果想吃好的時候，他就可以帶她去最好的飯店；蘋果想買房的時候，他張凱隨手一指，就可以指著北京某個樓盤說：行了，我們要最好的那一套。其他的都是扯淡！

鄧朝輝沒有再說話，醉醺醺的回到家便睡了。很快便到了張凱第二輪的面試。面試的頭天晚上，鄧朝輝特地早回家，和他開了一個小會。兩個人現場模擬了張凱去見客戶的情景，鄧朝輝坐在沙發上，要張凱模擬一個敲門進去和客戶握手的場景。張凱覺得這太簡單了，於是，他站在空曠的客廳中伸手假裝敲了敲門，嘴裡還發出「得得」的聲音。

鄧朝輝道：「請進。」

張凱做推門狀，然後看著鄧朝輝，陽光地笑了笑，走到他面前，伸出手：「鄧總您好！我是某某公司的客戶經理，我叫張凱，很高興認識你！」

鄧朝輝的臉色刷地變了，斜著眼睛看著張凱：「你是誰？為什麼到我的辦公室來？」然後他抓起電視機搖控器模擬打電話的場景：「我沒有通知你們，你們為什麼要放陌生人進來？請你們迅速帶他出去。」

張凱一愣，看著鄧朝輝，然後馬上反應了過來，我靠，這是臨場的應急反應考試啊。他立馬道：「鄧總，就算您不知道我，也肯定知道我們公司，我想可能是之前的聯繫上出現了哪些問題，請您原諒我突然闖了進來。可是，既然我已經到了，您是否應該給我一個機會，或者一個一分鐘的時間，允許我和您認識一下。」

鄧朝輝的臉色越加難看，冷冷地從牙縫裡吐出兩個字：「出去。」

張凱尷尬地站在那。這時，鄧朝輝站了起來，走到張凱身邊，模擬出一個女性的聲音，細聲細氣地道：「這位先生，您是怎麼進來的？請您趕緊出去。」

張凱不知道要怎麼辦。鄧朝輝又道：「如果你再不走，我就要喊保安了。」

張凱還是無法回答。鄧朝輝又迅速坐回到沙發上，看著張凱：「我不管你是多大的公司，我也不管你們公司的產品到底有多麼的優秀，但是你這樣的不請自來，我很反感。如果你代表了你們公司銷售的素質，我看以後我們就沒有必要再合作了。」

張凱艱難地吐出兩個字，話音未落又被鄧朝輝打斷了：「你們公司的銷售總監是我的朋友，如果你再不出去，我看我有必要給他打一個電話，說一下你的表現，我想知道這是他安排的嗎？或者是別的什麼意思？」

張凱有些頹喪，勉強笑了笑：「鄧哥，您這是突然襲擊啊。」

鄧朝輝眉頭一皺：「怎麼你以前面試沒有到過二輪嗎？」

張凱面上一紅：「到是到過，沒見過這樣的。」

鄧朝輝抽出一支菸，點上，然後翹著二郎腿道：「銷售最重要的就是心理素質，這點場面你都應付不了，還怎麼做銷售？」

張凱看著他：「如果您是我，您怎麼辦？」

鄧朝輝看著他，突然笑了：「我也不知道該怎麼辦，不過這種場面一定不會發生，因為你不是賣保險的。但是考驗的只是你的心理素質，如果你僵在那，或者你不再反應下去，就說明你失敗了。」

張凱點點頭。鄧朝輝道：「你知道我為什麼這段時間帶你見很多人嗎？」

「為什麼？」張凱問。

「我想讓你知道，他們和你一樣，都是普通人。」鄧朝輝的眼中閃過一絲冷酷的狡猾：「有的人並不比你聰明，只不過他們比你的欲望要多，而且他們勇敢，願意冒險，願意去賭，僅此而已。」

張凱不置可否：「照您這麼説，是個人就能夠成功了？」

「那也要看誰教。」鄧朝輝的臉上充滿了自信與狂妄，還有一種奇怪的專注。這種表情張凱只在遊戲高手的臉上看到過，那些隨隨便便就可以打到最高級的人，他們都有這樣的表情。張凱很難理解鄧朝輝為什麼會把現實生活當成遊戲，而且自己也是他這種遊戲的某個部分。這讓張凱的感情受到一絲傷害。雖然他承認，他和鄧朝輝的交往，確實是貪圖鄧朝輝的幫助，但這些天的相處下來，他也渴望得到鄧朝輝的一點友情，甚至是一種手足之情。但鄧朝輝顯然沒有。是因為張凱不值得他尊重，還是說他就是這樣的兄長？喜歡用這樣的方式對待別人？

那天晚上，鄧朝輝想出各種各樣奇怪的場景去刁難張凱，張凱最後也掌握了訣竅，不管鄧朝輝如何古怪，他反正堅持反應，而且堅持用一種彬彬有禮的態度去對待他。鄧朝輝非常滿意他的表現，他欣賞地看著張凱，這是一個多麼好的好小夥，雖然他的好非常有限，但想要在這個社會立足，他已經足夠了。鄧朝輝很清楚，張凱和自己不是同一種人，就像他們經常早晨一起出門，鄧朝輝可以感受到空氣中溫度的變化，花園的一片樹葉上掛著一顆晶瑩的露珠；在烏煙瘴氣的酒會中，他可以看到某個女孩臉上寂寥的表情。但張凱沒有，張凱出門的時候充滿著欲望，他身在花園，心裡想的是高樓大廈，身在酒會，想到的是金錢與美女。他想得到更多！對於張凱來説，這種欲望已經足夠了，足可以讓他過上他想要的「幸福」生活。

鄧朝輝最後對張凱道：「你記住，第二輪面試不管是群毆還是單毆，你只要做到風度翩翩、自信滿滿，不斷地反應，同時堅持把你的任務完成，你就可以了。」

張凱點點頭。這天晚上，張凱睡得特別香。其實，人生真的也像打遊戲，只要你掌握了一些規則，你就不再感到恐懼，甚至不再感到彷徨。張凱覺得他通過鄧朝輝逐漸掌握了一些規則，這讓他獲得了一種前所未有的自信。而這種自信是他自大學畢業以來，就一直沒有尋找到的。

第二天一早，張凱早早地起床，然後在小區裡跑步，回家沖涼吃早餐，換上面試的西服。鄧朝輝依舊派司機送他去面試的公司。張凱發現，這次來面試的人，有幾個是熟悉的面孔，也是自己在初次面試的時候遇到的。他立刻面帶微笑上去和他們攀談，那幾個人的反應也都不慢，幾分鐘聊下來，各自都問到了哪個大學畢業，原來是做什麼的，張凱發現他們的學歷都比自己高，而且之前也都在大公司任職。當他們問到張凱的時候，張凱笑道：「我當年差點沒考上大學，所以上了一個本科就覺得萬幸，再也不敢往下讀了。」幾個人都笑了。他們又問張凱原來在哪家公司就職，張凱笑道：「我這輩子還沒在大公司幹過。幾位是不是可憐可憐我，都回家吧？把這個工作讓給我？」眾人又樂了。但張凱在他們的臉上卻沒有看到不屑或嘲諷，相反倒是一種欣賞。他心裡不禁暗贊鄧朝輝，這也是鄧朝輝教他的。當你不如別人的時候，你可以學會自嘲，因為自嘲是一種最極端的方式，如果一個人學會自己嘲笑自己，別人就不敢再嘲笑他。張凱不記得和鄧朝輝同住的這段時間，鄧朝輝到底說了多少這種語錄式的名言，但張凱發現這種名言確實管用，或者乾脆說它們是鄧朝輝人生經驗的金玉良言。

等面試開始的時候，張凱已經拿到了那幾個人的聯繫方式。並且互相約定，不管大家能不能謀到這份工作，但以後肯定都是在各個大公司當銷售的主兒，等各自定了工作，要找時間出來撮一頓。張凱道：「同校的叫校友，我們同一輪面試叫輪友。」

「錯，」旁邊一個人道：「應該叫面友。」

幾個人有說有笑，但氣氛卻逐漸緊張起來。因為第一個被叫進去的人，面帶沮喪的走了出來，眾人也不好問他面試的情況，他也沒有多說，只是和大家打了個招呼就走了。緊接著第二個人進去，外面守候的人談話越來越艱難。

張凱是第三個，他推開門走了進去，眼光一掃便看見六、七個人坐在裡面，另外還有一個人坐在遠一點的角落。張凱覺得這個人有點面熟似乎在哪個酒會上見過，不覺朝他點了點頭。那個人先是一愣，接著也微微地向張凱點了一下頭。一個祕書走過來，給了張凱一張紙，張凱一看原來是面試的題目，是要向客戶介紹公司新出產的一個產品，場景是會議當中。張凱對這個新產品的介紹已經做了充分的準備，但通過昨晚的訓練，他知道，說出這個產品，不是重點。重點是待會兒這幫人說不定自然刁難自己的？他輕咳一聲，看著每個人的眼睛微笑了一下：「大家好！我是某某公司的客戶經理張凱，今天由我來向你們介紹我們公司的新產品計畫。」

張凱話音剛落，一個女生突然尖叫了一聲：「哎呀，我們之前溝通的不是要介紹你們的新產品，而是要對你們的服務做出一個介紹。」

張凱微微一笑看著她：「是嗎？如果你對我們的服務感興趣，那我想你更應該聽一聽我們的新產品計畫，因為在那個計畫當中會有你們最想要的一種服務。」

女生冷笑一聲：「你怎麼知道我們想要什麼服務？我再給你說一遍，我想聽的是服務，不是新產品。再說我已經給我的老闆彙報過了。」

張凱知道跟她糾纏下去，就會沒完沒了，他迅速地道：「請問你的老闆是旁邊這位先生嗎？」

那小姐一愣，想了一下道：「不是。」

「太好了！」張凱一拍手：「既然你的老闆不在，那我想他不會因為你在會議當中增加一個小小的內容而責備你。我想待會兒會議結束之後，如果你既能向他彙報出我們的服務，同時又了解到我們的新產品，了解到我們的新產品可以給你們公司帶來什麼樣的好處和效益，你的老闆一定會表揚你。」不等那女孩再說話，張凱衝她瀟灑地一笑：「請你相信我，我從不欺騙女生！」話音一落，屋子裡的人都笑了，那位女生也有點不好意思，大家都對張凱的表現顯得有些意外。

張凱鬆了一口氣，剛準備介紹新產品，女生忽然又道：「張先生，剛才我說錯了，他就是我的老闆。」

「是嗎？」張凱看著旁邊那位男士：「可是我剛才陳述理由的時候，他並沒有反對，我想你的老闆很滿意我的說法。但是有一句話，我需要修改。」張凱看著那位男士：「請問您貴姓？」

那位男士道：「我姓李。」

張凱笑著問：「您是？」

「我是產品經理。」

張凱道：「我剛才說我從不欺騙女生，那是為了尊重女士。其實我更想說的是我從不欺騙客戶，尤其是對待產品經理這樣的客戶。」

眾人又笑了起來。張凱看了一眼大家：「ＯＫ，我知道，今天只是一個面試，你們對我的了解遠遠超過我對你們的了解。但實際上你們的了解都是通過簡歷和我第一輪面試的表現，但是我很高興你們可以給我一個機會，去向你們解釋，去向你們介紹你們公司的新產品。我想對於這個新產品，你們的了解也許超過我，因為我只是拿到了一點面試的材料。但是我相信，我給你們的新產品的介紹一定是最有新意的。我會讓你們對這個新產品的介紹耳目一新。而且我希望，如果在我的介紹當中，有對這個新產品有益的一些建議，或者說在以後公司向客戶介紹的時候，可以用到今天我說的一句話或者兩句話，那我覺得，不管我有沒有拿到這個職位，我已經成功了。」

眾人都看著他，沉默了幾秒鐘，似乎那沉默的時候就代表了一種掌聲。張凱又道：「我知道各位還要向我發難，我的面試時間只有十五分鐘，現在已經過去了五分鐘，我希望大家把發難的時間縮短到五分鐘，剩下的五分鐘要給我來介紹這個新產品的計畫。你們一定要聽一聽，一個新人他有什麼好的新建議。」

眾人又微笑起來，其中一個人轉過頭，看著牆角的那個人，那個人微微點了點頭。於是，那個看他的人轉回頭，對張凱道：「現在請你用十分鐘的時間來介紹你的新產品計畫吧。」

「非常好！」張凱點頭微笑，然後打開了自己的電腦。一個祕書上前幫他把電腦接到了投影儀上。張凱風度翩翩的站在屋子中間，忽而走到投影儀前介紹著自己的ＰＰＴ，忽而走到電腦前為自己的ＰＰＴ翻頁。他感覺到自己的無比自信和風度翩翩。而且他覺得，這種群毆和鄧朝輝的刁難比起來，簡直太兒戲了。想到昨天晚上鄧朝輝在其中一個刁難的過程中，不等自己有任何動作，突然舉手打了自己一記耳光，打得張凱目瞪口呆，但還是快速反應道：「請問這位先生，你是為了了解新產品計畫才來打我的嗎？」他不禁感到，要說這種刁難，誰也比不上鄧朝輝，鄧哥太刁了。

張凱的面試提前五分鐘結束，他跟每一個人握手，向他們表示告別，同時又向那個角落裡的人點頭微笑，他確定那個人是在某個酒會上見過的，那人似乎也看他面熟，便又向他點了點頭。張凱輕快地走出會議室，門外還有兩個人在等著，張凱滿面春風和他們握手，跟他們告別。那兩個人問：「怎麼樣？順利嗎？」

「挺順利的。」張凱道。張凱在那兩個人的臉上既看到了希望也看到了失望，他微微一笑，轉身走了出去。

二輪面試之後，張凱自我感覺不錯，但他沒有立即拿到三試的通知。連續幾天，他陪著鄧朝輝混跡於各個場所，心裡有點惴惴不安。在這樣的感覺中，他開始思念蘋果。蘋果雖然普通，卻普通得踏實。而且正因為她太普通了，反而能撐起他作為一個男人的自信。這一天晚上，張凱登入了QQ，蘋果不在線，也沒有留言。他又登入了MSN，蘋果的狀態是離開。但是在MSN上卻有一句不知什麼時候的問候，你現在過得好嗎？

你現在過得好嗎？張凱一鬆手，身體往下駝了駝。他覺得一種久不見親人的激動在胸中激盪。說實話，他是有點埋怨蘋果把自己趕出家門。他覺得蘋果這麼做，違背了同甘共苦、患難與共的原則。他認為如果他是蘋果，他是不會這麼做的！所以他扛到現在，也不和蘋果聯繫。但從理智的角度說，他又覺得蘋果做的是正確的，自己實在是不像話，跟她戀愛多年，也沒找到正經的工作，家裡的大部分日常負擔都由蘋果在承受。這種矛盾的心理，讓張凱很難過。這些日子跟著鄧朝輝在歡場中流連，美女不是沒有，而是很多很多。張凱在每個女人的臉上都看到了一種追逐：追逐更好的生活、追逐更成功的男人。這讓他越發懷念蘋果。因為他相信，把這些女人和蘋果調個個兒，她們不要說為他分擔七年的生活，就是跟他吃頓飯，喝一杯水，憑他目前的處境，那也是不可能的！

張凱覺得累了！他既渴望成功，又害怕失敗。既被這樣的生活吸引，又越發眷戀起和蘋果的那個小家。張凱在ＭＳＮ上打了一個笑臉，但蘋果遲遲沒有回應。張凱看了一眼時間，這個時候，應該是她最忙的時候，不是趕稿就是坐班。算了，他下了線，坐在房間裡，覺得非常空虛。

不等張凱沉浸在低潮的感覺中，他的三輪面試機會到了。現在只剩下了兩家企業，他立即打電話把這個好消息通知了鄧朝輝，誰料鄧朝輝只是噢了一聲，什麼也沒有多說。這天晚上，鄧朝輝沒有回家，只剩張凱一個人。第二天早晨八點，張凱接到鄧朝輝的電話。說把一個重要的文件忘在了家裡，讓張凱立刻幫他送一趟。張凱一愣：「鄧哥，那車呢？」

「車？」鄧朝輝的聲音不悅起來了，「車當然在我這，你是我兄弟嗎？幫我送個東西還要計較車？」

「沒有，沒有，」張凱連忙解釋：「我不是這個意思。鄧哥，你在哪？」

「我在中關村。」

「行，我立刻給你送。」張凱依照鄧朝輝的指示，在書房的抽屜裡找到了一份文件，然後他疾步走出小區，這個小區在東五環，環境極其優雅，從裡面要走十分鐘才能走到街口有出租車等候的地方。張凱上了車，師傅問：「去哪？」

張凱問：「到中關村要多少錢？」

「現在是早高峰啊，」司機道：「這會兒打車過去，沒有兩百、三百你也到不了啊。」

張凱算了一下，兩百、三百也太貴了。他想了想道：「那就去四惠地鐵站吧。」

「行，」司機師傅道：「其實還是坐地鐵最方便。」

張凱沒說話，不一會兒，車便拉他到了四惠地鐵。張凱進了地鐵站，覺得到處都是人，空氣中洋溢著匆匆的味道。這味道讓張凱有一些陌生，他已經很久沒有早起趕地鐵了。不一會兒，地鐵到了，張凱擠上車，像貼大餅一樣貼在眾人當中，他先坐一號線到雙井，再坐十號線到中關村，沿途輾轉了二十幾站地鐵，一個半小時後，他終於來到了鄧朝輝所說的那個大廈。他拿出手機給鄧朝輝打電話，鄧朝輝道：「我前面一直給你電話，但是打不通你的手機，我想告訴你我已經不在那了。」

「啊？」張凱道：「鄧哥，那你在哪？」

「我在上地這邊，你有辦法坐十三號線嗎？」

張凱想了想：「行，那我再給您送。」說完，他又坐回十號線，再到十三號線。可出了十三號線，張凱才發現，鄧朝輝所說的那個地方，離地鐵站還要很遠。他正考慮是打車還是想辦法問問公交車，一個短信到了，是鄧朝輝，告訴他某一路公交車可以直達。於是張凱便在地鐵站周圍找到了公交車站，上了公交車又坐了七、八站路才到那個公司的樓下。等他給鄧朝輝再打電話時，鄧朝輝告訴他，讓他把文件放在前台，然後就可以走了。張凱嗯了一聲，掛上了電話。他又累又餓又渴，滿心以為把東西送到地方，至少能跟鄧朝輝見個面，一來說一下自己要三輪面試的事情；二來怎麼也能喝口水，歇一會兒；三來沒準能跟鄧朝輝的車回去。現在看來，又得靠自己了。既然花自己的錢，他還是很小心的，手上沒有幾個現金，還欠著鄧朝輝一萬塊錢買衣服的費用，他可捨不得打車呀。於是張凱坐公交轉地鐵，地鐵再轉地鐵，一直轉出四惠地鐵站，這才打了個車回到小區。等他到家的時候，已經下午一點半了。張凱一進門，換上鞋便癱在了沙發上。天啊，太累了！難怪古人說由簡入奢易，由奢入簡難。這好日子過慣了，再想過差日子還真不習慣。他想吃點什麼，卻發現阿姨不在家，冰箱裡空空如也，只有幾包快餐麵。張凱便自己動手下了碗麵吃。到了晚上阿姨也沒有來。他只好接著吃快餐麵。大約十點過，鄧朝輝開門走了進來。

「鄧哥，回來了？」張凱欣喜地道。

鄧朝輝哼了一聲，也不搭理他，轉身便上了樓。

張凱有些不明所以，忍不住喊了一聲：「鄧哥。」

鄧朝輝轉過頭看著他，神態依舊冷冷的：「你有什麼事？」

「我沒事。」張凱不覺有些尷尬，「就是想和你說說話。」

鄧朝輝轉過身慢慢地走了下來，看著張凱：「你什麼時候三輪面試？」

「下一週。」

「有把握嗎？」

「現在不好說。」

鄧朝輝點點頭：「你知道每個遊戲都有打通關結束的時候嗎？」
「我知道。」張凱心中一驚，繼而一涼，鄧朝輝說這個話是什麼意思？
鄧朝輝點點頭：「知道就好，等你三輪面試結束，我想你在我這的日子也就結束了。所以能不能拿到這個offer，就要看你的表現了。」
張凱點點頭：「可是，鄧哥，萬一我……。」
鄧朝輝看著他：「萬一你什麼？」
「沒什麼。」張凱臉皮再厚，也不能說下去了，他勉強笑了笑：「謝謝你這段時間對我的照顧！」
鄧朝輝看著他，微微一笑，轉身走了。張凱不明白鄧朝輝是怎麼想的，難道這個遊戲到下一週就結束了嗎？可如果自己沒有拿到offer，他就要把自己趕出家門嗎？那自己能去哪兒？去找蘋果？蘋果能接受他嗎，就算接受了，還是一個一無是處的自己嗎？他兩手空空，又怎麼解釋自己這段時間的經歷？

張凱無比焦慮，感覺到了即將無家可歸的難堪與痛苦。這種壓力比他離開蘋果的時候更大更難受。因為他當時的感覺，就像小夫妻吵架，自己只是暫時離開家。但在鄧朝輝這一住兩個多月，好像真的和蘋果斷了某種聯繫。如果不捧一份大禮回去，還真不好開口。而在鄧朝輝這裡住了這麼久，他也不知道自己離開這以後，如果找不著工作，蘋果也不讓他回去，他還能去哪兒，能過上一種什麼樣的生活？

張凱思來想去也沒有什麼好辦法。一連幾天，他吃不下，睡不著，人瘦了一圈。鄧朝輝也像故意折磨他，不僅自己不回來吃飯，還放了阿姨的大假。張凱每日吃快餐麵為生，又怕鄧朝輝趕他出門，表面上不敢露出一點不快，還幫著收拾屋子、打掃衛生。這種恥辱讓張凱暗下決心：一定要得到好不容易有的工作機會！他每天拚命地在網上學習那家公司所有的信息，反覆模擬訓練面試中會遇到的各種問題與場景。每天在空蕩蕩的房子裡自問自答，這股勁兒，他除了高考過後就再也沒有試過了。

張凱太害怕在三試中有疏漏或者錯誤，因為，他現在真的輸不起！

一週的時間眨眼過去了，明天就是張凱三試的日子，張凱有些不安。鄧朝輝回來得很早，進門就拉著張凱說出去吃飯。張凱對他心懷不滿，卻也不敢說破，連忙跟著他出了門。鄧朝輝帶著他來到南城的一個小區，進到一個小麵館。麵館不大，收拾得也不乾淨。鄧朝輝叫了兩碗麵，和張凱吃了起來。張凱不明白他為什麼帶自己上這吃飯，也不敢多問，生怕惹惱了他，影響了明天的面試。吃著吃著，一個中年男人走了進來，一屁股坐在鄧朝輝旁邊：「朝輝，你來了？」

鄧朝輝笑笑。那人又道：「怎麼不事先說一聲？還是店裡夥計告訴我，才知道你來了。」

鄧朝輝道：「你又出去打牌了？」

「打得小，玩一玩，店裡生意不好。」

鄧朝輝點點頭。那人看了張凱一眼，道：「這是你朋友？」

鄧朝輝點點頭。那人笑了一聲，也沒再説話。鄧朝輝道：「你要打牌就先走吧。」

那人點點頭，站起身走了。張凱忍不住問：「鄧哥，這是麵館的老闆？」

鄧朝輝搖搖頭：「這麵館的老闆是我。」

張凱嚇了一跳：「怎麼會是您呢？」

鄧朝輝道：「我剛來北京的時候，就住在這個小區。有一段時間，我沒什麼錢，就天天上這個老闆擺的攤子上吃麵條。他也看出來了，什麼話沒説，每天給我的麵都比別人的要多。兩塊錢一碗的麵條，吃一頓能管一天。我就跟他開玩笑，説等我有錢了，就幫他開一個飯店。他説飯店他打理不了，開一個小麵館就夠。所以後來我就給他開了這個麵館。他不是個能發財致富的人，但對人很好。店就這麼不死不活地開著，不過我無所謂。」

「鄧哥，」張凱不禁有些感動，沒想到鄧朝輝還有這樣的事情。

鄧朝輝看著他：「這一個禮拜，你有點怨我吧？」

「沒，沒有，」張凱嚇了一跳，連忙道：「我哪敢怨您啊，我還得謝謝您。」

鄧朝輝道：「你知道你做人有什麼問題嗎？」

張凱搖搖頭。

鄧朝輝道：「你是個不知道感恩的人。」

張凱沒想到鄧朝輝會這麼直白的説話，心裡一跳，臉一下子就紅了：「鄧哥，你怎麼這麼評價我呢？」

「你女朋友養了你七年，把你趕出家門，你都沒有想著回去問候問候她。」鄧朝輝抬了一下手，阻止了張凱的解釋：「而且這七年中，你也沒有好好地去找工作。所以我從開始就給你說過，我不指望你感謝我，一切都是個遊戲，因為在這個世界上知道感恩的人很少。但是如果一個人不知道感恩，他就很難成功。對家庭是這樣，做事業同樣如此。明天就是你的第三輪面試了，通過這一個星期，你體會到什麼？」

「鄧哥，」張凱覺得自己領會了鄧朝輝的心意，不禁感激地道：「鄧哥，原來這一週你是磨練我啊？不瞞你說，這一個禮拜我吃快餐麵，坐地鐵，趕公交，日子過得很辛苦，我就在想，我無論如何要抓住這個工作機會。」

「哦，」鄧朝輝道：「為什麼？」

「只有這樣我才能過上好生活，努力的去工作，努力的去創造。鄧哥，你批評得對，我已經七年沒有好好努力了，我從現在開始也不晚。」

鄧朝輝看著他，臉上流露出無奈的表情，半晌道：「如果你這樣告訴明天最後一輪面試你的人，你也許會失敗的。」

「為什麼？」張凱驚訝地道：「難道他招一個人不就是為了好好工作嗎？」

鄧朝輝的嘴角不屑地挑了一下：「我說了，我今天教你的是感恩這兩個字，哪怕你從內心裡感受不到，明天你裝也要裝出這個樣子。明天面試你的這個人，可能是真正有權利決定要你還是不要你的人。同樣的工作，同樣的薪水，他可以給你，也可以給其他人。他除了要你好好工作，還需要你一件事情。」

「哦，」張凱道：「你是說，我要感謝他？那是當然的了，我肯定感謝他給我這個機會，而且我會好好努力，我不僅為公司努力，也會為老闆努力。」

鄧朝輝點點頭：「明天誰招你進去，將來就有可能是你的老闆。你要表達對他的感激之情，告訴他在以後的工作當中，你會追隨他。」

「對，對，對，」張凱連聲道：「我就是告訴他我跟對人了。」

鄧朝輝「嗤」地笑了一聲。他看著張凱：「算了，有些事情不是教能教會的，你給我說句實話，如果工作定了，你打算怎麼辦？」

「鄧哥，」張凱道：「我肯定不能賴在您這兒，您放心，我會找地方搬家的。」

「我不是這個意思，」鄧朝輝的臉色陰沉了：「我是說你跟你老婆的事。」

「嘿嘿，」張凱笑了笑：「鄧哥，我知道您為我好，您放心，等我一落實了工作就去找她。人家給你吃碗麵，你能幫人家開麵館。我老婆養了我七年，我不會忘記她。」

鄧朝輝點了點頭，笑道：「這話說得還像那麼一回事，不枉你跟了我這麼久。」

張凱也笑了：「將來我一定告訴我老婆，鄧哥是多麼維護她呀。」

鄧朝輝臉上的笑容隱去了一些：「不是人人都會對你好的。其實很有限，就這麼一個人或者兩個人，或者三、四個人。」

張凱覺得鄧朝輝好像在對自己說話，又好像在自言自語：「如果你錯過其中任何一個，你都會感到後悔。可有時候，後悔也解決不了問題。」張凱聞言心中一動，忽然想起鄧朝輝在臥室裡哭泣的場景。他小心翼翼地問：「鄧哥，你是不是錯過什麼人？」

鄧朝輝搖了搖頭，忽然道：「走吧，我也吃飽了，我們回家，明天你還要面試呢。」

在回家的路上，張凱想起上次二輪面試群毆的時候，有一個坐在角落裡的人，他把這個細節告訴鄧朝輝。鄧朝輝眉頭一皺道：「你明天見了這個人，小心一點，他很有可能就是你未來的老闆。」

張凱點點頭。第二天的三輪面試，只有張凱一個人在場，也許其他的兩、三個人都在其他的時候分別進行了最後的談話。張凱坐在會議室，等著那個面試的人，一個女孩走了進來，給他倒了一杯水。張凱抬眼一看，卻是上次那個為難他，被他用我從不欺騙女生堵回去的女員工。張凱笑了笑，那女孩也笑了笑，算打了個招呼。

張凱問：「面試的人什麼時候來？」

「一會兒就到。」

「要是我面試成功了。」張凱道：「我就請你吃飯。」

「好啊，」那女孩眼前一亮，「你可記住你說的話。」

「那當然。」張凱道：「我不是從不欺騙女生嗎。」

兩個人都呵呵笑了，那女孩轉身走了出去。不一會兒，一個男人走了進來，張凱連忙站起身，果然就是那天坐在角落裡的人，那人朝張凱點點頭，示意張凱坐下。張凱坐在他的對面，不禁有些緊張。好不容易走到了這一步，他還真的害怕失去這個機會。

「你叫張凱？」那人道。

「對。」

「我是這家公司的銷售總監，我叫皮特，你叫我皮特陳就可以。」

「陳先生您好！」張凱連忙畢恭畢敬地道。

「現在只有我們兩個人，」皮特陳道：「說說你為什麼要進我們這家公司？」

「為了生活。」張凱道。

「哦？」皮特陳饒有興趣地打量著他：「說說看？」

「我知道我的學歷不是很高，」張凱想著鄧朝輝教他的感恩的感覺，同時由於恐懼失掉這個工作機會，聲音聽起來分外發自肺腑：「我沒有受過什麼海外的教育，也不是什麼名牌大學的名牌博士，我就是個普普通通的本科畢業生。從我大學畢業開始，我的工作就非常艱難，可能對於像您這樣的人來說，一個好工作不意味著什麼，但對於我這樣的人來說，一個好工作就意味著我能在這樣的城市，吃得好，穿得好，給我老婆一個想要的生活。同時，作為一個男人，我就有一份事業，有一份面子，能夠撐起一個家庭。」張凱看著皮特陳，「我沒有大的志向，成為一個企業家，或者成為一個有錢人，我只有小的志向，成為一個好公司的好員工，這就是我的夢想。」

皮特陳微笑了，他看著張凱：「除此之外呢？」

「我有一個朋友，」張凱靈機一動：「他在北京最落魄的時候，有一個麵攤的老闆，每天給他下麵的時候，都給他多放很多麵，後來我這哥們發達了，就給這個擺小攤的老闆開了一個小麵館。他告訴我，這就叫感恩。」張凱道：「陳先生，我知道招我還是不招我，對您來說就是人生的一件小事，但對我來說，就是人生的一件大事。就像我那個朋友，有人給他一碗麵吃，他就能活下來，而且能夠活得好。對我來說，如果您給我這個工作機會，我會終身感謝您為我打開這個大門，讓我進入世界五百強工作，給我這樣的年輕人一個人生的機會，我會終身感謝您！」

皮特陳看著張凱的表情，不禁有些複雜，既有點意外，又有一點感動。張凱似乎通過他臉上的表情能看到一種好運即將降臨，他趁熱打鐵又補了一句：「陳先生，雖然我沒有機會，也不可能將來超越您，給您開一個什麼樣的麵館。但如果有需要，我會一直追隨您，向您和向公司盡我最大的努力去工作。」

皮特陳的臉上展露開了一種笑容，他看著張凱，忽然問：「你說的這位朋友，我認識嗎？」

張凱剛想說出鄧朝輝的名字，忽然轉念一想，鄧朝輝此人行事神龍見首不見尾，萬一在外面得罪什麼人，他也不知道。於是張凱道：「他是我的老鄉，不是這一行的，您肯定不認識。」

皮特陳點點頭：「行了，你回去等消息吧。」

張凱的心裡閃過一絲失望，他看著皮特陳：「那我……？」

「我雖然現在不能給你一個確定的答覆，」皮特陳道：「不過我很高興，作為一個員工，你能有這樣的態度。我想好的消息是需要等待的。」

「陳先生，」張凱聽出了他話外的意思，不禁激動起來，「陳先生，我……。」

皮特陳擺擺手，站起來：「今天的面試到此結束了，再見。」說完，他轉身便離開了。

等他一走出會議室，張凱不禁跺了一下腳，原地轉了一個圈，太棒了！很明顯他被自己剛才的那些話完全打動了，鄧朝輝真是神人啊！他先是讓自己過苦日子，充滿了對好工作的渴望，再告訴自己一個感恩的故事，讓自己能夠情真意切地表達，這是一個真正遊戲的高手！

張凱不禁有些感慨，他急於把這個消息告訴鄧朝輝，便收拾好東西朝公司外面走，還沒有走出公司大樓，他就接到皮特的祕書打來的電話，通知他三天以後跟著皮特陳去廣州出差。張凱有些不能肯定，不禁問：「您的意思是說我通過面試了？」

「這個我不好說，」祕書道：「我是皮特陳的祕書，至於您有沒有拿到offer，歸人事部門管，我只是按照皮特先生的話，來向您轉達。」

張凱掛了電話，連忙給鄧朝輝打了過去，把事情簡單地說了說，鄧朝輝一聽便笑了：「祝賀你！」他在電話裡慢條斯理地道：「你終於找到了你想做的工作。」

「謝謝！」張凱這話是由衷的，「鄧哥，謝謝您！」

「不用謝我，」鄧朝輝道：「你這兩天有什麼打算？」

「我準備出差，」張凱脫口而出。他猛地想到，鄧朝輝所言可能指的是蘋果，忙又改了口：「除了準備出差，我要去找我老婆好好談談。」

他說「老婆」這個詞的時候，加重了語氣。鄧朝輝果然笑了：「如果你跟她和好了，就從我這搬回去吧，你在我這兒住得太久了。」

「鄧哥，」張凱不禁有一絲捨不得：「等我出差回來之後再搬吧，我還欠著您錢呢。」

「等你掙到錢了還我不遲，」鄧朝輝忽然又笑了一聲，似乎在嘲笑什麼：「你將來，還能記得有我這個人就不錯了，至於什麼時候搬你看著辦，但是不要拖得太久。」說完，他掛斷了電話。

張凱摸不透鄧朝輝的意思，難不成自己在鄧朝輝的心中，就這麼不知感恩嗎？張凱不禁有些怨氣，說到底自己也是堂堂的男子漢，事情沒辦給他看扁了，這也真有點過分！可聽他的意思，他是不會讓自己長住了。可他還是不想這麼快去見蘋果，萬一工作有什麼意外，到時候蘋果又不讓他回家，他又從鄧朝輝那兒搬了出去，豈不是真是無家可歸了。既然鄧朝輝沒有百分之百的命令自己搬走，張凱便下定決心，在他那兒賴上幾天。

三天之後，張凱跟著皮特陳到廣州出差，一路之上自然是鞍前馬後，小心跟從。他這段時間跟著鄧朝輝出入，自然學到了不少禮儀，也學會了看人的眼色行事。何況他時刻牢記鄧朝輝教他的話，對皮特陳表現得忠心耿耿，似乎他是他命中的大恩人、大救星。皮特陳方方面面都對他很滿意，提前和他透了些公司的人事關係，有意無意之間，說了不少在公司的注意事項。耳提面命，著實讓張凱感到一種暗暗的激動。他離好工作越來越近了！

一個星期後，張凱跟著皮特陳從廣州回到北京，直接人事部辦理了入職手續。他領到了公司的門卡、飯卡、甚至星巴克喝咖啡的折扣卡，張凱的手裡捏著這一堆卡片，這才踏踏實實地確定了，他真的搞定了一份工作，一份非常好的工作！

他迫不及待！他輕飄飄地逍遙自得！他決定要給蘋果一個結實的「打擊」，讓她看到，她小看了他七年，是個完完全全的錯誤！

張凱特意把向鄧朝輝借錢買的新西服乾洗了，又把公司發的新電腦包擦得乾乾淨淨，腳上的皮鞋、頭上的頭髮，自然打理的一樣有型。然後，他意氣風光的來到蘋果報社樓下。他看了一眼時間，正好是傍晚六點，現在是蘋果最忙的時候。他拿出手機，打了蘋果的座機電話，電話剛響兩聲，他便聽到一個熟悉的聲音：「你好！我是蘋果。」

「你下來一下，我在樓下等你，我有話要跟你說。」張凱拖著聲音，慢條斯理地說到。他感覺自己的聲音特別有自信、特別有征服的魅力，這男人，有事業和沒事業真是不一樣啊！電話沒有聲音，過了幾秒鐘，居然掛掉了。張凱不禁有些惱羞成怒，這是什麼女人?!自己混好了回來找她，她一點面子也不給?!

張凱站了一會兒，開始瘋狂地給蘋果打電話，打手機沒有人接就打座機，打座機沒有人接就打手機。他打了座機打手機、打了手機打座機，終於，有人接了座機，卻告知他蘋果不在，不知道人去了哪兒了。這個女人，居然還跟他擺架子！張凱忿忿不平！公司人事部文員俏麗的身影一下子閃了出來，她這真是不知好壞啊，自己在什麼處境下回來找她，她要是錯過了這個機會，可真別後悔。只要他有事業，外面有的是女人，大丈夫何患無妻?!

張凱又等了一會，一咬牙一跺腳，轉身便走！他走了兩步，突然發現報社大廳的玻璃窗戶旁邊躲著一個女人，她低著頭躬著背，臉埋在一棵發財樹的枝葉中，看起來很像蘋果。

張凱有些奇怪，慢慢地走了進去。她還是低著頭，面對著綠色植物，不知道在幹嘛。張凱又走近了一些，毫無疑問，這個人就是蘋果。只是，她看起來似乎瘦了很多。張凱想走到她後面，伸手拍她嚇她一下。等走得近了，他才發現，蘋果的細長的脊背在微微顫抖，並不寬闊的肩膀不停地抽搐著，似乎在哭泣。張凱的心忽然軟了一下，不禁問：「嗨，哭什麼呢？」

蘋果沒動，似乎哭得更凶了。張凱假裝滿不在乎：「別哭了，以後跟著你老公好好地混吧。」此話一出，他愣了一下。原來他一直在心中，把自己當成蘋果的老公。原來他從來沒有放棄過這個想法。算啦，窮人窮命，哪裡還會有第二個女人，再收留他七年。蘋果還是不說話。張凱嘻皮笑臉地說：「嗨嗨嗨，能不能先把頭轉過來。」

蘋果當真聽話，轉過了身體，把對著發財樹的腦袋偏了過來。張凱這才發現，她哭得稀里嘩啦，兩隻眼睛已經紅腫了。

「你這是哭什麼呢？」張凱看著她的狼狽模樣，心裡有些發酸：「我不就是離開家兩個多月嗎？再說，我也沒閒著啊！」

蘋果只是看著他，只是掉眼淚，淚珠兒大顆大顆地順著臉頰往下落。張凱雖然習慣了她哭、她鬧，她傷心的軟弱，她無比地悲傷卻無可奈何地指責，但離開了兩個多月，他覺得有一點不適應，還有一點不喜歡。這是幹嘛嗎，他又沒有死。想到這兒，他趕緊道：「我給你彙報彙報，我已經找到工作了，你老公我現在是一家大公司的銷售。」

聽到這話，蘋果沒有回答，只是看著他，眼神茫然又可憐。慢慢地，她眼淚止住了一些，肩膀也不那麼抽動了。她根本不相信張凱說的話，憑他的資歷，根本找不到好工作。難道這七年的時間，還不足以證明一切嗎？可是，他現在這樣站在她的面前，她真捨不得趕他走。她實在過不了一個人的生活。她知道自己沒有用，既沒有本事搞定條件好的男人，也沒有本事把孤獨的日子過充實了。那要怎麼辦？蘋果的內心無比糾結：那就留下他吧，養他一輩子！

然後所有的問題在這個決定中，全部回來了：房子——哪兒是她的安身之所？錢——她總要吃飯吧，總要生活吧，父母年紀一天天大了，她總要有點積蓄吧？孩子——她拿什麼地方養孩子？拿什麼錢養孩子？

她找一個男人，就是為了花錢找一個陪伴的人嗎？寂寞有那麼可怕嗎？孤獨有那麼可怕嗎？

蘋果在這個時候恨死了自己：她為什麼會這麼軟弱？她為什麼會這麼沒用？

天啊！老師父母啊，你們都教給我什麼了?!我真是一個沒有用的廢物啊！蘋果淚眼矇矓地看著張凱，口不由心地順著他的話往下說：「你說真的還是假的？」

此話一出，蘋果再一次地感覺到，自己防線的全部退讓與突破。算了吧，她就是這樣的女人，沒有用啊沒有用！真是沒有用！

張凱哪裡能體會到，蘋果內心的自卑與痛楚。他洋洋自得地把電腦包推到蘋果面前，「看看！公司發的！」他又掏出一張門卡，塞進她的手裡：「這也是公司發的！」接著又掏出一張名片，「看，這是你老公的名片！」

他說你老公的時候說得特別響亮，好像要把男人的尊嚴全部表現出來。表演到這兒，他覺得漏了什麼，趕緊又掏出星巴克的卡：「你看！你看！這也是我們公司發的！充了值了！你隨時都可以去。」

他見蘋果沒有表情，又補了半句：「去喝咖啡！」

蘋果看著他，有一點清醒了。難道他真的找到了好工作?!她這時才開始打量他，他穿著西服，不，是一身很好的西服，她還沒有見過他打扮得這麼好！還有，上次同事們說，看見他坐著好車，穿著名牌，難道，他沒有騙自己，他真的出去找工作了?!而且找到了好工作又回來找自己表白?!

蘋果有點眩暈。如果一個人買了七年彩票都不中獎，上帝怎麼會把好運氣留給她?!難道這世界真的所言不虛，有付出就有回報?!難道她真的在莫名其妙的堅持最後，能收穫到一點東西?!她，蘋果，一個普通到不能再普通的女人，會收穫一段偉大的愛情，有一個真正能給她一個家的好男人！

蘋果驚得有點呆，而且有點發蒙。她看著張凱像變戲法一樣變出的這堆東西，嚥了一口乾乾的吐沫：「你真的找到工作了？」

「真的。」

「一個月多少錢？」蘋果不假思索地問。

張凱噗哧笑了：「你這個財迷，你就知道錢。」

「到底多少錢？」蘋果認真地問，而且她有點生氣了，張凱怎麼能對這樣的問題無動於衷呢？

「也沒多少錢，」張凱拉長了調子：「年薪也就二十萬吧。」

「多少錢？」蘋果覺得自己的耳朵出了問題。

「二十萬，」張凱心裡也沒有底：「當然了，要看你老公能不能完成業績，完成的好，可能還不止呢！」

蘋果迅速地算了一下，二十萬，一個月一萬多，如果能買房，也可以付貸款了。這麼一算帳，她冷靜下來，狐疑地看著張凱：「你真的假的？」

「切！」張凱對蘋果的表現有點失望，怎麼既沒有愛情的不離不棄，也沒有得到之後的狂喜歡呢，他不禁道：「鄧哥還讓我感恩，我感什麼恩啊？女人就是庸俗，有了錢就什麼都好說了。」

「你胡說什麼啊？鄧哥是誰？」

「就是收留我的人。」

「他是男的還是女的？」

「廢話，鄧哥還是女的嗎？」

「張凱，」蘋果還是不能相信自己會有什麼好運氣，喘了一口氣，認命地道：「你要找不著工作也沒有關係，你在下面等我下班，晚上我們一起回家。」

「我真的找到工作了，」聽了這話，張凱心中有點感動，他假裝生氣地道：「你再這麼說我就走了。」

「好吧好吧，」蘋果道：「我信你。」

「這才像話嘛！」張凱拉著蘋果走到角落的長椅上，打算好好地向她吹吹自己的傳奇經歷，兩個人剛坐下，蘋果突然尖叫一聲：「幾點了?!我要上去趕稿子，要開天窗了。」

張凱被她嚇了一跳：「七點半。」

「我要死了，」蘋果抖抖索索地飛快地站起來：「上面肯定亂套了，我有一個大稿子今天要交。」

「你趕緊去吧，」張凱也知道她的工作：「晚上我來接你，我們一塊回家。」

「你的行李呢？」

「我哪有行李？」張凱道：「像我這樣一無所有的人，身上的就是我的行李了。」

蘋果轉頭要走，突然一把拉住他：「張凱，我，我，你？」

「怎麼了，」張凱笑了：「有話就說啊。」

蘋果心一橫：「你有了工作，不會不要我了吧？」

「你說什麼傻話？」張凱心裡一軟，知道她向來擔心自己發達了不要她：「你養了我七年，就算你對我再不好，我也得養你七年，不然這筆債怎麼算得清楚？」

蘋果聽了這話，嘴角向兩邊咧開，笑了一下，點點頭，便離開了。

張凱看著她的身影消失在電梯門後，不禁長長地出了一口氣。此時，天已經擦黑了，人們進進出出地從這個大廳走過。這個地方他以前常來，熟悉得像自己家一樣。但今天他卻感覺如墜一個夢中。剎那之間，鄧朝輝、面試、好工作、那些歡場等等，突然離他很遠很遠，他有的，只有蘋果，和曾經的生活。不，他搖了搖頭，是現在的生活。他要和蘋果回家了，他有一個工作，有一個叫作皮特陳的老闆。

張凱獨坐良久，慢慢地站起來，走到外面的小麵館，隨便吃了點東西。期間蘋果電話了他幾次，問他在哪兒，在幹什麼，十二點來不來接她。張凱覺得有點不耐煩，但又覺得很踏實。他忽然不想回鄧朝輝家了，也不想再見到鄧朝輝。哪個人有家，還想過寄人籬下的日子？說實話，鄧朝輝給了他太大的壓力了。他打了個車，來到鄧朝輝的小區，覺得這兒的良好環境，今天看來，都有夢境的感覺。他不希望鄧朝輝在家，而鄧居然真的不在。張凱收拾了行李，覺得自己不打一個電話，實在有點說不過去，便給他打了一個電話。鄧朝輝說在忙，張凱說：「鄧哥，我要搬走了。」「哦，」鄧朝輝似乎沒有任何意外：「行，你把鑰匙留在茶几上，我有事，先忙了。」

張凱掛上電話，覺得這個告別儀式，實在太簡單了。蘋果又來電話，詢問他在哪兒，他不想多說，只說在外面，一會兒回報社。

就這樣，張凱和蘋果回了家，過著自己的生活。雖然張凱不太願意提起鄧朝輝，但是不說鄧朝輝，他無法向蘋果解釋，自己這兩個月的生活。於是，他多多少少還是說了一些。蘋果很感謝鄧朝輝，覺得他們應該請鄧哥吃個飯，聊表謝意，但張凱內心深處並不願意，只是拖著不辦，後來被蘋果逼不過，給鄧朝輝打過幾個電話，發過幾次短信，說想約他見面，夫妻兩人請他吃個飯，表示一下感謝，但鄧朝輝始終說忙，張凱也就不以為意了。

兩個月後，張凱把一萬塊錢現金打了鄧朝輝的卡上，慢慢地，二人便不再聯繫。直到有一次，他和蘋果吵架，蘋果罵他天性涼薄，說他對自己老婆不好，又說他受了鄧哥的大恩德，卻沒有帶蘋果去看他一眼，也沒有請人家吃過一回飯。張凱這才有些警覺，他忽然想起鄧朝輝曾經說過，將來你別忘了我之類的話，不禁心內有些震動，原來人忘記別人給自己的好處，是這麼容易的一件事情。就像他現在對蘋果，其實也談不上好與壞，只是過日子吧，只是生活吧。

張凱扳著手指頭數了數，他跟鄧朝輝整整一年未見，他確實應該謝謝鄧哥。可惜張凱再打鄧朝輝的手機，對方已經換了號碼，他也沒有勇氣去鄧朝輝家探望鄧朝輝，於是，鄧朝輝便成為一件不了了之的事情，成為一個模糊的回憶。如果蘋果不是鄧哥鄧哥的老提這事兒，張凱基本已經淡忘記了自己悲慘的經歷。而且他覺得蘋果提鄧哥，不是為了讓他記得鄧哥，而是為了提醒他，別忘記了她養了他七年的故事。為此兩個人也沒少吵，可吵也吵不出個所以然罷。

至於那個讓張凱說「我從不騙女孩的」的女同事，倒是和張凱在公司相處融洽。張凱知道她有一個男朋友，她也知道張凱結婚了，不過兩個人經常一起吃午飯，偶爾還一起看個週末電影。張凱明知這樣曖昧不對，但也控制不了自己。而且，他也知道自己不會放棄蘋果，這年月，玩情調可以，動真格的為愛情養他七年，除了蘋果，他再也找不到第二個。他和蘋果已經買了一個二手公寓房，如果沒有意外，他們會再生一個孩子。對張凱而言，普通人的幸福生活就是如此美好，不可複製！

做白

「鐵是多麼重要的東西啊。」

我的祖父這樣告訴我，我的父親也這樣告訴我，然而我的母親卻總是喃喃自語：「要把鐵減少一些呵。」

親戚們不喜歡母親，說她是南邊宋朝來的「小娘們」。「小娘們」在我們的語言中是帶有一絲譏諷的貶義詞，指那些幹不了活，身體不健壯，惺惺作態的女人。但他們這樣形容母親，我總覺得帶有一點妒意。母親眉清目秀，肌膚如雪，深得父親喜愛。但父親不是一個會疼愛女人的男人，他忙於朝中大事，有時出門征戰，有時在族中教族人耕種、紡織，因為母親來自宋朝，父親由此學會了燒製瓷器，並親自建立瓷作坊，教族人們製作生活用品。我族人雖是契丹，卻和宋人一樣熱愛飲茶，母親親手燒製的茶具，總比父親燒製的精緻典雅，親戚們雖嫌母親柔弱，卻格外熱愛母親燒製的瓷器，就連族長也十分熱愛，時常命父親讓母親燒製茶具送給他的妻妾們。

我是父親的長子，雖然容貌像母親一樣「小娘們」，卻格外受到親戚們的尊重。我時常陪伴母親，能體會到我的陪伴可以彌補父親的不足。看到母親被高溫的爐火炙烤出粉紅色的臉頰，額頭上密密地滲出細碎的汗珠，我便感到心痛，很不滿父親無度地答應贈送給大族長以及各個眾臣們的禮物。母親並不因此責備父親，只是在每天晚上坐在她的工坊前等候父親。她的沉默有時讓父親歡喜，有時也讓父親煩惱。父親愛熱鬧，有事愛大聲嚷嚷，母親愛思考，凡事坐在那裡，高興了也落淚，傷心了也落淚。有一天，父親又娶回一個契丹女子為妾，因此，母親多了更多的時間為貴族們製作茶具。

「小娘們」雖然無用了，不進父親的房間，卻擁有長子和大家承認與熱愛的標誌性的燒瓷手藝，這讓契丹女子妒恨不已。她向父親學習燒製瓷器，很快便手藝大長，不多久，也開始向貴族親戚們贈送茶具，但大家還是只認「小娘們」的。

「她憑什麼燒得比我好?!」她朝父親大聲哭鬧。

「她有一顆安靜的心。」

「你既這麼愛她，憑什麼娶我?不如把我賣了去當奴隸!」她不依不饒，又砸東西又哭喊，鬧得驚天動地。

「你有一顆熱鬧的心，」父親不怒反笑，「我有你們兩個才叫滿足啊。」

「小南蠻!」她見我站在一旁，冷眼旁觀，突然走過來一巴掌打在我的臉上。父親勃然大怒，急上前兩步扯住她的頭髮，一把將她摁在地上。她半跪半臥，突如其來的屈辱把她嚇傻了。父親冷靜地吼道：「他是我耶律家的長子，是未來國君的重臣，你永遠沒有資格議論他、教育他，在這個世界上有資格教育他的人只有他的王、他的父親、他的老師還有他的親生母親。」

契丹女子從此深恨母親和我，我也不明白，父親如此維護母親，卻為何不再與母親相好。母親如此寂寞，每天只是做茶具、做茶具，像一個從南方搶來的做茶具的奴隸，她年紀輕輕頭髮幾乎全白了，眼角出現了色斑與皺紋，每天不分晨昏，只是對著爐火喃喃自語：「怎麼減少一些鐵啊。」

父親不滿意契丹女子的吵鬧，從更北方娶來一個高鼻深目、肌膚比母親白十倍的女人，她喜歡喝酒和跳舞，每天晚上喝得爛醉，白天醒過來就濃妝豔抹，母親做茶具換回的各種好面料都被她和契丹女子做成衣服穿在身上。我對母親的心疼與日俱增，似乎很恨父親，但隨著我一天一天長大，我也愛看美女們的眼睛和露出的一點肌膚。除了母親，就連北方女子和契丹女子也成為我意淫的對象，我暗自羞恥卻欲罷不能。

父親為我訂了親，對方是一位貴族家的少女，在我的聘禮中，有母親做的一只白色的碗，碗口呈花瓣型，正面看下去如一朵盛開的五瓣花。母親拿出這只碗時，久不和母親說話的父親震驚了：「婉兒，你是怎麼做到的？」

「減少一些鐵，」母親淡淡地說：「顏色便會變得白皙。」

「我就喜歡這種白皙。」父親哈哈大笑：「這花瓣的想法你怎麼會想出的？」

「送女孩子的聘禮嘛，漂亮一點比較好。」

父親沒再多說，這天晚上，母親把我叫入房中，拿出這只碗，「你知道我和你父親是怎麼認識的嗎？」

我搖搖頭。母親嘆了一口氣，幽幽地說：「我的父親就是你的外祖父是南方宋朝製作瓷器的名家，我十歲那年，我們的工坊裡來了一個小夥子，要求學習製瓷手藝，他特別勤勞，特別認真，雖然長得粗粗壯壯，卻極其細緻，你的外祖父很喜歡他，因為我沒有兄弟，就招他入贅，希望把工坊傳給他，我們結婚以後，他才告訴我他是北方契丹族的大貴族，他本來的姓是耶律，他要帶我回契丹，向契丹族傳授製瓷的手藝。他要我做選擇，要麼和他永別，向官府告發他，要麼和父親暫時分開，將來有機會再帶我回南朝。他說女子在家從父，出嫁從夫，我應該和他走。」

「後來呢？」我問。

母親苦笑了：「後來我來到這裡，生下了你，契丹族學會了燒瓷。」

「那你們有回過南朝嗎？」

母親搖搖頭：「我今生今世，恐怕再也回不去了。孩子，我做這只碗就是為了讓你永遠不要忘記我的故事，女人很傻，傻到拋棄了父母也不自知，這些年你父親待我不好，我也不怨他，我認為這是對我拋棄父親的報應。我不敢想這些年他是怎麼活的，當年我們沒有留下一個字就走了。」

有一種冰涼的東西沁進了我的肺裡，我看著花瓣大碗：「這花朵是南方的嗎？」

「是的，」母親說：「我家鄉有一種花，春天會開，花開五瓣，白色的一團一團，非常漂亮。我和你父親剛認識的時候，他天天去採這種花，你外祖父也常常做這種五瓣型的碗。」母親抬起頭看著我：「可如今你父親全都忘記了。」

我心中五味雜陳，想說我會對未來的妻子好，卻不知如何開口，因為我並不知道她的容貌、性格，我不禁哀嘆我像父親一樣薄情寡義。我轉移了話題：「母親，做茶具的祕訣是什麼？」

「保持安靜的心，」母親道：「不管生活中有什麼，做茶具的時候心要安靜。」

「那樣怎麼發展呢？」我心中想起祖父和父親的叮囑，鐵是最重要的東西。南邊宋朝雖然比我們文明，經濟也比我們發達，但只要我們有鐵，就可以征服他們。至於文明，都是可以學習的。可如果有了文明，卻像母親那樣把生命中的悲哀隱忍於胸，只是默默地做著理想中的茶具，最後只能變成文明的奴隸，不僅不能夠贏得父親的尊重，甚至到死也不能探望遠在南朝的外祖父。宋，這樣的國家，如果用鐵攻擊它，定能一擊而碎吧！

母親不知我胸中洶湧，憐愛地伸出手，拍拍我的腦袋：「希望你善待女人、尊重女人。」

母親的手腕傳來一陣幽香，我心神一動，差點說出「帶你回南朝」的昏話。我不忍再談，謝過母親後捧著五瓣白釉花碗離開了工坊。

原諒我，誰讓您生的是一個兒子呢，而且，是耶律家的長子。

靈感來源：

文物名稱：白釉花口大碗

時間：遼（公元九一六年——一一二五年）

尺寸：高九，口徑二十四點五釐米

一九九二年七月內蒙古自治區赤峰市阿魯科爾沁旗遼耶律羽之墓出土

內蒙古自治區阿魯科爾沁旗文物管理所藏

此碗口沿作五瓣花口形，腹壁斜直，平底，圈足較淺，足端有黏砂。胎體較薄，造型規整。裡外施透明釉，釉層薄而潤澤，口沿外局部垂流聚釉處釉色略顯淡綠。底足無釉。據墓誌銘記載，耶律羽之（公元八九〇年——九四一年）既是遼代皇族，又是一代重臣，其隨葬瓷器為研究遼代早期陶瓷器提供了珍貴的寶物資料。

儺祝

南方也有下大雪的時候。

那一年冬天，母親外出後再也沒有回來。我剛剛開始吃樹木果實，抵不過飢餓與寒冷，從樹洞裡爬下來，去找媽媽。走著走著，天上飄起了雪花，那是我第一次看見雪，覺得它們很好玩，玩了一會兒，肚子餓得厲害，回頭看，卻發現找不著家了。我發出嗚嗚的哀鳴，胡亂地到處尋找。

不知走了多久，我被人抓住了，他們很凶惡的樣子，我不敢吃他們的東西，打翻了一只罐子，趁亂逃了出來。迷迷糊糊的，我的哀鳴聲時大時小，只覺得有人走來走去，風大雪大，什麼都看不清楚，朦朧中一隻手抓住了我，我被兩塊冰冷粗糙的厚布裹進一個地方，很快那地方溫暖起來，我聽見心跳的聲音，宛若母親。

「微，」一個人說，「快把牠帶走吧，不然這隻小獸就凍死了。」

我緊緊地扒住這個叫作「微」的人的胸膛。我們走進一個更溫暖的地方，他給我拿來果實和水，我連吃了幾口，就倒在了一件更柔軟的衣服上。不知睡了多久，我睜開眼，見一個少年正在我旁邊酣睡，我嗚嗚叫著拱進他的懷裡。他抱緊我，我感到安心與快樂。我們便這樣睡著了。

從此我留在微的身邊，和他形影不離。我們居住的地方有水，有大片的稻田。微的父親叫亥，他是部落的首領。微在年輕人中很有威望，他勇敢、善良、個性倔強。每次打獵的時候，他都衝在最前面，並且指揮其他的年輕人從側面圍攻野獸。我在樹梢上來回盪漾，發出尖銳的叫聲，野獸們聽到這個聲音嚇得心驚膽顫，像瞎了一般四散奔跑，所有的鳥兒一起拍打翅膀，配合著我的尖叫，在林中飛舞鳴叫。微說，我是他的另一支軍隊，勇猛不可阻擋。

打獵是一件快樂的事情，讓我覺得對微有所回報——他救了我的命，給我一個家。

亥和部落巫師見我形狀類似人，卻能和鳥類溝通，而且隨著我漸漸長大，頭上長出兩隻長長的犄角，犄角上面充滿花紋，像孔雀又似鳳凰。亥和巫師都覺得，微能夠得到我是一種幸運。亥的部落崇拜東方星宿，認為他們是東方神靈朱雀的後裔，而我的出現，似乎證明了神的力量。我雖是一隻野獸，卻認得天上所有的星星。當夜晚降臨，微和我常玩的一個遊戲便是尋找朱雀星。我們時常比賽誰更快地找到，微從來沒有贏過我。

又到冬天，亥帶領族人趕著一群牛前往西北方向做物品交易，一直沒有回來。從第二年冬天開始，微的臉上失去了笑容，即使我們尋找朱雀星，他也不再歡笑，每次我先他找到，歡呼著指向星空，他拜倒在地，口中喃喃自語向朱雀星祈禱。微臉上的線條越來越堅硬，族人們裡議論他，對他心生敬畏。我開始懷念以往的微。第四年冬天，族中長輩和巫師給微舉行了族長儀式，他們認定亥已經死亡，凶手是北方易水流域有易氏的首領緜臣。

我這時才明白，微為什麼長達四年沒有笑容：他的父親遇害了，像我一樣失去母親，失去可以依靠的親人。我痛恨有易氏族和綿臣，他們奪去了微的親人，就等於奪去了我的母親。

微發誓要為父親報仇，他向巫師請願，出面向河伯借兵。河伯向自己的巫師詢問，得到的答案是微是未來的賢明之君，河伯於是率領軍隊和微的軍隊結合在一起，向北方出發。微當然要帶上我，並在走之前命人給我製作了一副青銅面具。面具像我一樣兩隻耳朵是尖的，頭上長出長長的角，角上用雷紋循環往復，代表生命生生不息。我們一路向北進發，在易水之畔，兩軍對壘準備展開決戰。

此時已初冬，天氣寒冷，有易氏人認為微的軍隊來自東南方，應該畏懼嚴冬，但在我們那裡，冬天不僅冰冷而且潮濕，對每一個人來說，每一年冬天都是嚴峻的考驗。微的軍隊穿著薄薄的衣衫，既不發抖也不恐懼，仇恨占據了每一個人的內心，並讓血液充分沸騰。這天夜裡，微站在大帳之外揮舞雙手，隨著他的舞動，軍隊們分出幾隊朝有易氏的營地走去。此時天降大雪，柔軟的雪泥掩蓋行軍的聲音。啊！微要進攻啦！我頓時激動起來，猛地跳上帳篷，跳到長竿最高處仰天長嘯。我的叫聲像一道流星，劃亮了整個夜空。

微在下面朝我揮手，一定是讚揚我的行動。隨著我的尖叫，四面八方全都驚動了，戰爭剎那之間打響，到處是吶喊聲與搏鬥聲。我跳躍騰挪，在帳篷頂端拚命呼嘯。我感覺兩片肺葉在胸膛裡朝外膨脹，每一次吶喊都彷彿用盡了氣息。不知為什麼，有易氏的軍隊並沒有像野獸那樣，聽見我的叫聲便四散奔跑，反而集中起來朝我尖叫的方向湧動。我越發焦急，叫得更加凶狠。有易氏的軍隊隨著我的節奏越攻越近。

突然，一股尖細的疼痛在胸口動了起來，迅速向全身擴散。我叫了幾聲，發覺聲音不再響亮。不！如果我叫得不響，微怎麼能獲勝呢？我伸手去捶自己的前胸，才發現一根金燦燦的銅箭沒入了我的胸膛。我有些不能相信，我是一隻神獸，沒有人能夠殺死我，除了族長微，但微是永遠不會傷害我的。

這時我摸到了滾熱的物質，從體內往外湧。恐懼朝我襲來，我立即蹦下長竿，朝微的方向奔跳而去，嘴裡嗚嗚哀鳴，彷彿我們初次相見時，那一隻無助的小獸。突然，我看見在微的手上有一隻弓形的物件，而且，他似乎是憤怒地注視著我。

我不明所以，但愛微的本能促使我朝微撲去。微抓住我，我只覺他用力的方向不似平常，然後，我被一股力量重重地砸落在地下，頭敲在地上，發出一聲巨大的聲響。

我雙耳嗡嗡作響，迷濛中，似乎是微朝我大喊：「你叫什麼？你叫什麼？全被你毀掉了！」

我不明白微為什麼生氣，只覺得血越出越多。此時夜晚的星空格外明亮，我一眼便瞧見了朱雀，它在北斗星中遙遙升起：明亮、璀璨，如一顆碩大的寶石。突然，寶石中像箭一般射出一個細小的東西，它越來越快，越來越快，及至我眼前，我才看清，它頭上閃著光亮的長角，身上長滿五色斑斕，燦若雲霞的羽毛。它慢慢地靠近我，就像微初次見到我一樣，用翅膀溫柔地摟住我，一陣溫暖和安詳傳來，我感到快樂，產生一種飛升的欲望，但我仍然懷念微、懷念充滿水稻田的家鄉，我睜大眼睛，滿天的星星真亮啊：「媽媽！」

「祖先顯靈了！」微的族人們高聲吶喊，軍隊聲勢大振。他們很快擊敗了有易氏的軍隊，並不顧河伯的勸阻，將有易氏族人屠殺殆盡。綿臣戰死，只有一小部分有易氏人被河伯悄悄運到遠方生存下來。微在有綿臣的居住地舉行了浩大的祭祀：祭奠祖先和他的父親亥。我在空中無事，便跑去觀禮，突然看見祭祀台中擺著一具小獸，臉上還帶著一只青銅面具，和我的一模一樣。真奇怪，怎麼還有野獸像我呢？我朝牠飄去，聽見微高聲祈禱，他好像說用神獸「儺」向偉大的祖先、向自己的父親表示敬意。「儺」這個名字聽來耳熟，是亥活著的時候為我起的名字，因為我是像人的野獸，還能和鳥雀溝通。

巫師們隨著微的祈禱舞動身體，高聲吟唱，晃動著頭上的羽毛。微雙手顫抖，從野獸身體上取下面具，戴在自己的臉上。沒有面具的小獸冰冷地躺在祭台上，胸口雖被水清洗過，仍有大量的血跡。原來，那是我的身體。

我永遠地離開了自己的身體，但我不會離開微。也許在人的世界裡，微殺了我，我應該仇恨他。但對我來說，他不管在任何情況下做的任何事情，都不足以讓我產生對他仇恨。他是我永遠的朋友、家人和家鄉。

我閃身進了微臉上的面具，並發出尖銳的呼嘯。微渾身一震，停了下來，所有人都停了下來。他們看著微，不知如何是好。我不管這些，只在面具裡大聲呼嘯：祈禱部落繁榮昌盛，祈禱祖先神明永遠保佑我的朋友、我的家人、我的微。

靈感來源：

文物名稱：青銅雙面人像

時間：商（約公元前十六世紀——公元前十一世紀）

尺寸：高五十二釐米

一九八九年江西省新幹縣大洋洲出土

江西省博物館藏

人像兩面相同，中空。臉部略呈長方形，長頸，圓眼，隆鼻，張口，露齒，豎耳。頭頂中間有圓管，兩側有一對折捲的長角，角上有飾雲雷紋。

仿殼記

星生下的時候，夜幕高懸，滿天星斗，像一塊巨大的藍寶石上灑滿了金砂。星的母親在疲憊的喜悅中，就著星光看見了頭生子的臉，家裡貧窮，就算是生產，也沒有能力多點一盞油燈，幸虧星星亮啊，就連產婆也這麼說，星的母親便同丈夫商量，孩子叫星星好不好。

「男人嘛，叫星星不好，」星的父親一揮破爛的衣袖：「取單字吧，叫星。」

雖然奶水不足，星的母親就連做月子時，也常常吃不飽，但星還是一天一天長大了。星的母親本來日夜擔心，沒有辦法養大這個孩子，後來漸漸明白了，孩子是自己長的，不管生在什麼樣的家裡，他們總有辦法讓自己長大。

因為飢餓，星三四歲就開始滿山遍野的找東西吃，野草莓、山野菜、青樹皮，都說有些植物有毒，星很幸運，一次也沒有出過事。到了六歲時，他不僅能在山裡想辦法填自己的肚皮，還能為母親背回滿滿的一簍柴，再把野果塞進弟弟的嘴巴。星的父親盼望著兒子們能讀書科考，一舉光耀門楣，況且星出生時，星光如此耀眼，可見這個孩子是異於常人的。

星背負著這樣的願望，也背負著父母親為他進學的債務，進了村裡唯一的私塾讀書。先生是本村落第的秀才，所學極為有限，但在本村已是高級知識分子。星讀書並無壓力，因為先生所授實在平常。第二年，星的父母把星的弟弟也送進學堂。此時星的家中雖然債務累累，但總有還清的希望。星與弟弟除了上學，就是幫助父母種地、砍柴、做各種事情。星不知疲倦地做著事，既沒有把事做完的希望，也沒有做不完的絕望，他並不覺得這有何痛苦，山間四時景色之變化，山花之爛漫、夕陽之溫暖、泉水之清澈，無不讓他充滿歡樂。還有書中的那些文字與道理，都像風景一樣，開放在他的心裡。

星九歲時，父親摔傷了腰，頂梁柱頂不起來了。星與弟弟必須有一人輟學，全家人默契地選擇了弟弟，包括弟弟本人，留下了熱愛讀書、敏捷多思的星。星第一次感受到貧窮的罪惡。他有些憂鬱，真正用發憤的心情開始讀書。為了星的前途，星的父親託人把星送到了山外的城市，那裡有一家收費更高的書館，但也真正出過秀才。星背著債務、罪惡感、奮鬥的心情，和對母親、弟弟、山中風景的不捨到了城中書館。這裡雖然也只是小城，卻足已讓星大開眼界。他對世界產生了無窮的希望。希望自己能高中狀元，希望自己能帶給家中富裕，希望自己能改變無數窮人的命運，希望娶一位自己愛的小姐為妻。但星首要的問題，還是飢餓。同學們都是吃自己帶的米，星幾乎沒有米，只有紅薯，就算把紅薯熬成紅薯水，也很難喝飽。同時，他破舊的衣衫也為他帶來了恥辱，這裡同學有的出身當地名門，有的生於富裕之家，再不濟，也算農家小康，星的家庭，是所有人中最為貧困的。星每日放了學，便開始在城中四處尋找，就像他幾歲就明白在山中找野果充飢一樣，他認為一定能在城市中找到一些辦法。

天無絕人之路，本城有一位退休歸鄉的大官員，也是大有錢人。他有一件鎮宅之寶，傳說技藝已經失傳。因當地盛產陶瓷，故而想在家鄉仿製出來。他貼出了懸賞告示，如果有人能仿製成功，賞白銀五十兩。星從小看慣了村裡人燒製陶器，覺得這肯定不難。他跑去城中的坊裡做雜工，這樣便有機會跟著匠人師傅去大官家中學習。每次學習時，那件東西都放在書房中，除了幾位大匠人，誰也不能進。星每次在開門關門之際，趕緊用眼睛狠狠地看幾眼，然後狠狠地記在心裡。回到學堂就把它畫下來，記不清的地方下次想辦法再狠狠地看幾眼細節加以修改。星覺得那件物品除了顏色漆黑，造型瘦高之外，並無什麼特別之處。春天過後，星認為已經準確地把那件物品描繪出來了。他覺得城中的匠人們都愚不可及，這麼一件東西，燒這麼久都燒不出來嗎。

星向學堂告了幾天假，回到家中，直接找父親說了此事，又拿出自己細緻描繪的圖紙。星的父親馬上精神振奮，覺得自己沒有白白培養這個兒子。父子倆借了一點錢，在村裡找了一個窯，先燒了一批，都覺得精神氣質不夠，因為有些地方看起來很薄，總是難以達到。後又燒了幾批，百裡挑一，挑出一件最像星心中的那個感覺的器物。星的母親拿出自己結婚時都沒有捨得用的一塊紅布，把器物包好。星決定第二天就進城，當天夜裡，一家人徹夜難眠。五十兩白銀，那到底是什麼概念？星的母親索性不睡了，守在灶邊，天還未亮，就從梁上拿出藏的一點白米，給星熬粥。香味撲鼻，飄得滿屋都是，星的母親嚥著口水，把一碗稀粥端到星的床邊，星哪裡捨得喝，讓父親，父親不肯，讓母親，母親更不肯，他想叫弟弟起來喝，母親攔住他：「我們在家有得吃，你在外沒得吃，這就是你的米。」

星小心翼翼地捧著粥，剛喝了一口，明顯覺得弟弟在自己的腳頭抖了一下，星再也喝不下去了，看著母親：「給弟弟喝一口吧。」

星的母親一下子哭了起來。星的父親火了：「哭什麼！不吉利！」

星喝到了過年也很難喝到的純粹的大米粥。他萬分當心地捧著紅布包裹，沿著天光大亮的鄉村小路朝城市邁進。他恨不能一步跨進大官家中，把寶貝呈在他的堂上。但他又一步也不敢走壞，怕錯一步摔了跤，把成功摔碎了。

星到城時已過了中午，他又累又餓卻精神抖擻，徑直來到大官宅前，通報了來意。大官很詫，雙開大門歡迎他。星第一次站在這麼開闊的大門的中間，獨自邁開雙腿，跨躍不同人生的門檻。他邁右腿進去，踩到地時膝蓋一軟，但被他一挺腰桿站住了。他昂著頭跟著管家朝裡走。管家不住地打量他，笑道：「老爺和幾位大匠正在大廳議著這事呢，正可好，大家都看一看。」

星嚴肅地點了點頭。管家真的有些刮目相看。這小子一定有點來頭，不然穿戴得這麼破，還能這麼有底氣？

星來到大廳，一張八仙桌已經擺在正中間。星把紅布包裹放在八仙桌上，大官員和城中幾位有名的工匠立即圍上來。星打開布包，把器物豎起來放好。眾人發出了嘖嘖聲，和倒吸涼氣的聲音。

「真的像?!」

「真的做出來了?!」

驕傲一下子充滿了星的胸腔，但他還是緊張，注視著大官員。

大官員欣賞地看著他：「年輕人，嘆為觀止啊，但是我很想知道，重量的問題你是怎麼解決的？」

星一愣，沒有聽懂他說的意思。

大官員立即捕捉到他的信息，伸手一握器物，朝上一舉。他的臉上露出滑稽的表情，先是微笑，接著是呵呵笑，最後是大笑。幾位工匠也連忙伸手試重量，一試都放下心來，開始附和大笑，並嘲弄地看著星：「我說我們這些老人試了這麼多次都不能成功，你這小子一試就行了，還以為你多大的能耐，原來連是什麼都沒有搞清楚。」

大官員笑得連眼淚都快出來，指著星：「年輕人，你真是貪財啊，為了錢，你連東西是什麼都沒有搞清楚，古人云貪婪使人愚蠢，這話一點都沒有錯啊。」

「真是比豬還蠢啊。」

「哈哈哈……」

星根本不明白發生了什麼，他們的意思又是什麼。他只是倔強地站著。因為人天生的尊嚴，和母親那塊多少年也沒有捨得用過的新紅布。

大官員揮揮手：「帶著你的東西滾。」

「不！」星本能地吶喊了一聲。

「來人，」大官臉色一沉：「給我把他趕出去。」

「老爺，」管家有些不忍：「我看他是真不知道怎麼回事，這東西也是他辛辛苦苦做出來的，老爺不如讓他輸個明白，也省得以後再有人前來冒充。」

大官點點頭：「我這個人是最講道理了，你不懂，我就讓人懂，去，把寶貝請出來。」

管家一會捧著一只錦盒出來，放在八仙桌上，打開盒子。星第一次這麼近距離觀察這件寶貝，第一眼的感覺就是自己分明是贏了。何止像，那種精神氣質幾乎一模一樣。

大官員冷笑一聲：「今天算你幸運，你伸手試一試。」

星伸出手，嚥了口唾沫，握住盒中器物的中間段，略向上一抬，立即放下了。星面如死灰，不能置信地看著盒中物。

大官員道：「這是上古時候的陶製器物，顏色烏黑，色澤光潤，這都不難仿製，最難的是，它看起來非常堅固，但其薄如紙，這麼大的一件器物，還不及一枚銅錢重。」

「小子，」一旁的大工匠道：「如果只是仿個樣子，我們這些人從冬天仿過了春天，難道還仿不出嗎？」

「這門技術失傳了多少朝代，是你一個小子憑著貪心就能假冒的嗎？」

大官員看著他：「還不滾嗎？」

官家三兩下把星的仿品用紅布包了，塞進星的懷裡：「快走快走。」

星被他拽著快步朝大門走，到門前時，門只開了一條縫，看門人像扔一條死狗般，把星一把推出去。星雙腿發軟，沒有抬夠到門檻的高度，重重地絆了一下，一屁股坐倒在門外。大門立即關上了，還有上鎖的聲音，像避瘟神一般。

幸好東西沒有摔壞。星爬起來，抱著紅布包，像夢遊一般朝學堂方向走去。

走著，走著，一道念頭突然閃過：「說薄如紙根本不準確，應該說薄如蛋殼，對！」星興奮地想：「像蛋殼一樣飽滿、輕薄、光滑中又帶著一點粗糙。」

星自言自語：「這個形容真是太準確了。」

靈感來源：

文物名稱：蛋殼黑陶高柄杯

時間：龍山文化（公元前二千五百年——公元前二千年）

尺寸：高二十六點五釐米

一九七三年山東省日照市東海峪出土

山東省文物考古研究所藏

羽仙記

我是天上的羽仙，現身到人世時，露的是仙鶴本相。

因南方有山產一種菇類，滋味鮮美，我便時常去採摘。這一日去時，見山腳下有一片村莊，農人耕種，孩子們在私塾中高聲朗讀，一派興旺田園景象，又往山間飛，見一人身披長衫，腳踏步履，臥在松下小憩。我一時淘氣，便隱身到此人的夢中。

原來他正夢到與三兩好友站在湖邊，等漁夫打魚。那湖不大，四周平平坦坦，正是清晨時分，霧靄迷濛，一隻漁船在岸邊不遠處，一個老漁翁正在收網。我悄悄吹起一陣涼風，迷霧漸漸散開，四周的山逐漸高大起來，變成層巒疊嶂。漁翁一用力，一尾金色大魚在銀色的網中竭力跳躍。

「好魚！好魚！」岸上人嘖嘖稱奇。

漁夫將船靠了岸，長衫人接過魚，邀請好友歸家。幾個人抬頭環顧，驚嘆起這山勢險要，氣度非凡。長衫人撓撓頭，便問朋友們要不要沿山瀏覽。幾個人拍手叫好，便順著山勢行起來。一時轉念，湖與漁船皆不見了。大山險峰處，森林茂密、怪石嶙峋、陰風陣陣，陽光勉強透進幾小把來，也不過陡增明滅之恐懼感。一時又有怪獸呼號，宛如獅虎，幾個人腿如篩糠，面如白紙，既不敢再往上，又不知如何後退。我大樂，又一時轉念，幾個人已在一處碼頭，碼頭邊陽光燦爛，山花爛漫，那水清清蕩蕩，沿山而下，有險有峻，極為動人。幾個人連聲稱讚，叫過一隻小船，坐上船沿水而下，清風撲面，船行得如飛一般，長衫人緊緊抓牢衣襟，生怕被風吹進江裡。

不知何時，眾人下了船，到了一處山腳，陽光漸漸明朗，眾人坐在平坦處，又有童子前來，鋪起茶席，支起茶爐，煮起茶水，長衫人將魚交給小童子，那魚已死，魚身鬆軟流暢，小童兒提在手上，金燦燦的一尾，搖搖擺擺朝村落走去。長衫人煮茶待友，眾人回憶山中險惡，水中奇妙，無不感嘆宛如夢中遊一般。

一時飲罷茶，眾人隨長衫人走回家中，此時村落皆已不見，只有一處宅院，四邊竹籬圍就，推開柴門朝內走，便是幾件房舍，樸素中頗為不俗。眾人落座，那魚已蒸熟，我見魚香撲鼻，便化為道人，前來求一地小憩，長衫人見我樣貌別緻，介紹眾友人與我相識，分賓主落座，品魚飲酒，議論古今。酒酣人微醉，這才散席。眾人皆說今日之遇乃是奇遇，要主人以畫記錄，長衫人興起，取筆墨細細描繪，我見他畫幾個人站在湖邊等魚，便道：「這人站在地上，可都是有影子的。」

「何處可見？」

我笑：「天上人可見。」

他點頭稱是，用筆蘸水運化淡墨，於各人足邊各抹一筆，即為人影。

眾人又稱奇：「古來畫人沒有人影，今天可是第一回。」

我得意地一笑，隱身出了夢境。見長衫人仍臥松下，面帶微笑，手指點點，似還在作畫。我吹起一陣輕風，直入其鼻，長衫人打了個噴嚏，便自醒了。

我不再理他，自去採菇，採足之後又路過山下村落，見長衫人站在一戶窗內桌前，正和幾人說著什麼。我便悄悄飛過去，只聽他道：「我夢見我成了一隻仙鶴，一直跟著你們，你們先在湖邊等魚，我就變出一尾金色大魚，你們說要遊山，我就變出一座大山，接著你們又去遊江，我就順著船追著你們飛，你們又煮茶踏青，又回到我家，烹魚飲酒，我見你們快樂便化成一個道人，前來討酒。喝罷酒，我便要作畫，因我在天上飛，所以人行處都可見影，故而在人腳下畫下了人影。」

眾人都說此夢甚奇，我朝桌上一看，見一幅長卷已畫了大半，其中一幕正是幾個人坐船沿江而下，船尾後的空中，一隻仙鶴緊緊尾隨，細長的兩條鶴腿併在一處，腳爪也順勢併成一線，似乎正在急速飛行。

我大驚失色，如何此人說自己夢為仙鶴，還在夢醒後畫出我的本相。我朝後一退，一腳踏空，風吹來，似是萬丈深淵。

「羽仙，羽仙。」有人叫我。

我一抬頭，是小童兒：「羽仙，你今日下界去採靈芝嗎？」

「哦，」我長出一口氣，原來是我做了一個夢，「去。」

「我看天氣甚好，故來問羽仙，不想擾了羽仙清夢。」

「無事無事。」

我起身披衣，變化身形，飛入下界。但不知是夢中緣故，總覺得恍恍惚惚，忽見山間溪水大漲，似乎剛剛下過一場大雨，有幾個人坐船沿水而下，其中有一人身披長衫，手提一尾金色大魚，一隻仙鶴伸腿展翅，乘風緊緊尾隨其後。唉，我心中真不知是何種滋味啊！

靈感來源：

文物名稱：喬仲常〈後赤壁賦圖〉

時間：北宋

尺寸：縱三十點四八釐米，橫五百六十六點四二釐米

美國納爾遜·阿特金斯藝術博物館藏

熊貓

一

每隻動物來，都有前因。前因不由誰說了算。

熊貓是隻貓，牠的媽媽是隻虎斑美短。牠從蘇州到南京，是為一對姐妹。她們倆相差三歲。姐姐出生後，由外婆養大，上小學前，父母才接她回家。至家門前，妹妹提著剪刀，擋在門口，哭鬧幾個小時，不讓姐姐進門。

二人衝突不斷，四鄰不安，無法，父母分居，一人帶一個孩子住。妹妹小學二年級暑假，去外婆家玩，姐姐也在。有朋友送了隻貓給外婆，有貓後，姐妹倆雖然吵打，卻肯合作，一起倒貓沙、餵貓糧、給貓洗澡。外婆說，如果她們肯一起住，就把貓送給她們。

這樣，熊貓的媽媽到了南京，半年後發情，一窩只生了一隻貓。

我與妹妹是同窗。兩家離得近，常走動。姐妹倆商議，小貓送我最合適。我回家問媽媽，媽媽一口回絕。無法，我便去問奶奶。奶奶家與我家同在一幢樓，不同單元。奶奶住一層，還有一個院子。

我向奶奶吹，這貓一窩一隻。民間有說法，貓下小貓，一龍二虎三避鼠，三隻以上的，都是尋常。

那時養貓為了有用，人們不論品種與血統。熊貓是銀虎斑美短後代。這種貓隨歐洲移民進入美洲本土，成為美國名貓。黑白相間，夾有銀色亮毛。有點像中國狸貓，卻不如狸花貓花紋清晰。

熊貓來後，奶奶端詳半天，大失所望：「這熊貓，長得什麼花樣，不像老虎，也不像獅子。你個熊孩子，弄個破貓進家來！」

奶奶生在徐州，父母是流亡去的，家道赤貧。祖上哪裡人氏也無從考證。她高鼻深目，眼白湛藍，肩膀寬，個子高，年輕時比爺爺高一個半頭。

爺爺家是大戶，不知怎麼遇見了奶奶，他便要娶。太爺爺是畫家，打聽得那是當地有名的美人，且個子高，就差人去聘。親戚們見了奶奶，背後都笑。怕是為改良品種，要不然，怎能娶一個破落戶家的文盲。

奶奶到南京，一直說徐州話，堅決不改。

爺爺家很快敗落。奶奶進了家工廠，掙錢、做家務。不痛快時，就站在秦淮河邊，一邊哭一邊罵。有時聽她哭：「俺爺啊，俺想你啊！俺娘啊！俺想你啊！俺大哥啊，你又沒有死，你就不能來看看俺！」

有時又聽她哭：「俺爺啊，熊孩子他不聽話啊，俺爺啊，俺跟著你時多聽你話，俺爺啊，你為啥要把俺嫁給這家人？」

在奶奶的家鄉話裡，「爺」是「爸爸」的意思，「熊」是罵人的，大概是說不怎麼樣吧。

太爺爺不論她如何發作，皆沉默不語。自己把自己的小屋收拾得窗明几淨。小桌上書報皆整齊。衣服自己洗，乾了摺平，鋪在枕下，壓得平整後取出，放在櫃中。床頭掛了只鳥籠，裡面養了隻雀。

出了太爺爺小屋，家中一切不忍目睹。東西亂放，灰塵滿天。餐桌上油膩膩的，每到週末，母親便用整盆熱水從上到下擦拭一遍。

母親回娘家時，與外婆吐槽。外婆笑：「若不是你婆婆長得美，他家這幾個孩子，也不能這麼高大好看。」

「娶壞一代妻，教壞三代子，除了老太爺和公公，個個都少家教。」

「你有自己的小家，管好小家就可以了。你婆婆沒有文化，又遠嫁來，能上班掙錢，還能糊一個家，就很好了。」

媽媽聽後不語。奶奶在家只做飯，其他皆不收拾。閒了坐在椅子上逗熊貓：「你個怪花樣，」她晃著毛線球，啐著唾沫，「你個短腿。」

據我觀察，熊貓站著時，腿不顯短，可牠跑起來，後腿幾乎看不見。只見一個圓溜溜的屁股朝地上一坐一坐，坐一下竄出去老遠，幾下就看不見了。

就這樣，全家人跟著奶奶叫牠熊貓。

二

那時南京的秦淮河還沒有治理，就是一條臭水溝，河面上整塊漂浮著各種垃圾。水草、水蛇、水老鼠，在河中痛快地生活。父親常說，他小時候，河水如何清澈。人們在上游淘米、洗菜，在下游摸魚、洗衣裳。

父親的河與我的河，完全是兩條河。

父親還有一個弟弟，我喊他叔叔，說實話，他一點也不像叔叔。他是奶奶四十歲後生的，生他時，爸爸和媽媽已經認識，二人結婚前，抱著他去看電影，電影院看門的還以為是他們倆的孩子。

從我生下來，他就和我爭吃的、爭玩的。雖然他比我大九歲，感覺好像還小一歲。

奶奶養了熊貓，在他看來，等於奶奶給我養了一隻寵物。突然有一天，他抱回一條狗，一條漆黑漆黑的狗，真正的短腿。叔叔說，牠是臘腸狗，上一代雜交過，所以臉是中國的，腿是外國的。

「這下好了，」媽媽在小家怨我，「貓狗雙全！」

她看不得奶奶家髒亂差，天天下班去收拾。本來三個老人，加一個比自己小二十歲的小叔子，已經收拾不過來。現在，熊貓還好點，短腿狗在家裡又拉屎又撒尿，又咬拖鞋又扯沙發布，媽媽氣得罵牠：「豆點大的東西，闖禍的本事不小！」

「大嫂子，」叔叔高興了，「豆點這個名字好，就叫豆點。」

「什麼豆點？」媽媽皺著眉，「就叫豆豆，好聽好記。」

豆豆腿短，卻喜歡打架，天天去找鄰居家的狗撩事。牠好不容易騎到別家狗的背上，狗一晃，牠就摔下來。別家狗若騎在牠背上，牠又叫又跳，還是被壓得死死的，最後哀嚎起來，非得奶奶用棍子嚇開狗，才能逃回家。

熊貓不撩事，懶得搭理那些貓。若有貓打牠，都要吃牠的虧。若幾隻貓圍攻牠一個，牠也不戀戰，就地一坐，騰空一躍，出了戰局。

「崔家奶奶，」鄰居都笑，「這兩個短腿有意思啊。」

「有個熊意思，」奶奶啐地，「都是熊東西。」

三

傍晚，奶奶開始做晚飯。做人的晚飯前，先做一貓一狗的晚飯。狗是肉拌飯，貓是魚拌飯。狗飯裝在一個大搪瓷臉盆裡，貓飯裝在一個小奶鍋裡。

樓上的鄰居們到了此時，就把臉伸出陽台外，嘻嘻哈哈地等著。

等不多久，奶奶端著大盆與奶鍋出來了。大盆放院子一邊，奶鍋放院子另一邊。剎時間，狗臉就埋進了比牠臉還小一號的奶鍋，嗚嗚地吃起來，一邊吃一邊被魚刺卡得嘔吐。貓臉則伸進了比牠身體大好多圈的臉盆，大口地吞著肉湯飯。

奶奶站在當間，用家鄉話罵：「你個熊貓！你個熊狗！想壞俺的家運啊！狗不吃狗飯，貓不吃貓飯！太陽不出在白天，月亮不出在晚上，這是要亂啊！就是要亂啊！」

陽台上的大人孩子開始放聲大笑，他們一邊笑貓狗爭寵，一邊笑奶奶的發音。

「你把狗給俺送走。」奶奶命令叔叔。

「就不送！」叔叔說，「憑什麼你給她養貓，不給我養狗！」

「你個熊孩子，」奶奶要打他，「你是個長輩呢，你是個當叔的！」

「誰要給她當叔叔，誰要當長輩！」叔叔繞著大飯桌奔跑，「我就不送，就不送。」

太爺爺從自己屋裡出來，豆豆跟在他的後面。太爺爺用拐杖敲了敲地，叔叔與奶奶都不動了。太爺爺從來不批評奶奶與叔叔。有一次，他悄悄對我說，刑不上丈夫，禮不下庶人，規矩要講給懂規矩的人聽。

熊貓不進太爺爺的房間，有時站在他門前叫幾聲。豆豆不管，全家哪裡都去，太爺爺也隨牠去。

熊貓三個月時，不再與豆豆爭飯，甚至懶得理牠。牠長得油光水滑，皮毛發亮。有一天，奶奶早起，赫然看見臥室門外橫著一條死老鼠，老鼠有一尺長，頭斷了，與身體只連著一點皮。

「俺的親娘哎！」奶奶叫了一聲。

我去上學時，死老鼠正在河邊小路上展覽，圍滿了鄰居。他們說，知道河裡的水老鼠大，不知道這麼大。又說，這老鼠比熊貓還大，熊貓怎麼打下來的。

奶奶得意地罵著熊貓，說牠把死老鼠拖進門，弄得一地血。

晚上，媽媽也正式去看了熊貓。熊貓來後，她一直不搭理牠，豆豆因為犯錯多，她還罵過幾聲。她常說，一個畜生，有什麼好看的。

她坐在奶奶家客廳，端詳熊貓。熊貓坐得離她一步多遠，抬著頭，團團臉、團團眼睛，虎虎地回視。

「好貓！」媽媽欣喜，「有虎威！」

每天清晨，鄰居們來來往往，參觀熊貓的獵物。水老鼠已經沒有人看了，連小孩子也不再害怕。鳥雀大家還是覺得有些作孽，畢竟鳥是可愛的。有一天，地上沒有獵物，有人就去問奶奶：「崔家奶奶，昨天晚上你沒放熊貓出門啊？」

「沒有放沒有放，」奶奶沒好氣地說，「昨晚睡了。」

奶奶轉過頭，就進了院中小廚房，一邊望著案板發愁，一邊小聲地痛罵熊貓。

四

南京人愛吃滷味，到處是滷菜店。鹽水鴨是當地名菜，五香牛肉也是極好的。那時家裡來客，奶奶才會上街，宰半隻鴨子，或切半斤牛肉。宰和切既是動作，又是聲音。鴨子與牛肉秤好斤兩，付了錢。滷菜店的人便將鴨子放在案板上，掄起斬刀，啪的一下，連骨帶皮肉斬斷。若是快手，只聽得啪啪啪連聲響，均均勻勻一盤鴨子便斬好了。

牛肉卻需慢切。同樣是大刀，緩緩入刀，緩緩落刀，無聲無息，那肉薄得一片一片，像紙一般。

熊貓自從偷過牛肉後，夜裡就再沒有閒過，不去河裡打獵，就去滷菜店偷肉。結結實實一塊牛肉。

牠不會把肉放在奶奶臥室前，更不會放在大門外，總是潛入小廚房，放在案板上。

一塊牛肉不少錢，更何況是物質貧乏的八十年代。奶奶指著地上，翹起尾巴，討好地望著她的熊貓：「你個熊！俺一家就是窮死餓死！俺們也不吃偷來的東西！你說你這個熊！俺們不吃，你也不吃，你去偷啥？俺少你吃還是少你穿了？天天小魚飯伺候你，你咋還要偷？你個熊貓，你這是為了啥呀?!」

開始，奶奶守著這個祕密，一家人不知道她和熊貓關在小廚房做什麼。

露破綻是因為奶奶心疼牛肉，她堅決不吃，卻又捨不得扔，畢竟好好的一塊肉，只有放著，放臭了再扔。有一天，媽媽發現了臭牛肉，問奶奶，奶奶哭了，一邊哭一邊說：「俺這是丟死人了，養一隻貓出去偷，俺一輩子做人清清白白，老了快死了，還當上賊了！」

媽媽捉了熊貓來，把頭按在臭牛肉上，狠打了幾巴掌：「你作死了，去偷牛肉！一塊肉多少錢你曉得嗎？再偷，再偷給你抓著了，看不打死你！不打死你也毒死你！」

奶奶淚眼矇矓，想到了這一層，又哭起來：「熊貓啊，你別偷了，偷了打死你啊，不然要給你下了毒，你就毒死了，你可知道啊，是個人他就不好惹啊！」

家裡人漸漸知道了此事，叔叔便吵著要把肉給豆豆吃。開天闢地，奶奶打了叔叔幾巴掌：「你個熊孩子！我怎麼生出你這麼個熊孩子！」

「你打我幹什麼！」叔叔在家裡大喊大叫，「是牠偷！又不是我偷！」

「你就是打少了！」媽媽站在旁邊冷冷地說，「畜生不懂，你也不懂？」

「他不是那個意思，」奶奶臉色越發難看，「他就是胡亂說的，你是大嫂，你還和他當真？」

媽媽一轉身出去了。

五

叔叔沒有再提過給豆豆吃牛肉的事。八十年代，流行武俠電影、武俠小說。鄰居家的小夥伴約他去公園學武術，他一學就上癮了，起早貪黑地不沾家。豆豆整天跟在太爺爺後面，除了吃飯，幾乎不出屋。

媽媽帶我回娘家時，把熊貓偷肉的事講給外婆聽。外婆聽後嘆了口氣，對媽媽說：「你還記得三年自然災害時，我養的那隻貓？」

媽媽沉默了，點了點頭。

「外婆，」我問，「貓怎麼了？」

「那會兒，家裡沒有東西吃，人都快餓死了，哪有東西餵貓。牠就不吃家裡的飯，出去找食。家裡做點飯，牠還守著廚房，不給外面來的貓偷。有時你外公一起床，床前就啪啪有一條小魚在跳。」

「是牠抓的？貓真會抓魚？」

「會，」外婆說，「那貓，可仁義了。」

「後來呢？」

「死了。」

「怎麼死的？」

「不知道，」外婆說，「人都不知道怎麼死的，何況一隻貓。」

「那熊貓偷牛肉也是仁義了？」

「仁義，」外婆說，「牠知道護主呢。」

從外婆家回來後，每發現熊貓偷牛肉，媽媽就狠狠打牠，打得牠聽見媽媽回家時自行車鈴聲，就蹭地跳起來，幾步竄到院內，上了房，遠遁而去。

事情還是敗露了。有一天，滷菜店店主找了來。那是個中年男人，面皮臘黃。

奶奶自不肯認，態度凶狠，說那人誣陷熊貓。那人也沒有證據，但他說，他夜裡守賊，卻發現是隻花貓，滿街打聽，街上人說，那花色、那本事，必定是我家熊貓。

奶奶便罵起了街：「是個人都沒有良心啊，俺家熊貓吃你了喝你了，得罪你了？你咋瞎說啊，牠還天天逮老鼠呢，牠還為人民服務呢！」

那人臉漸漸紅了，臨走時說：「管好你家的貓，要是被我毒死了，可別怪我！」

六

奶奶愛看戲，家裡一台黑白電視機，只要放戲，她就守在跟前。她愛跟我說戲裡的事，大體都對。誰跟誰好，誰反對誰跟誰好。若是複雜的戲，她就不明白了。因為，她聽不懂唱詞，也不識字，看不懂屏幕下的戲文。她根據人物的動作、唱腔，猜測人物的命運與當下的心情。她反反覆覆地看，有時夜裡，她關了燈，坐在閃光的小屏幕前，看著看著，她就睡著了，嘴巴張開，打著呼嚕。

我有時間，就給她說戲。誰不是誰的娘，是他的丈母娘。誰也不是大老爺，是個宰相。兩個人打架不是鬧矛盾，是兩國交兵。她聽聽就惱了，「熊孩子盡胡說，你都看的啥，啥也沒有看明白！」

爺爺特別愛吃醋。奶奶都老了，他還是見不得門口的爺爺們和奶奶說話，但他絕不敢因為這種事罵奶奶、打奶奶，他唯一的絕招是虐待自己——絕食。

「你爺又不吃飯了！」奶奶只好來敲我們家的門，抹著淚對爸媽說：「俺這是受的什麼罪！」

有時，奶奶也氣，跟著不吃飯，把飯菜都倒了，只給太爺爺留一碗。太爺爺獨自吃罷飯，悄悄進了屋，逗他的雀。奶奶餓著肚子看戲。爺爺睡在床上，咬著牙。

有一天我回家，電視機關著。滿屋子人，太爺爺坐在客廳裡，豆豆縮在他的腳邊，熊貓不知蹤跡。奶奶連哭帶喊，躺在地上。媽媽把我叫到一邊：「你趕緊去你姑媽家，叫她來。」

「爺爺奶奶吵架了？」我轉頭去找，沒看見爺爺。

「你叔叔被抓了。」

「什麼？」

「被抓了。」

「為什麼？」

「不為什麼，現在嚴打呢，」媽媽心煩意亂，「小孩又不懂，問什麼，趕緊去叫人，記住，叫她來勸奶奶，千萬穩住神。」

我一路朝姑媽家小跑，到了一說，姑媽先哭了，一邊哭一邊跟著往回走，嘴裡碎碎念：「這可怎麼辦呀，這可怎麼辦呀。」

「姑媽，叫你去勸奶奶呢，」我著急地說，「你怎麼先哭開了？」

「你這個小孩，」姑媽滿臉是淚，伸手狠狠戳了一下我的頭：「你怎麼沒有心呀，你叔叔被抓了，現在是什麼時候，到處嚴打呢。」

我那時真的不明白這個詞什麼意思，只覺得媽媽叫姑媽來是失策。果然，姑媽進門不僅沒有勸奶奶，而是倒在奶奶旁邊，娘兒倆一塊放聲痛哭。

一家人勸不住。和叔叔一起被抓的，還有鄰居家幾個大小夥子。滿樓都亂了。

「別哭了！」媽媽擰了兩條毛巾，走過去：「他還沒死呢！你們一個當媽的，一個當姐姐的，先在這兒哭開喪了?!啊?!」

她喝得好大聲，連太爺爺都嚇了一跳。姑媽聽出了不祥之音，止住哭。奶奶也不敢大放悲聲，接過毛巾，捂住臉，不停地顫抖。

七

叔叔和樓裡的小夥子們在公園學武術，其中一個和另一群學武術的人發生了口角，雙方約打群架。那天下午，在公園裡剛擺開陣勢，還沒有打，公安就來了。十幾個青年，全判了流氓罪。叔叔不是主犯，判五年。主犯家和我們家是十來年的老鄰居，判了七年。他的父親氣急攻心，一個多月就走了。

叔叔在江北服刑。爺爺想著為他多掙點錢，備他出獄後生活。一個有罪的人，恐怕再也找不到工作了。爺爺是藥廠製藥師，掌握著不少西藥配方。湖北有個半私營半國家企業來請他，包吃包住，還有高薪。

爺爺走後，奶奶家只剩她和太爺爺，我和爸媽仍在那兒吃飯，沒有人和奶奶吵架，也沒有熊孩子惹奶奶生氣。爸媽也不需要調解父母矛盾，替父母管教弟弟。一家人，少了很多話。老太爺安安靜靜的，依舊吃罷飯，回他的屋。幸好還有豆豆和熊貓。但貓狗再好，始終是動物。爸媽商議，讓我晚上去陪奶奶住。

我很高興可以放開來和熊貓玩了。爸媽在時，不讓我抱牠，說熊貓什麼地方都去，太髒了。晚上，我在家洗漱完，來到奶奶家。奶奶通常在看電視。我先和豆豆鬧一會兒，就去抓熊貓。熊貓和我好，一起鑽進被子裡。我抱著牠，牠呼嚕嚕地發著響聲，表示喜歡。

在電視機與熊貓的呼嚕聲裡，我睡著了。熊貓什麼時候走的，我並不知道。牠又開始往奶奶臥室前放老鼠、鳥雀。奶奶卻不再把動物屍體放在門前小路陳列，都是趁清早無人時，用火鉗夾了扔進垃圾站。

有一天夜裡，我被吵醒了，迷糊中聽見了奶奶的哭聲。

「俺爺啊，俺娘啊，俺怎麼辦啊？俺的孩兒啊，被關在江北啊！俺的孩兒啊，過的不是人過的日子啊！俺的孩兒啊，你爺為了你，去了湖北啊！俺一家人，就這樣散了啊！」

我一動不動，熊貓還在我懷裡，豆豆在客廳裡小聲嗚咽，熊貓圓睜眼睛望著正前方。

第二天，爸媽來吃早飯，我說：「奶奶昨天夜裡哭了。」

爸媽互相看了看。爸爸問：「哭什麼了？」

「叔叔，」我說，「還有爺爺。」

爸爸嘆了口氣，對我說：「你叔叔來信了，說想你，這次去看他，你也一起去吧。」

「好啊！」我又驚又喜，「我也想他呢。」

他們整理了好大一個包裹。有奶奶做的紅燒肉，宰的鹽水鴨，還有罐頭、水果。有太爺爺用毛筆寫的家書。蠅頭小楷，痛陳君子如不能自強不息，等同自我放棄。還有外公託舅舅送來的毛筆、字帖，與外公鍾愛的《書法六要》。另有媽媽與姑媽備的衣服鞋襪。行李包裝了又裝，差點把拉鍊撐炸了。

星期天一大早，母親幫父親把行李包背在背上，一邊背一邊悄聲說：「他這一下成了功臣了，全家總動員。」

「哎，」父親小聲說，「你在我面前說說就罷了，出去別說。」

「我還能和誰說，就和你說說。」媽媽轉頭看看我，「過來。」

她取下我獨辮上的蝴蝶結：「探監，又不是走親戚，素一點好。」

爸爸背著包，雙手拽緊胸前的包繩。我跟在他後面。他不時說：「我沒法拉著你，你自己要跟緊。」

「爸爸，」我有點緊張，「那裡面壞人多嗎？」

「還好。」他含含糊糊的。

「我們去了會打我們嗎？」

「不會，到處是公安。」

「我們要走多遠。」

「要轉車，轉好幾趟呢，還要過大橋。我沒法拉著你，你要跟緊了。」

八

南京長江大橋，是新中國成立後最重要的建築之一。我上小學時，就有三防課。因為長江大橋彼時是最重要的南北連接點。老師說，如果再有人發動戰爭，第一件事就是往長江大橋扔原子彈。三防課經常有實戰演習，老師吹響口哨，一個班的同學紛紛鑽進桌子底下，衣服深色的，要脫下來反穿。然後戴好防毒面具，等口哨聲停止時，有序地朝室外狂奔。男生讓女生先走，年紀大的讓年紀小的先走。大家奔出教室，奔向操場，那裡有一個假設存在的防空洞。

我為了橋上有可能落下的原子彈，在教室裡鑽過多次桌子肚，在操場狂奔過很多回。但是第一次經過大橋，卻是為了叔叔。

已近深冬，車裡擠滿了人。我站在人堆下方，竟有些熱。車過江北，有人上了車，將一個半透明的硬硬的大塑料袋抵在我面前，我不得不儘量轉開頭。

不知開了多久，到了一站，不少人下了車。我這才看清，背塑料袋的是個女人，又老又憔悴，年紀和奶奶差不多大。她和我們一路走，走著走著，和爸爸聊了起來。

「我兒子判的十年，還是你弟弟好，才五年。」

「都一樣，」爸爸微笑著，「大娘，都是一樣的。」

「還是你們城裡條件好，」她羨慕地看了一眼爸爸的背包，眼圈紅了，「我沒有本事，什麼也不能給他帶，只有這個。」

她晃了晃她的塑料袋。

「奶奶，袋子裡頭是什麼東西，黃黃的？」我問。

「沒什麼，就是炒米。」

原來是炒米，卻不像年節時我在街上爆的炒米花。炒米花雖然不軟，卻也不硬，輕飄飄地噴著香。「奶奶，」我又問，「炒米為什麼這麼硬？」

她不好意思了：「是我在鍋裡頭炒的。」

「鍋裡能炒炒米？」

「能……香得很。」

我還要問，爸爸用眼神制止了我，「大娘，家裡還有什麼人？」

「沒有人了，」她說，「只有我一個。」

「哦。」爸爸不知再問什麼。我們來到一處高牆邊，大鐵門前站著武警，一隊人排隊，從一個小門進。

排到我們時，我們向炒米奶奶告別。她連忙說：「再見再見，趕緊送進去吧。」

我跟著爸爸往裡走，心裡很難過。我從沒有想過，叔叔即使在監獄中，也比一些人富有；奶奶即使獨居家中，也比一些人幸福。

「爸爸，」我拽了拽他的衣擺，「炒米奶奶真可憐。」

「生活嘛，」爸爸嘆了口氣，「不好過。」

一種複雜的痛苦，讓我忘卻了恐懼。我們來到一間巨大的屋子，裡面擺著一排排長桌。長桌一面，坐著坐立不安的家屬，長桌另一面，空著凳子。

我聽見了哨聲，一些光亮的腦袋從窗前閃過。門開了，犯人們穿著一模一樣的衣服，排隊走進來。我也從沒想過，他們都是剃光了頭髮的。

這次會面後，很長一段時間，我在街上看見光頭的男人，都會害怕。我擔心他是個逃犯，又不明白，逃犯為什麼敢在大街上活動。

叔叔見到我，很高興，説我長高了，又問豆豆怎麼樣了，熊貓有沒有再去做賊。聽到此話，我很想像以前一樣，邊開玩笑邊挖苦他幾句，但又意興闌珊。有些事，他大概永遠也不會懂了。爸爸打開包，把東西一樣一樣拿出來，交代給他。他對書法用具不太感興趣，太爺爺的家書也只是看了一眼，倒是吃的用的很喜歡。我滿屋子打量，尋找炒米奶奶，卻沒有發現。也許，她在另外一間屋。

我不僅對叔叔感到失望，對人生也有一種失望。

回到家，晚上，我照例去跟奶奶睡。可能怕我聽見，奶奶都是在夜裡痛哭。我在哭聲中抱緊熊貓，沒有告訴奶奶，路上遇見了另一個母親。也沒有告訴她，叔叔對於物品的態度。我知道，她聽不明白。事實上，我也不夠明白。我思緒混亂，黑夜中，已經沒有節目的小黑白電視閃爍著白花花的亂光，在這光中，熊貓的眼睛分外明亮。

九

熊貓何時走了，我不知道。牠動作輕捷。牠何時回來，我又不知道。只記得奶奶坐在床邊慘叫起來。

我翻身坐起，見奶奶一隻腳踩在一隻死老鼠身上。熊貓緊張地蹲在旁邊，不明所以地望著她。

「你個熊貓！」嚇瘋了的奶奶彎下腳，滿地摸鞋。熊貓又往前湊了湊，剛要發個喵聲，奶奶一鞋底抽在牠脊背上：「我打死你個熊貓！」

熊貓叫一聲，竄起來就逃，一下子沒了蹤影。

奶奶去找火鉗，我低下頭，那老鼠頭都咬爛了。想著奶奶一腳踩著軟軟這一團，我的汗毛都豎了起來。

「這個熊貓，牠是作死了，把死老鼠放在俺床頭地上。」第二天，奶奶對爸媽說。

爸媽看我，我點點頭：「牠可能是想哄奶奶高興吧。」

「高興個屁！」奶奶說，「有本事別回來，俺見一次打一次！」

熊貓真的沒有回來。第二天、第三天、第四天。奶奶夜裡哭時，又加了內容：「俺爺啊俺娘啊，俺這是什麼命啊，俺孩子啥也沒幹，就被抓了，判了刑，蹲了大獄。俺老頭為了俺孩兒，去了湖北。俺養的貓也跑了，俺的熊貓啊，俺爺啊，俺娘啊，那貓可好了，俺想你們啊！」

我悄悄地吸著鼻子，擦乾眼淚。

下午放學後，我去河邊找，去街上找，都沒有熊貓。我又去滷菜店找，也沒有熊貓。我遇見了鄰家奶奶。她的兒子是流氓罪主犯，判了七年。她的丈夫，在兒子判決後一個多月就走了。她越來越乾癟，像被抽乾了水分，脫了人形。

「奶奶，」我問，「你見到熊貓沒有?」

「沒的，」她的聲音小極了，一口氣從喉嚨下面吊上去，「我的乖乖，你的貓丟不了。」

「幾天都不見了。」

「牠比人強。」

「會不會被人毒死了?」

「不會。」

「會不會生氣，再也不回來了。」

她想了想，似乎不能肯定：「貓氣性大，我原來養過一隻，他爸還活著的時候，踢了牠一腳，牠就走了，再也沒有回來。」

她想想又說：「熊貓不會，牠比人強。」

熊貓不見了，奶奶無心做飯，晚上只煮了一鍋白水麵。媽媽看不下去，炒了點雞蛋，端給太爺爺，往自己和爸爸碗裡倒了點醬油，湊合吃了，又看我沒有胃口，給我開了包榨菜，倒在麵條上。

第二天一早，有人敲奶奶的門：「崔家奶奶，你快出來看吧。」

奶奶披著棉襖，起身開了門，叫了一聲又回來，忙著穿棉褲、棉鞋。

「什麼事啊！」我縮在被子裡問。

「熊貓回來了！」

我騰地坐起來說：「在哪兒？」

「也不是牠回來了，」奶奶一邊繫扣子一邊朝外趕，「這個熊貓，打死條大蛇放在門口。」

我趕緊起床，穿好衣服，跑到門外。外面圍滿了人。那蛇足有一米多長，蛇頭處快咬斷了，長長地睡在門口的地上。奶奶雙手握住火鉗，夾起蛇頭，提起蛇身，叫好的、尖叫聲一片。太爺爺也驚動了，慢慢踱出門。豆豆在人的腿間興奮地穿梭，嗷嗷地叫著。奶奶舉著火鉗往垃圾站走，大人小孩狗，亂哄哄跟在後面。死蛇尾巴拖在地上，畫出一條長痕。

「崔家奶奶，你家這個不是貓，是虎！」

「我的媽呀，龍虎鬥！」

「我就聽說過貓能打蛇，哎呀呀，還是第一回見！」

「乖乖，這個貓厲害，太厲害了！」

到了垃圾站，奶奶舉起火鉗，用力一甩，那蛇飛起來，轟地落在垃圾堆裡。眾人齊聲叫好。豆豆衝進垃圾堆，看了死蛇一眼，嚇得又往回跑。眾人大笑起來。我看見鄰家奶奶，她乾巴巴的臉笑了：「你家熊貓回來了。」

晚上，熊貓像沒有離開過一樣，把頭埋在小魚飯鍋裡，大口大口地吃著小魚飯。

我們一家人坐著，看著牠。

太爺爺捻著鬍鬚，微微點頭。豆豆趴在地上，頭搭在爪子上，看著大家。爸爸對奶奶說：「媽，這回你不能打牠了，人家送了大禮回來的。」

「誰打牠了，誰要打牠了？」奶奶急了，「俺養的熊貓，俺為什麼要打牠？」

「不打就好，」媽媽笑著說，「這貓太爭氣了，仁義仁義。」

熊貓打過蛇後，再也不把任何戰利品放在奶奶臥室門前，都改在大門外。鄰居天天路過時，表示驚嘆。奶奶照例一邊罵一邊用火鉗清理屍體。

十

春節前，爺爺從湖北回來，和奶奶坐在一起吃飯。爺爺一直看著奶奶笑，奶奶急了，重重地把碗摔在桌子上：「你吃你的飯，老是看俺做什麼？」

老太爺低頭吃飯，裝著沒有聽見。爸爸、媽媽、姑媽、姑父都樂了。吃罷飯，爸爸讓我回家睡，我跟著他和媽媽走出來，好像看見熊貓竄了過去。

「熊貓！」我喊牠。

牠沒有理我，鑽進一輛自行車底下。

我借過爸爸的手電筒去照牠，卻意外地發現，不止牠一隻貓。牠臥在地上，還有一隻黃狸花貓，臥在牠的身上。

「你們看，」我喊爸媽，「熊貓在幹什麼啊？」

媽媽搶過手電筒，關了光：「小孩子亂照什麼，沒的事幹了？回家！」

我不死心，一會問爸爸：「熊貓在幹什麼，為什麼那個貓欺負牠，牠都不管？」

「沒的事，」爸爸說，「貓有貓的事，人不要什麼都管。」

「你看著好了，」媽媽對爸爸說：「過了春節，肯定要懷孕下小貓。」

「好事情。」

「好什麼好，三兩下一掏，這個貓就要犯死相了。」

「不會，這個貓神氣。」

「再神氣的貓也禁不起，可惜了，」媽媽直嘆氣，「是個母貓。」

我隱約猜到，那兩隻貓的重疊和下小貓有關係。可下小貓為什麼熊貓就不好呢，家裡要多幾隻小生命，是多麼開心的事啊。

春節後，爺爺又去了湖北。爸爸每到週末，就趕往江北探監。晚上我陪奶奶睡，白天去學校讀書。日子一天天滑過去。突然，街道有人來，給了份通知。城裡不允許養狗了，限三日內處理掉自己家中的狗，不然打狗隊一律按野狗處理。

「大妹子，」街道辦事處的奶奶也是蘇北人，拉著奶奶的手說，「你快把豆豆弄走吧。打狗隊可凶哩，也不說話，朝著狗頭就打，一棍子下去，就死了。」

「真朝死裡打？」

「打！打死了就扔到車上，我們附近幾個街道，打死了幾車狗。」

奶奶要爸爸給叔叔寫信，說明此事。媽媽說，一共三天，郵局往返時間都不夠。打狗的事是真的，她單位附近也開始打狗，打得很厲害。

「問他也沒有用，」爸爸說，「他不在家，豆豆都是跟著爺爺，還是問問他老人家的意思。」

這件事，我事先並不知情。每天放學回來，陪我玩的人，是豆豆，我尋找著去玩的人，是熊貓。我對豆豆，感情也深。

這一天回家，我照例喊豆豆，沒有狗回答。平時早就竄出來，撲在我懷裡。

我房前屋後轉了幾圈，只有熊貓睡在廚房屋頂上。喊牠，牠懶懶地不理我。我找奶奶，奶奶不在。太爺爺坐在客廳，喊住我：「你來，先坐好。」

我在沙發上坐下來。

「豆豆沒了。」

「您說什麼？」

「街道辦說要打狗，你爸爸託了個朋友，今天上午來把牠接到鄉下去了。」

「這不可能。」我激動地站了起來。太爺爺平靜地看著我。我強行克制著情緒，重新落座，「奶奶知道？」

太爺爺點點頭。

「您也知道？」

太爺爺又點點頭。

「你們為什麼不告訴我，如果我知道了，今天還可以陪牠最後一天。」

「怕你捨不得狗，」太爺爺說，「也怕狗捨不得你，到時走不掉，牠枉送了性命。」

我的眼淚流了下來。

「牠是怎麼走的？」

「牠不肯走，」太爺爺說，「豆豆平時蔫蔫的，今天早上又抓又打又咬，怎麼也弄不動。」

我擦掉一把淚：「那牠是怎麼走的？」

「你奶奶告訴牠，不走就活不成了。牠是流著眼淚跟人走的。」

我放下書包，走到河邊。奶奶果然在這兒，一邊小聲哭一邊向她的爺娘訴苦。我有幾次，夜裡做夢，夢見豆豆回來了，漆黑的小長身子朝我狂奔。

說來也怪，豆豆與熊貓搶飯吃時，常被奶奶罵是敗家之兆，等家真正遇到困難，奶奶卻不肯再提，對牠們也更加好。

一家人為豆豆的事煩惱。爸爸去探監，免不了告訴叔叔。他發脾氣，稱沒人和他商量就送走了豆豆，不接受爸爸送的物品。爸爸怒了，在探監室拍了桌子罵他，被管教員推了出去。這次之後，姑媽姑父去探了兩回監，又換成了爸爸。

太爺爺和我談完豆豆的事後，再也沒有提過豆豆的名字，也不參與有關牠的討論，彷彿牠沒有存在過。還是鄰居們議論，奶奶才發現，熊貓的肚子大到如鼓，已經自己在家裡找地方準備生產了。

十一

有一天，熊貓總往衣櫃鑽，奶奶忙把衣服全拿出來，用床單打了個包，堆在床角，給熊貓騰了個地方。

我把好消息告訴姐妹倆。她們又有了一隻新貓，叫我去看。那貓是黃色的，長毛，說是中國山東獅子貓與波斯貓雜交生的。

「熊貓要下小貓啦，太好了，拜託你奶奶好好照顧牠。」她們的媽媽這樣對我說。她們什麼也沒有說，只是讓我逗新的小貓。新小貓確實可愛，我看著牠，想像著熊貓的孩子。
熊貓的肚子越來越大，打的獵物越來越小，臨產前抓的老鼠沒有氣絕，一直在門前空地抽搐。
奶奶不許我再過去睡，怕驚了熊貓。隔幾日，說小貓出生了，有三隻。
我著急去看，奶奶也不讓進臥室門，說小貓睜眼前，誰也不許進。等小貓睜開眼後，我進了門，見三隻灰黑色毛茸茸的小東西，在奶奶床上爬來爬去，嘴裡不停地喵喵叫喚。
熊貓守在床頭。我往前一步，牠就盯住我，背上的毛漸漸炸開。
「你個熊貓！」奶奶罵牠，「你嚇唬誰呢，她是誰呀，她是俺家人！」
我繞到床的另一頭，坐下來，立即被三隻小貓吸引了。這三隻小東西活潑潑的，其中有兩隻條紋清楚，像狸花貓，時不時東撲一下、西跳一下。另外一隻長得像熊貓，花紋不虎不豹，臉最圓，眼睛最大，毛又比熊貓長。牠總是倒著身體，肚皮朝上，四隻小白爪在空中飛舞。
「這一隻最好看呢！」
「比熊貓還好看！」奶奶歡喜地說。
熊貓慢慢接受了我的存在，毛順下來，一動不動地臥著。
姑父拿了相機來，給小貓拍照。熊貓還是緊張，沒辦法，奶奶只好坐在一旁。等照片洗出來，大家一看，幾乎每一張都有奶奶或奶奶的某個部分，有時有手，有時是半拉衣襟。
媽媽拿了照片，帶給外婆看。外婆看著：「這就是熊貓啊！」又看看，「你婆婆老了不少？」

「是的，」媽媽說，「女人不能經事，為了小叔子，她這一年，老得太快了。」

「這貓也老了。」外婆說，「看著不那麼神氣了。」

「淘的，」媽媽說，「又發情、又懷孕、又下小貓，你看看，毛也沒光澤了，眼睛都不亮了，一下子成老貓了。」

我拿過照片，見奶奶坐在房間床頭，頭髮花白，臉凹陷下去，一隻手指著小貓，手色焦黃、青筋暴露，指節微微彎曲。

熊貓蜷坐在床邊上，雙目低垂，脖子無力地縮起。

一人一貓，像霜打後的秋葉。雖然奶奶臉上掛著笑，熊貓的臉色卻有些悲涼。

「女人嘛，」外婆嘆口氣，「就是這樣的。」

媽媽掠了我一眼。

三隻小貓奶水吃得足，長得飛快。兩隻喜歡跳的已經滿客廳亂竄，還跑進老太爺的房間裡玩耍。那隻愛現肚皮的，我們發現，牠不是喜歡向人表示親愛，而是一個瘸子。牠的右後腿不能承力，從來不落地。剩下三隻腿一走一拐。奶奶每次看牠摔倒就笑，笑著笑著就哭了：「你個磕頭鬼，生下來就給人磕頭！」

我對姐妹倆說，磕頭鬼特別好看，性格也開朗，希望能把牠送到原主人家，好好收養。

姐妹倆商量了一個週末，對我說，她們家已經有熊貓的媽媽和一隻新黃貓，不能再養第三隻貓了。

小貓快兩個月時，熊貓恢復了夜裡出行的習慣。兩隻健康的小貓很快被人領走了。磕頭鬼沒有人要，奶奶成天把牠裝在圍裙口袋裡，牠就像隻小袋鼠，四隻白爪伸在口袋外面。

十二

叔叔當年的高中同學，從部隊轉業回南京，聽說了叔叔的事，就來看奶奶。

他帶了一兜蘋果，自己搖著輪椅。到門前，把輪椅換成雙拐，蘋果掛在手上，一晃一晃地拄著拐杖，走了進來。

太爺爺出來會客，奶奶給倒上茶。客人說著說著，盯住了奶奶的口袋：「阿姨，你口袋裡頭是什麼？」

奶奶掏出磕頭鬼。他伸手要，接過來放在自己腿上，磕頭鬼四肢朝上，肚皮對著他，越發顯得臉團眼圓，四周還炸著一圈絨絨的灰毛。

兩個玩了半天。他把磕頭鬼放在茶几上，磕頭鬼一走，就摔了一跤。

他慌忙把磕頭鬼抱回懷裡。老太爺和奶奶都沒說話。

「阿姨，這貓送人嗎？」

奶奶沒有回答。老太爺慢悠悠地問：「冒昧了冒昧了，你的腿是怎麼？」
「哦，」他笑了笑，「部隊上搞爆破，是個意外。」
「俺這貓是個瘸子。」奶奶突然說。
「我也是個瘸子，」他呵呵樂地說，「大瘸子帶個小瘸子。」
磕頭鬼就這樣離開了我家。奶奶說，熊貓第一次當媽，不會生，秋天再生小貓時，就會個個健康。可還沒到夏天，熊貓就不見了。牠沒有回家，也沒有屍體，到處沒有牠的消息。奶奶去滷菜店鬧過兩次，都被趕了出來。滷菜店的鄰居說，沒發現店裡處理過死貓。奶奶又說，早知道熊貓不回來，她死活也不會把磕頭鬼送人。
從那以後，我們從來不說熊貓死了。我們說，牠不高興小貓被送走了；我們說，牠發現另外山高路遠，除了這條街，外面有的是地方。

後記

二〇〇四年，我寫了〈熊貓〉開頭部分，約一千字。

我少時學畫，第一筆下去，就知道它是否恰好，且可以生長。〈熊貓〉的第一筆，我不滿意，慢慢修改著，不知不覺，過了十二年。

一些貓在心中來來回回，還有一些人，一座城。

這次在台灣出版的小說集，除了〈熊貓〉，其他都較快完成。有幾星期，甚至幾天。第一筆的恰巧，像偶遇，又像命運。

〈熊貓〉遲遲徘徊。

二〇一六年，我又把它打開，若有若無地改。

或許十二年的人生閱歷，讓我成熟到可以閒淡地說一說幽暗的部分。它自然地完成了。

電腦中，還有幾個開了多年的稿。有長有短。

二〇〇八年，我將完成的兩部長篇《浮沉》與《琉璃時代》陸續出版。之後，我收集了兩年材料，新長篇開稿，陷入了漫長的尋覓期。

故事，已在心裡重複了幾百遍。要尋覓的，就是落下的那一筆。

七年相候，今年終於來了。它與我款款相待，深遠處一股大力推著，很凶猛。

今年是好年。除了它的到來，台灣版的短篇小說集也即將出版。

我二〇〇二年開始寫作，至二〇一二年，〈殺鴨記〉為十二個短篇小說中，我自認最好。二〇一三年，我在《大家》雜誌開短小說專欄，以文物為靈感，史料為基礎，創作短小說十五篇。因須與史料結合閱讀，非常態短小說，故未收入集中。二〇一六年完成的〈熊貓〉，是除〈殺鴨記〉外，我最喜歡的短篇。貓事、人事、城內變遷。我的故鄉在南京。〈熊貓〉是系列小說計畫中的一篇，以貓為主角，勾勒南京往事，紀念性格迥異命運迭蕩的貓與人們。

感謝推動這部小說集在台灣出版的人們，感謝人間出版社。

崔曼莉　二〇一七年夏

於北京

附錄

崔曼莉主要創作年表

二〇〇二年，在《青春》雜誌發表處女作〈卡卡的信仰〉，入選《中國優秀短篇小說集》（時代文藝出版社，二〇〇三年）。

二〇〇四年，出版小長篇《最愛》（華夏出版社），獲當年新浪網讀書頻道閱讀點擊冠軍之一。

二〇〇五年，短篇小說〈殺鴨記〉獲金陵文學獎。

二〇〇五—二〇〇七年，創作發表短篇小說與詩歌十多篇，並創作長篇小說。

二〇〇八年，《浮沉》第一部出版（陝師大出版社），獲搜狐網年度好書。年度暢銷書。後在台灣麥田出版社出版繁體版。

二〇〇九年，出版長篇小說《琉璃時代》（作家出版社），獲中國作家出版集團首屆長篇小說。

二〇〇九年，《浮沉》第二部出版（陝師大出版社），中國新聞出版總署推薦為最值得閱讀的五十本好書之一。

二〇一〇年，在《北京文學》發表中篇小說〈求職遊戲〉，並出版（重慶出版社），獲北京文學獎。參選魯迅文學獎。入選當年中國作協《中篇小說年選》。

二〇一一年，根據《浮沉》改編同名電視劇，獲第二十九屆中國電視劇飛天獎。

二〇一二年，出版中短篇小說集《卡卡的信仰》（湖南文藝出版社）。

二〇一三年，在《大家》雜誌開短篇小說專欄《雙文記》。創作文物小說〈龍墳〉、〈確定〉、〈銀音〉、〈轉色記〉、〈送簪〉、〈鑄龍〉、〈聽玦〉、〈羽仙記〉、〈殺笛〉、〈賣宅〉、〈做白〉、〈仿殼記〉、〈錯金〉、〈笑蛙〉、〈儺祝〉短篇小說共計十五篇。

二〇一六年，發表短篇小說〈熊貓〉。

二〇一七年，短篇小說〈熊貓〉獲華語青年作家小說提名獎。
目前長篇小說《書巫》創作中。

人間 書訊

當代大陸新銳作家系列——

01 在雲落 張楚著 二〇一四年十二月出版

二〇一四年魯迅文學獎得主張楚第一本台灣版小說集

河北作家張楚的《在雲落》以現代主義筆緻，書寫北方小縣城裡面貌模糊、生存堪慮的人們面對生活中種種困阨與苦難時的現實選擇與精神狀態。無論是〈曲別針〉裡既是殘暴凶手也是慈愛父親的宗國，或是〈七根孔雀羽毛〉裡吃軟飯的宗建明，甚者是〈細嗓門〉裡因不堪長期家暴殺了丈夫後，被捕前到了閨蜜所在的城市，想幫閨蜜挽救婚姻的女屠夫林紅；張楚既逼近他們的生命創傷又滿含悲憫，寫出他們絕望的黑暗與卑微的精神追求，介乎黑暗與明亮間蒼茫的生存景觀。

02 愛情到處流傳 付秀瑩著 二〇一四年十二月出版

被譽為具有沈從文之風的七〇後女作家

在《愛情到處流傳》中，北京作家付秀瑩以沉靜的目光靜看「芳村」，遙念「舊院」，不管是「芳村」系列中農村大家庭裡夫妻、母女、贅婿們之間的愛情與競爭，或者是〈小米開花〉裡，小米的性啟蒙與看待身體的方式，無一不精準的抓到鄉村人們特有的、微妙的人際關係、獨特的處世方式與世界觀。另一部分作品則是書寫都市人們精神與情感的隱密曖昧：〈出走〉裡男性小職員亟欲逃離瑣碎平庸日常生活的衝動；〈醉太平〉中學術圈裡浮沉男女的利益交換、欲望追逐；〈那雪〉則寫出了都市女性的情感缺憾。付秀瑩以傳統溫柔敦厚的溫暖剔透筆法，書寫了這人世間的岑寂荒涼。

03 一個人張燈結彩 田耳著 二〇一四年十二月出版

當魯蛇（loser）同在一起！

《一個人張燈結彩》具有鮮明的通俗色彩，來自湘西鳳凰的田耳筆下的人物都是現實世界中的失敗者、邊緣人、被損害者，他們在陰鬱、沒有出口的情境中，群聚在一起，以欲望反抗現實困厄的生存法則，以動物感官吹響魯蛇之歌。他們欲以魯蛇之姿，奮力開出一朵花。

04 愛情詩　金仁順著　二〇一四年十二月出版

與衛慧、棉棉、陳染齊名的七〇後女作家

二〇〇二年的〈水邊的阿狄麗雅〉造就了二〇〇三年張元、姜文和趙薇的電影《綠茶》。
二〇〇九年的〈春香〉又開啟了朝鮮民間傳說的故事新編。
不管是朝鮮族的金仁順、女作家的金仁順，或是編劇的金仁順，她總面對著愛情，描繪著孔雀開屏時的美好與幸福，以及華麗開屏背後的殘酷與幽微。

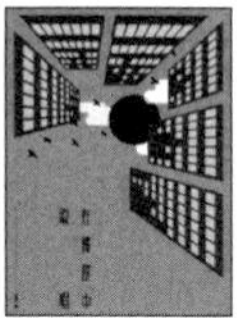

05 在樓群中歌唱　東紫著　二〇一四年十二月出版

山東作家東紫擅長日常生活化敘事，在《在樓群中歌唱》一書中，她敏銳細膩地觀察人情百態，寫出各階層人物在近乎無事日常生活中的情感空虛與心靈創傷。〈白貓〉藉由一隻白貓介入初老失婚男性與闊別十年的十八歲兒子重聚的生活，帶出父親對兒子期待又戒慎恐懼的情感、初老失婚男性枯寂冷漠的生活與對生命的回顧與甦醒。〈在樓群中歌唱〉中，透過喜歡唱著「我在馬路邊撿到一分錢，把它交到警察叔叔手裡邊」的清潔工李守志無意間撿到十萬元所引發的波瀾，寫出消失中的德性與安於本分的快樂。東紫的作品看似庸常，卻宛若「顯微鏡」般總能於瑣碎中見深刻。

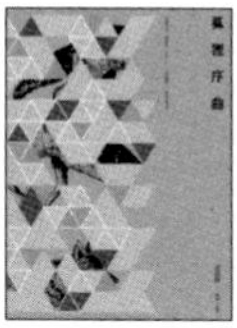

06 狐狸序曲　甫躍輝著　二〇一四年十二月出版

剛滿三十歲的甫躍輝來自中國南方邊陲保山，大學考上了上海復旦大學，從此開始了一個鄉村青年的都市震撼教育，也開啟了他的創作之路。身為作家王安憶的學生，也為現在大陸最受注目的八〇後青年作家之一，他的小說主人公多數和他自身一樣，是外地移居上海的異鄉人，他們孤寂，他們飄零，他們邊緣，他們是大城市中的一點浮塵微粒，他們存在，但並不擁有這個世界。然而，這群浮塵微粒也有過去，因此，他也喜寫老家保山，這個孕育他想像力的故鄉。在這些鄉村書寫中，可以察覺出他對幼年時代農村生活的懷念。然而，懷念亦表示這群浮塵微粒再也回不去了，他們註定在這個世界中繼續飄零。

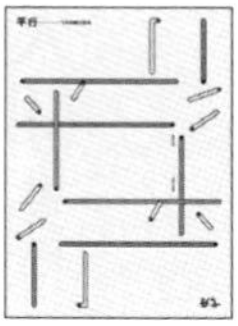

07 平行　弋舟著　二〇一五年十一月出版

蘭州作家弋舟寫作題材多元，他描寫愛情、親情、友情，他勇於直面社會的不公、時代的不義、人身肉體的老朽、愛情的逝去、親情的消融、友情的善變。弋舟用他充滿愛情的眼光，深情的注視著這些生活中的起承轉合、陰晴圓缺，然後執筆，將這一切化作一句句重情又深刻的文字。

08 走甜　黃咏梅著　二〇一五年十二月出版

杭州七〇後女作家黃咏梅擅長從日常出發，透過一點一滴、細水長流般的生活細節，描繪出單身大齡女性的複雜心理和細緻的情感流動。她筆下的女人們，多數生活在狹小的南方騎樓。她們煲湯，她們喝粥；她們有情有義，有哀有怨；她們不死去活來，不驚天動地；她們放下浪漫，立地成佛；她們在平凡的日常中，過得有苦有甜，有滋有味。

09 北京一夜　王威廉著　二〇一五年十二月出版

定居廣州的八〇後作家王威廉喜從哲學思辨出發，透過他筆下的一個一個人物、一篇一篇故事，討論人的存在意義，並對虛無和絕望進行巨大的反抗。如此，王威廉的作品成為在思想與藝術張力之中，又隱含著深奧迷思的詭祕綜合。

10 春夕　馬小淘著　二〇一五年十二月出版

北京女作家馬小淘小說中的角色幾乎都是伶牙俐齒的新世代少女，她們多數從事廣播工作，透過作者幽默犀利的對話和明快聰慧的筆調，表現出這批新世代年輕人的機靈、俏皮與刁鑽，字裡行間充盈著八〇後的生猛活力。然而，她們並非不解世事。在一些世故卻又淡然的細節和收束中，我們又可以看出這些新世代少女直面低工資、無情愛、蟻族困境等日常生活壓力時的韌性和勁道。

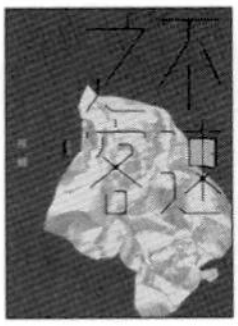

11 不速之客　孫頻著　二〇一五年十二月出版

太原八〇後女作家孫頻迥異於一般女作家溫柔婉約的陰柔寫作特質，以極具力道和痛覺的陽剛式寫作方式，創作出一篇篇討論底層人們生存與死亡、尊嚴與卑微、幸福與苦難的作品。透過這些懷有強烈敘述美學和文字魅力的作品，孫頻展現出在人間煉獄中，人們用殘破的肉身於黑暗與光明中穿梭、抗爭的力度、堅韌與尊嚴。

12 某某人　哲貴著　二〇一五年十二月出版

溫州作家哲貴運用他曾經擔任過經濟記者的經驗，創造出「住酒店的人」、「責任人」、「空心人」、「賣酒人」、「討債人」這五種類型的人物，並透過這些人物描繪出中國改革開放之後的巨大社會困境，以及由此帶來的人心的徬徨與荒涼。這群人在被他命名為「信河街」的經濟特區中，在各大高檔會所、高爾夫球場、高級餐廳中進行巨大的資金、商業交易和利益交換，然而經濟危機讓他們無法從中脫身，他們躁動不安、騷動無助，他們漸漸的迷失於商業數字中。最後，在大環境一步一步的侵逼之下，人心只能深陷於迷惘、浮動、空心和荒蕪中，無法自拔。

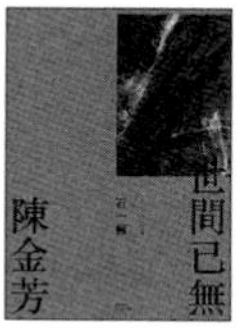

13 世間已無陳金芳　石一楓著　二〇一六年九月出版

七〇後的石一楓被認為是踵繼王朔的「新一代頑主」，寫作上呈現著戲謔幽默的京味語言，敘述風格亦莊亦諧。本書收錄他的兩篇中篇小說〈世間已無陳金芳〉和〈地球之眼〉。前者透過農村姑娘陳金芳的命運，揭露我們這個時代最深刻的祕密，也透過陳金芳的遭遇，唱出一首全球化下失敗青年的黑色輓歌。後者則在探討人的成功與失敗問題，特別引人注意的是，圍繞著主人公安小男的遭遇所呈現出來的資訊時代的道德意識問題。

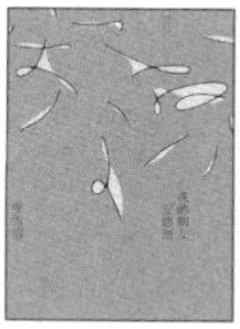

14 我的朋友安德烈　雙雪濤著　二〇一六年十一月出版

評論家祁立峰說，以奇幻小說《翅鬼》得到ＢｅｎＱ華文世界電影小說首獎的雙雪濤，本次在《我》裡收錄的短篇小說，更具純文學質量。故事以聲線清晰、節奏明快，突梯而無以名狀的情節，荒謬卻神來之筆的衝突，以及看似蔓衍出來無意義的角色，隱約指向了短篇小說最具文學性的沉重、純粹與荒涼。《我》書中的短篇大多以是少年成長作為題材，如少年成長小說特有的疏離與異化、破繭而出的必要之痛、欲說還休萌萌噠之性啟蒙……透過作者非常態非典型的故事拼貼，草蛇灰線，埋伏千里。就在他的那些簡潔乾淨，流暢而不多加雕琢的透明處，挖掘到了生活或人生最不可解的無限與雜質。

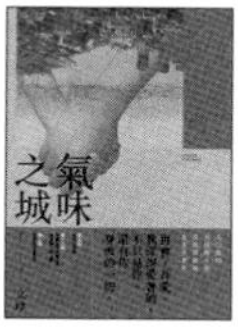

15 氣味之城　文珍著　二〇一六年十一月出版

大陸八〇後女作家文珍擅長用縝密樸素的情節和細膩舒緩的文字，刻畫現代大城市中平凡普通人的大情與小愛、青春與滄桑、愛欲與庸常。不管是〈銀河〉中那一對被一通通房貸催繳電話纏身的私奔出軌男女，或是〈安翔路情事〉中麻辣燙女孩和灌餅鋪男孩的愛情心事，或是〈氣味之城〉中在妻子消逝之後、渾身滿溢孤寂感的丈夫，或是〈我們夜裡在美術館談戀愛〉中那一對具有時代鴻溝的跨世代戀人，抑或是〈第八日〉中青春乾涸、肌黃如紙、內心荒蕪的八〇後少女，透過文珍的筆力和見微知著，描繪出一幅幅如同現代都市浮世繪般的生活與情感日常。

16 聽洪素手彈琴　東君著　二〇一六年十二月出版

東君在中國當代作家系譜裡誼屬七〇後創作者，作品開始發表迄今約有十六年，本書乃是作者「從各個時期，擷取了幾篇代表性作品」所輯，大抵以東甌為小說場景，寫溫州一帶的歷史掌故或當代人物。他的小說形式、風度不拘一格，既有沈從文《邊城》色彩，又略有幾分錢鍾書《圍城》的影子。同時也展現了帶有野史、民間文獻的風格之作，也有鄉野傳奇的況味。作者還將對古典文學與宗教的熱愛，融入其筆下創作。書中既有中國式的古典意蘊，但亦非脫離現實的仿古之作。

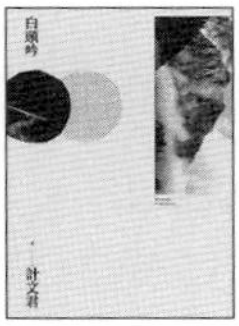

17 白頭吟　計文君著　二〇一七年一月出版

計文君的中篇小說大都選擇與作者對位關係明顯的女性角色作為聚焦人物和主人公。作為敘述視角和觀察世界的切入點，這一女性角色是敏銳的、易感的，她的「知曉方式」能輕而易舉地將讀者引領到世界的深層，即人的心靈世界。它是一個有關女性成長的精神分析學結構，女性的創傷、焦慮、掙扎與成長是在與男性「他者」和同性助體的交流與對話中被體現，女性主體性建構是這種內在性對話的結果。

18 白色流淌一片　蔣峰著　二〇一七年一月出版

本書記錄了一個人、一個家庭的三十年，這也是變革中國的三十年。在過去三十年間，世界日新月異、變化多端，且正在以誇張、扭曲的形式，加速旋轉著向下墜落。極富理想主義情懷的許佳明以自身的成長見證了當代中國近三十年諸多怪現象。從本質上說，本書還是青春敘事，只是作者蔣峰的青春更帶著些現實的諷喻。小說標題所指的「白色」是一個人精神世界的高度濃縮，同時隱隱投映出其命運的走向。

國家圖書館出版品預行編目(CIP)資料

殺鴨記 / 崔曼莉作. --初版. --臺北市：人間, 2017. 11
288面；14.8 x 21公分
ISBN 978-986-95141-0-1（平裝）

857.63　　106011320

殺鴨記

作者　崔曼莉
執行編輯　曾芍筑
校對　陳筱涵、林淑瑩、曾芍筑
封面設計　蔡佳豪
內文版型設計　黃瑪琍
排版　仲雅筠
發行人　呂正惠
社長　陳麗娜
總編輯　林一明
出版　人間出版社
台北市長泰街五十九巷七號
電話　（02）23370566
傳真　（02）23377447
郵政劃撥　11746473・人間出版社
電郵　renjianpublic@gmail.com
定價　三二〇元
初版一刷　二〇一七年十一月
ISBN　978-986-95141-0-1
印刷　崎威彩藝有限公司
總經銷　聯合發行股份有限公司
新北市新店區寶橋路二三五巷六弄六號二樓
電話　（02）29178022
傳真　（02）29156275
缺頁或破損，請寄回人間出版社更換
有著作權・侵害必究